KB163298

을 유 세 계 문 학 전 집 · 8 7

첫 번째 주머니 속 이야기

을유세계문학전집·87

첫 번째 주머니 속 이야기

POVÍDKY Z JEDNÉ KAPSY

카렐 차페크 지음 · 김규진 옮김

을유문화사

옮긴이 김규진

한국외국어대학교 러시아어과를 졸업하고 동대학원 러시아어과에 재학 중 미국으로 유학을 떠났다. 시카고 대학교 대학원 슬라브어문학과에서 석·박사과정을 수료했고, 체코 프라하 카렐 대학교에서 수학했다. 체코 카렐 대학교 한국학과 교환교수를 거쳐 현재 한국외국어대학교 체코·슬로바키아어과 명예교수로 있으며, 한국외국어대학교 글로벌캠퍼스 부총장과 동유럽학대학장을 지냈다. 한국동유럽발칸학회 회장, 세계문학비교학회 부회장, 한국문학번역원 이사, 대한민국오페라연합회 상임고문 등을 맡았다. 저서로『한 권으로 읽는 밀란 쿤데라』,『카렐 차페크 평전』,『일생에 한 번은 프라하를 만나라』,『체코현대문학론』,『프라하-매혹적인 유럽의 박물관』,『여행 필수 체코어 회화』,『여행 필수 슬로바키아어 회화』,『러시아·동유럽 문학·예술기행』등이 있고, 번역서로 밀란 쿤데라의 소설『참을 수 없는 존재의 가벼움』,『이별의 왈츠』, 카렐 차페크의 소설『별똥별』외 다수의 작품이 있다.

을유세계문학전집 87
첫 번째 주머니 속 이야기

발행일·2016년 11월 20일 초판 1쇄
지은이·카렐 차페크 | 옮긴이·김규진
펴낸이·정무영 | 펴낸곳·(주)을유문화사
창립일·1945년 12월 1일 | 주소·서울시 종로구 우정국로 51-4
전화·734-3515, 733-8152~3 | FAX·732-9154 | 홈페이지·www.eulyoo.co.kr
ISBN 978-89-324-0469-1 04890 978-89-324-0330-4(세트)

This book was published with kind support of the Ministry of Foreign Affairs of the Czech Republic.

차례

메이즐리크 박사*의 경우

"다스티흐 씨, 제 말 좀 들어 보십시오." 경찰관 메이즐리크 박사는 나이 많은 요술사에게 생각에 잠긴 듯 말했다. "저는 솔직히 당신에게 충고를 들으러 왔습니다. 당신의 충고가 필요한 사건이 하나 있습니다."

"그럼 말해 보세요." 다스티흐 씨가 말했다. "그 사건은 누구와 관련된 것입니까?"

"제 문제입니다." 메이즐리크 박사는 한숨을 내쉬었다. "그 문제를 생각할수록 더욱더 그것을 알 수 없어요. 제 말 좀 들어 보십시오. 이 문제 때문에 미칠 지경입니다."

"도대체 누가 당신에게 무엇을 했습니까?" 다스티흐 씨가 차갑게 물었다.

"아무도 아니에요." 메이즐리크 박사는 엉겁결에 말했다. "그게 최악의 경우예요. 제 스스로 뭔가를 저질렀어요. 전 도저히 그걸 이해할 수 없어요."

"뭐 상황이 그렇게 나빠 보이진 않군요." 나이 많은 다스티흐 씨는 그를 위로했다. "젊은 양반, 도대체 무엇을 했습니까?"

"금고털이범 한 명을 체포했어요." 메이즐리크 박사는 침울하게 대답했다.

"그게 전부입니까?"

"그게 전부입니다."

"그 금고털이범이 바로 그 오른손잡이가 아닌지요?" 다스티흐 씨는 도움을 주었다.

"예, 그는 오른손잡이였어요. 좌우간 그가 자백했어요. 그는 유대인 자선 단체 금고를 털었어요. 아시겠어요? 그자는 르보프 출신 로자노프스키가 아니면 로젠바움일 거예요."

메이즐리크 박사는 중얼거렸다. "그의 집에서 렌치와 모든 것을 찾아냈어요."

"그럼 무엇을 더 알고 싶으세요?" 나이 많은 다스티흐 씨가 그를 부추겼다.

"저는 더 알고 싶어요." 그는 뭔가 몰두한 듯 말을 이어 갔다. "제가 어떻게 그자를 잡았는가 하면요, 잠깐 기다려 보세요, 모든 것을 차례로 말해 드릴게요. 한 달 전, 그러니까 3월 3일이었어요. 저는 그때 자정까지 근무할 때였어요. 이것만 기억해 주십시오. 그때가 벌써 세 번째 날이 지나간 줄 몰랐어요. 그래서 잠시 커피숍에 들렀다가 비노흐라트에 있는 집으로 가려고 했어요. 하지만 저는 반대 방향인 들라주데네 거리로 갔어요. 왜 제가 그 방향으로 갔는지 아시겠어요?"

"아마도 우연이겠지요." 다스티흐 씨는 말했다.

"제 말 좀 들어 보십시오. 그런 날씨에 사람들은 그렇게 꼭 우연만으로는 거리를 배회하지 않아요. 저는 거기서 제기랄, 제가 뭘 원했는지 알고 싶었어요. 그것이 어떤 예감일 거라고 생각하지 않으세요? 예를 들면 텔레파시 같은 것?"

"아하." 다스티흐 씨는 말했다. "그것도 가능한 이야기지요."

"자, 아시겠어요." 메이즐리크 박사는 수심에 잠긴 듯 말했다. "바로 그거예요. 그러나 그건 제가 무의식중에 보고 싶었던 우트르지파넨 여관에 무엇이 있을까라는 생각이었어요."

"그 들라주데네 거리에 사는 서체코인 말이지요." 다스티흐 씨가 상기해 냈다.

"맞아요. 이 절도범들과 페슈티나 할리츠 출신 절도범들이 프라하로 한 건 하러 올 때 그곳에서 밤을 보내곤 하지요. 우리는 이 지역 출신자들에게 주의를 기울입니다. 제가 그곳을 살펴보러 간 것은 일상적인 경찰의 습관이 아니었을까요?"

"그럴 수도 있겠지요." 다스티흐 씨는 판단했다. "사람들은 그런 일들을 완전히 기계적으로 하지요. 주로 뭔가 의무감 같은 걸 가질 때요. 그건 뭐 그리 특별한 게 아니에요."

"그래서 제가 들라주데네 거리를 따라 걸어갔어요." 메이즐리크 박사는 계속 말했다.

"걸으면서 우트르지파넨 여관에 숙박하는 자들을 점검하고는 계속 갔어요. 들라주데네 거리 끝에서 저는 발걸음을 멈추고 다시 반대로 돌아오고 있었어요. 죄송하지만, 제가 왜 돌아왔을 거라고 생각하세요?"

"습관." 다스티흐 씨는 말했다. "순찰하는 습관."

"그것도 가능한 이야기지요." 경찰관이 동의했다. "그러나 저는 근무 중이 아니라 집으로 가고 있었어요. 아마도 그건 예감이었어요."

"그런 경우가 종종 있지요." 다스티흐 씨는 인정했다. "하지만 그것은 전혀 신기한 게 아니에요. 인간에게 초능력 같은 게 있다는 것은 잘 알려진 사실이에요……."

"하느님 맙소사!" 메이즐리크 박사가 소리쳤다. "그게 습관이거나 초능력이라고? 정말 그걸 알고 싶네요! 자, 잠깐 기다려 봐요. 제가 그렇게 걸어가는데 누군가 저를 향해 오고 있어요. 말씀 좀 해 보세요. 왜, 어떤 사람이 밤 1시에 들라주데네 거리를 걸어갈 수 없단 말인가요? 거기에는 수상할 게 아무것도 없어요. 저 자신도 그것에 대해서는 전혀 아무 생각도 안 했어요. 그러나 저는 또다시 가로등 밑에서 걸음을 멈추고 담배에 불을 붙였어요. 우리가 밤에 누군가를 계속 바라보고 싶을 때 무엇을 하는지 아시겠어요? 그것이 우연이거나 습관이거나 아니면 뭔가 무의식의 경고 같은 거라고 생각하지 않으세요?"

"전 모르겠네요." 다스티흐 씨는 말했다.

"저도 모르겠습니다." 메이즐리크 박사가 성마르게 소리쳤다. "이런 빌어먹을! 저는 그 가로등 밑에서 담배에 불을 붙이고 그 남자는 제 옆을 지나갑니다. 선생님, 저는 그자의 얼굴도 바라보지 않은 채 땅만 내려다보고 있었어요. 그자가 도착했을 때 저는 뭔가 맘에 들지 않았어요. 제기랄, 이라고 저는 속으로 중얼거렸습니다. 여기 뭔가 이상한 게 있어. 그런데 그게 도대체 뭐지? 어쨌든 저는 그자를 알아채지 못했어요. 그래서 저는 비가 내리는 가로등 아래서서 생각에 잠겼어요. 갑자기 신발이 생각났어요! 그 사나이의 신발에는 이상한 것이 있었어요. 그래서 저는 아무 이유 없이 큰소리로 말했어요. '재 또는 유해.'"

"무슨 재요?" 다스티흐 씨는 물었다.

"예, 재였어요. 그 순간 저는 그 사나이의 구두 앞닫이와 밑창 사이에 재가 묻어 있었다는 것을 상기해 냈어요."

"왜 구두에 재가 묻어 있으면 안 되나요?" 다스티흐 씨는 의아해했다.

"그건 분명합니다." 메이즐리크 박사가 소리쳤다. "그러나 선생님, 그 순간 저는 바닥에 재를 떨어뜨린 뭔가 잘려진 불연성의 물체를 보았어요. 아시다시피, 강철판 사이에 있는 재를. 저는 그 신발이 그 재를 밟고 지나갔다는 것을 깨달았어요."

"그것은 본능이었군요." 다스티흐 씨는 결단을 내렸다. "천재적인, 그러나 우연한 본능."

"말도 안 돼요." 메이즐리크 박사가 말했다. "이것 보십시오, 비가 오지 않았다면, 저는 그 재를 눈치채지 못했을 겁니다. 그러나 비가 오면 신발에 재가 묻어 있지 않아요. 아시겠어요?"

"그건 경험론적 결과군요." 다스티흐 씨는 확신을 가지고 말했다.

"그것은 경험에 기초한 멋진 판단이에요. 또 뭐 다른 단서라도?"

"그래서 저는 그 녀석 뒤를 밟았습니다. 아시다시피 그는 우트르지파넨 여관으로 들어갔습니다. 저는 두 명의 비밀 탐정에게 전화를 하고, 우리는 거기서 불시 단속을 해서 로젠바움 씨와 더불어 그 재와 렌치 그리고 유대인 자선 단체 금고의 돈 1만 2천 코루나를 찾았습니다. 그게 전부입니다. 그런데 아시겠어요, 신문에서는 이번에 우리의 경찰이 아주 민첩성을 발휘했다고 썼어요. 말도 안 되는 소리예요! 실례지만, 제가 우연히 그 들라주데네 거리로 가지 않고, 우연히 그 녀석의 신발을 보지 않았더라면…… 즉 다시 말하면……." 메이즐리크 박사는 우울하게 말했다. "그건 완전히 우연이었어요. 바로 그게 문제입니다."

"하지만 그건 중요하지 않아요." 다스티흐 씨가 제의하듯 말했다. "젊은 양반, 그건 당신 스스로 축하받을 만한 성공이었어요."

"축하를 받는다고요!" 메이즐리크 박사는 폭발했다. "선생님, 저는 아무것도 모르는데 어떻게 축하를 받아요? 저의 기발한 추리적인 시선에 대해서요? 아니면 기계적인 경찰의 습관에 대해서요? 아니면 운 좋은 우연에 대해서요? 아니면 그때의 어떤 영감과 텔레파시에 대해서요? 이것 좀 보십시오. 그건 저의 커다란 첫 사건이었어요. 사람은 뭔가를 고수하지요, 그렇지 않아요? 제발 좀 도와주십시오. 내일 제게 무슨 살인 사건을 맡길 거예요. 다스티흐 씨, 전 이제 어떻게 해야지요? 제가 거리를 달려가며 사람들의 신발을 자세히 바라봐야 할까요? 아니면 본능에 따라 행동하며 어떤 예감이나 내적인 속삭임이 곧장 살인자에게로 인도할 때까지 기다려야 하나요? 아시겠어요, 바로 그 사건 때문이에요. 모든 경찰들이 말하지요. '메이즐리크 박사는 냄새 잘 맡는 코를 가지고 있어. 안경 쓴 그 젊은 경찰이 뭔가를 해낼 거야. 그건 바로 탐정의 재능이야.' 어쨌든 그건 절망적인 상황이에요." 메이즐리크가 훌쩍거렸다.

"사람은 나름대로 자기만의 방법을 가지고 있어야 해요. 제 첫 사건으로 저는 모든 정확한 방법들을 믿게 되었어요. 아시다시피 세심한 관찰, 경험, 체계적인 수사 그리고 그러한 어리석음. 하지만 지금 그 사건을 자세히 헤집어 보면 뭔가 알 것 같아요. 제 말 좀 들어 보십시오." 그는 무심결에 안도하며 말을 내뱉었다. "제 생각에 그것은 오직 우연이었어요."

"그건 그렇게 보이기도 하군요." 다스티흐 씨가 지혜롭게 언급했다. "그러나 거기에는 뭔가 훌륭하고 논리적인 부분이 있어요."

"기계적인 반복이에요." 젊은 경찰관이 의기소침하여 말했다.

"그리고 직관 그리고 조금은 예감의 재능 같은 것 그리고 본능."

"하느님 맙소사, 잘 알고 계시네요." 메이즐리크 박사가 슬픈 표정을 지으며 말했다. "다스티흐 씨, 이제 저는 어떻게 해야지요?"

"메이즐리크 박사님, 전화 좀 받으세요." 웨이터 장이 알려 왔다. "경찰 간부회의 호출입니다."

"자, 이제 시작이군." 메이즐리크 박사는 전화통에서 돌아왔을 때 낙담하여 중얼거렸다.

그는 창백하고 신경이 예민해졌다. "웨이터 장, 계산서." 그는 낙담하여 소리쳤다. "벌써 사건이 터졌습니다. 호텔에서 외국인의 시체를 발견했답니다. 이 무슨 날벼락이……."

그는 떠나갔다. 이 패기 넘치는 젊은이는 초조한 것 같았다.

푸른 국화

"자, 내가 여러분들에게 이야기 하나를 들려주겠습니다." 나이 많은 풀리누스가 말했다. "클라라가 어떻게 이 세상에 나왔는지를. 그 당시 나는 루베네츠에 있는 공작의 리히텐베르크 공원을 관리하고 있었습니다. 그 노귀족은 대단한 전문가였어요. 그는 모든 수목들을 영국 베이치로부터 가져오게 하고 1만 7천 개의 뿌리 화초들은 네덜란드에서 수입했지요. 그러나 이것은 그저 요점을 벗어나는 이야기예요. 어느 일요일, 나는 루베네츠 거리를 걷다가 클라라를 만났어요. 아시겠어요, 그녀는 이 동네의 바보, 농아, 미치광이에다가 얼간이였어요. 그녀는 이리저리 쏘다니며 히죽히죽 웃곤 했지요. 이런 바보들이 왜 미치광이가 되는지 모르시겠어요? 바로 그때 나는 그녀의 손에서 꽃다발을 보았어요. 그리고 그녀가 내게 키스하지 못하도록 얼른 그녀에게서 피했지요. 그것은 시라(蒔蘿) 같은 향기 나는 꽃이었어요. 아무렇게나 채집한 야생화들 중에서, 선생님, 나는 뭔가를 발견했어요. 바로 그때 난 숨이 넘어가는 줄 알았어요. 그녀가, 그 미치광이가 그 꽃다발들 중에서 화려한 국화꽃 한 송이를 가지고 있었어요. 그건 푸른색이었어요!

선생님, 푸른색! 그건 패랭이꽃 같은 푸른색이었어요. 반짝이는 장밋빛 테두리에 검은 회색이 도는 섬세한 푸른색, 꽃봉오리는 초롱꽃처럼 아름답게 가득 찬 모습이지만, 그 모든 것은 아직 아무것도 아니에요. 선생님, 그런 색깔은 아직 그때도, 오늘날도 다년생 인도 국화에서는 전혀 찾을 수 없었어요!

몇 년 전 저는 늙은 베이치한테 갔어요. 제임스 경이, 이런 제기랄, 작년에 중국에서 직수입한 국화꽃 한 송이가, 약간 라일락 같은 꽃을 피울 거라고 자랑스레 말했지만 유감스럽게도 겨울에 시들어 버렸어요. 그런데 여기 꽥꽥대는 얼간이의 손에 그분이 그토록 기대하던 푸른 국화꽃이 들려 있었어요. 좋아요. 예, 그때 클라라가 유쾌하게 짐승 소리를 내면서 그 꽃다발로 나를 치는 거예요. 내가 그녀에게 1코루나를 주자, 그녀는 꽃다발을 내밀었어요. '클라라, 너 어디서 그걸 꺾었니?' 클라라는 열정적으로 닭 울음소리를 내고는 헤헤 웃었어요. 하지만 나는 그녀로부터 더 이상 아무것도 얻어 낼 수 없었어요.

내가 그녀에게 소리치며 손가락으로 꽃을 가리켰지만 소용없었어요. 그녀는 무슨 짓을 해서라도 나를 끌어안으려 했어요, 나는 그 귀중한 푸른 국화를 들고 노공작에게 달려갔습니다. '나리, 이것이 여기 이 주위 어딘가에 자라고 있어요. 찾으러 가시죠.' 늙은 주인은 곧장 마차에 마구를 채우고 나를 클라라한테로 직접 데려갔어요. 그러나 클라라는 그 순간 사라졌어요, 그녀를 찾을 길이 없었어요. 우리는 마차 옆에 서서 한 시간 남짓 욕설을 해 댔어요. 공작은 예전에 군에 근무했어요. 그러나 클라라가 혀를 내민 채 돌진하며 신선한 푸른 국화꽃 다발을 내게 들이밀었을 때 우리는 무엇을 어떻게 해야 할지 몰랐습니다. 공작이 그녀에게 백 코루나를 내밀었지만 클라라는 실망하여 울음을 터뜨렸어요. 불쌍한 것, 그녀는 백 코루나를 본 적이 없었거든요. 난 그녀를 달래기 위해 1코루나를 줘야 했어요.

그녀는 신이 나서 춤을 추며 소리치기 시작했어요. 우리가 그녀를 마차에 태워 그 푸른 국화를 가리키며 클라라, 우리를 안내해! 라고 말했어요. 클라라는 마차에서 기뻐 날뛰었어요. 아마 여러분은 공작의 마부가 그녀 옆에 앉아야 했을 때 얼마나 화가 났는지 상상할 수 없을 거예요. 그 외에도 말은 매분마다 그녀의 꽃다발과 그녀의 닭 울음소리에 놀라곤 했어요. 글쎄요, 그건 지옥 같은 질주였어요. 우리가 한 시간 반쯤 달렸을 때, 감히 말하겠는데요, 나리, 우리는 벌써 적어도 14킬로미터나 달렸어요. 상관없어, 필요하다면 백 킬로미터도 좋아, 라고 공작은 중얼거렸습니다.

좋습니다. 저도 그건 견딜 수 있어요. 그러나 한 시간 후에 클라라는 또다시 꽃다발을 가지고 돌아왔습니다. 그 장소는 루베네츠에서 3킬로미터 이상 되는 거리일 수가 없었어요.

클라라. 공작은 소리치며 그 푸른 국화를 가리켰어요. 그게 어디에 자라니? 어디에서 그것을 발견했니?

클라라는 꽥꽥거리며 계속해서 앞쪽만 가리켰어요. 무엇보다도 그녀는 마차를 타고 가는 것을 좋아할 뿐이었어요. 들어 보세요, 나는, 하느님 맙소사, 공작이 그녀를 죽이는 줄 알았어요. 그는 격노할 줄 알아요! 말은 거품을 뿜어 댔어요.

클라라는 깔깔거렸어요. 공작은 악담을 내퍼부었고요. 마부는 이상하게도 부끄러워서인지 울음을 참고 있었어요. 나는 어떻게 푸른 국화를 찾아낼까 하며 골치를 썩이고 있었어요. 나리, 감히 말하건대, 이건 아닙니다. 클라라 없이 찾아야 해요. 지도에 3킬로미터 원을 그린 다음, 영역을 구분하여 한 집씩 수색할 겁니다.

이봐. 공작이 말했습니다. 루베네츠에서 3킬로미터 내에는 공원이 없잖아!

괜찮습니다. 나는 대답했습니다. 공원에서는 공작님이 불로화나 칸나를 찾지 않으신다면 늙어 빠진 악마 나부랭이나 찾을지 모릅니다. 이것 좀 보십시오, 여기 아래 줄기에 흙 부스러기가 있어요. 이건 부엽토가 아니에요. 그건 끈적거리는 누런 점토예요. 아마도 인간의, 거 뭐라더라, 인분 같은 겁니다. 비둘기가 많은 곳을 찾아내야 합니다. 잎에는 비둘기 똥이 많아요. 아마도 이것은 거친 말뚝 울타리 옆에서 자란 것 같아요. 왜냐하면 여기 잎 윗부분에 벗겨진 전나무 껍질 부스러기가 있어요. 자, 이것이 정확한 단서예요.

무엇이라고? 공작이 물었습니다.

예, 제 말씀은 3킬로미터 근방의 모든 별장들을 살펴봐야 해요. 네 그룹으로 나누지요. 나리와 저, 나리의 정원사 그리고 내 조수 벤츨, 바로 이렇게 해요.

좋아. 출발할 그날 아침에 또 클라라가 푸른 국화꽃 다발을 들고 왔습니다. 나는 내 구역을 살펴보았습니다. 선술집마다 들러 따뜻한 맥주를 마시고 치즈 케이크를 먹으며 사람들에게 푸른 국화에 대해 물어보았습니다. 선생님, 말도 마세요, 그 치즈 케이크를 먹고 설사를 얼마나 했는지. 언젠가 9월 말 한창때처럼, 날씨는 무척 더웠습니다. 그리고 모든 별장에 들어갈 때마다 그들의 난폭함을 견뎌야 했어요. 왜냐하면 사람들은 제가 미쳤거나, 아니면 제가 외판원이거나 관공서에서 온 공무원쯤 된다고 생각했으니까요.

그러나 저녁때쯤 되자 한 가지가 분명해졌습니다. 내 구역에서는 푸른 국화가 자라지 않는다는 것.

다른 세 군데서도 발견하지 못했어요. 하지만 클라라는 새로 푸른 국화꽃 다발을 꺾어 왔어요.

아시다시피, 어떤 면으로 봐도 공작은 대단한 분이었어요. 그는 탐정들을 불렀습니다. 그들에게 푸른 국화꽃을 하나씩 주며 그것이 어디서 자라는지 알아낸다면 무엇인지는 모르지만 뭔가 대가를 약속했어요. 선생님, 탐정들은 교육받은 사람들이에요. 그들은 신문을 읽어 세상 물정을 잘 알고 있을 뿐 아니라, 모든 트릭과 채찍에 대해서도 알고 있고, 대단한 영향력을 가지고 있어요. 선생님, 상상해 보세요. 그날 여섯 명의 탐정, 지방 순찰 경찰들, 시장들, 젊은 학생과 교사들과 한 집시 패거리가 3킬로미터 내의 모든 구역을 샅샅이 뒤지며 모든 것을 뜯어보고, 꽃이 피는 것은 모두 성으로 가져왔어요.

하느님 맙소사, 그러나 아시다시피 푸른 국화는 한 송이도 없었어요. 우리는 온종일 클라라를 찾아다녔어요. 밤에 그녀는 사라졌고, 자정이 넘어서야 푸른 국화를 한 아름 가지고 내게 돌아왔어요. 우리는 그녀가 더 이상 모든 것을 망치지 않도록 그녀를 감방에 가두었어요. 하지만 우리는 막다른 골목에 온 것이었어요. 정말 우리는 마법에 사로잡힌 것 같았어요. 상상해 보세요, 손바닥만 한 이 지역에서…….

이것 좀 들어 보세요. 인간은 큰 불행에 처하거나 실패를 맛보면 야비해질 권리가 있어요. 저는 그걸 잘 알고 있어요. 하지만 공작님은 제가 클라라처럼 똑같은 바보라며 화를 냈어요. 저도 그런 낡아 빠진 얼간이 때문에 욕을 들을 수 없다고 나리에게 대들었지요.

저는 곧장 열차간으로 들어갔어요. 저는 그때 이래 루베네츠에는 가지 않았어요. 하지만 열차가 움직이기 시작하자, 저는 푸른 국화를 더 이상 보지 못하고 그것을 영원히 버려두어야 한다는 생각에 어린애처럼 울음을 터뜨렸어요.

그렇게 울먹이며 창밖을 내다보고 있는데, 바로 그 순간 선로 옆에서 뭔가 푸른 것을 발견했어요. 차페크 씨, 그것은 저보다 더 강력했어요. 그것이 저를 의자에서 일으켜 세워 비상 브레이크를 당기게 했어요. 저는 그걸 전혀 이해할 수 없었어요. 기차는 요동치며 속력을 늦추었어요. 저는 맞은편 의자로 굴러 떨어졌고 손가락이 부러졌어요. 차장이 왔을 때 저는 루베네츠에서 뭔가를 잊어버렸다고 말을 더듬었어요. 그리고 엄청난 벌금을 물었어요.

선생님, 저는 찌르레기처럼 욕설을 퍼붓고, 절뚝거리며 그 푸른 꽃을 향해 선로를 따라 되돌아갔어요.

이런 바보 같으니라고. 저는 속으로 중얼거렸어요. 그건 아마 가을 앵초나 다른 푸른 잡초였을지도 모르는데, 거기에 그런 엄청난 돈을 쏟아붓다니! 저는 5백 미터쯤 걸어가다가, 그 푸른 것이 제가 생각한 것처럼 그렇게 멀리 있지 않아 제가 지나왔을 거라는 생각이 들었어요. 작은 언덕배기에서 저는 작은 선로지기 오두막을 보았고 그 정원의 말뚝 울타리 너머로 푸른 것이 보였어요. 그것은 푸른 국화 두 송이였어요.

선생님, 아이들은 모두, 선로지기들이 자신들의 정원에 무엇을 가꾸는지 알고 있어요. 거기에는 양배추와 수박 외에 해바라기, 붉은 장미 몇 포기, 아욱, 달리아, 한데 여기 이 선로지기는 그런 것을 가지고 있지 않고 감자, 파, 딱총나무 그리고 한구석에 두 송이 푸른 국화꽃을 가지고 있었어요.

여보세요, 이 꽃을 어디서 가져왔습니까? 나는 울타리 너머로 선로지기에게 물었어요.

이 푸른 꽃? 선로지기는 되물었습니다. 저, 이것들은 돌아가신 제 선임 체르마크 이후 줄곧 여기 있었어요. 하지만 선생님, 이 선로를 따라 걷는 게 금지되어 있어요. 여기 게시판이 보이죠. 선로를 따라 걷는 것은 금지되어 있다고.

여기서 무얼 하시는 거예요?

아저씨. 나는 그에게 말을 했어요. 그럼 실례지만 저는 어디로 해서 당신한테 갈 수 있나요?

선로를 따라서. 선로지기는 대답했어요. 그러나 아무도 이리로 와서는 안 됩니다. 여기서 뭘 하려고요? 어서 떠나세요, 길 잃은 멍청이 같으니라고. 여기로는 한 발짝도 못 들어와요!

그럼 제가 어디로 가야 하나요? 나는 물었습니다.

그건 내 알 바 아니에요. 선로지기는 소리쳤어요. 그러나 선로로는 안 돼요, 불한당 같으니라고! 나는 둑에 앉아서 이야기를 했어요. '할아버지, 내 말 좀 들어 봐요. 이 푸른 꽃들을 제게 파세요.' 안 팔아요. 선로지기는 투덜댔습니다. 꺼지라니까요. 여기 앉는 것도 금지되어 있어요. 왜 안 돼요. 나는 그에게 물었습니다. 여기 앉으면 안 된다는 팻말이 없잖아요. 여기선 걸어 다니는 것이 금지되어 있으니 여기서 걷지 않을게요.

선로지기는 화가 나서 울타리 너머로 내게 욕을 퍼부어 댔어요.

그러나 그는 혼자 사는 은둔자였어요. 잠시 후 그는 욕을 멈추고 속으로 중얼거렸어요. 그러고는 선로를 점검하기 위해 30분 후에 나왔어요.

그가 내 옆에 와서는 말했어요. 자, 이 불한당 같으니, 떠나가겠어요? 안 가겠어요?

저는 갈 수 없어요. 선로를 따라 가는 것은 금지되어 있고, 다른 길은 없잖아요. 나는 말했습니다.

선로지기는 잠시 생각에 잠겼어요. 그러고는 말했어요. 자, 저기 오솔길 뒤로 내가 갈 테니, 이 선로를 따라 가며 길을 잃어버리시오. 나는 그걸 보지 않을 거요.

나는 그에게 깊이 감사를 드렸습니다. 그가 오솔길 뒤로 사라지

자, 나는 울타리 너머 그의 정원으로 들어갔어요. 그리고 그의 삽으로 푸른 국화들을 캤어요. 여러분, 나는 그것들을 훔쳤어요. 나는 정직한 소년이었어요. 나는 내 인생에서 도적질을 일곱 번 했어요. 그리고 그것들은 언제나 꽃들이었어요.

한 시간 뒤 나는 열차에 앉아 있었고, 훔친 국화꽃들을 집으로 가져왔어요. 내가 선로지기의 오막살이를 따라 열차를 타고 갈 때, 깃발을 든 그 선로지기는 악마처럼 얼굴을 찌푸렸어요. 나는 그에게 모자를 흔들었습니다. 그러나 그는 나를 알아보지 못한 것 같았어요. 여러분들도 아시다시피, 거기 게시판에 출입 금지라는 팻말이 있어서, 아무도, 우리도, 헌병도, 집시도, 아이들도 거기로 누군가가 푸른 국화를 찾으러 가리라고는 생각조차 못했어요.

여러분, 경고 팻말은 그런 힘을 가지고 있어요. 아마도 그 선로지기 집 주위에는 푸른 앵초꽃들이나, 알 만한 나무들이나, 노란 양치류가 자라고 있을지도 몰라요. 하지만 결코 아무도 거기에 갈 수가 없었어요. 왜냐하면 선로를 따라 걷는 것은 엄격히 금지되었거든요. 그걸로 충분해요. 오직 미친 클라라만 거기에 갈 수 있었어요. 왜냐하면 그녀는 바보였고 읽을 줄도 몰랐으니까요. 그래서 나는 그 푸른 국화꽃에 클라라라는 이름을 붙여 줬어요.

나는 그걸 15년째 애지중지해 왔어요. 그러나 나는 무엇보다도 좋은 토양과 수분으로 그걸 성마르게 했지요. 그 얼간이 녀석은 물도 전혀 안 주었을 거예요. 그래서 그건 딱딱한 철판 같은 진흙에서 자랐을 거예요. 간단히 말해 그건 봄에 싹을 내밀어 나를 놀라게 하고, 여름에는 줄기를 뻗고, 8월에는 시들어 버리지요. 상상해 보세요, 내가 유일하게 이 세상에서 푸른 국화를 가지고 있고, 그것을 대중에게 보여 줄 수 없다는 것을 상상해 보세요. 브르타뉴와 아나스타지에는 화려하지요. 그러나 클라라는, 선생님, 클라라가 피어날 때, 그때는 온 세상이 그것에 대해 이야기할 거예요."

여자 점쟁이

모든 상황의 전문가들은 이 사건이 우리 나라도, 프랑스도, 독일과 같은 나라들에서도 일어날 수 없다는 것을 인정한다. 아시다시피 재판관들은 자신의 신중한 이성과 인식에 의해서가 아니라 법에 따라 죄인을 심판하고 벌하는 것이 임무이다.

그래서 이 사건에 판사가 등장한다. 그는 법 조항 대신 건전한 인간의 이성으로 자신의 판결에 자신만만해하고 이 사건이 영국 이외 다른 나라에서는 발생할 수 없다는 결론을 내린다. 그것도 런던에서, 더 정확히 말해 켄싱턴에서, 아니 잠깐만, 그것은 브롬튼이나 베이스워터에서, 간단히 말해 그 근방 어디일 것이다. 이 판사가 바로 그 정의의 대가 켈리다. 그 여자 점쟁이는 그저 단순히 마이에르소바, 미스 에디드 마이에르소바라고 부른다. 그렇지 않으면 이 놀라운 부인은 경찰국장 맥리어리의 주의를 불러일으켰다는 것을 명심하라.

"여보." 어느 날 저녁 맥리어리는 자기 부인에게 말했다. "마이에르소바 부인 이야기가 내 머리에서 사라지지 않아요. 그 여자가 생계를 어떻게 꾸려 나가는지 알고 싶단 말이오. 지금 2월인데 그녀가 하녀를 시켜 아스파라거스를 사 오게 하는 것을 상상해 봐요. 그리고 그녀는 식료품 가게 주인부터 공작 부인들까지 하루에 20여 명의 방문객을 맞이한단 말이오. 여보, 당신은 아마 그녀가 카드 점쟁이일지 모른다고 말하리라는 것을 나도 알고 있어요. 좋아요. 하지만 그건 그저 다른 것을 위한 위장일 수 있어요. 뚜쟁이 짓이나 아니면 스파이 짓. 잠깐 기다려요, 내가 반드시 그걸 알아낼 테니."

"좋아요, 밥." 빼어난 미모의 맥리어리 부인이 말했다. "그건 제게 맡겨요."

그래서 이 같은 일이 벌어졌다. 그날 맥리어리 부인은 약혼반지를 끼지 않고, 소녀처럼 아주 앳되게 차려입고 곱슬머리를 한 채, 옛날의 그 어리석은 모습은 뒤로한 채 겁먹은 얼굴로 베이스워터인지 매릴번인지에 사는 마이에르소바 부인의 문 초인종을 눌렀다. 그녀는 마이에르소바 부인이 그녀를 안으로 불러들이기까지 잠시 기다려야 했다.

"자, 앉아요, 귀여운 아가씨." 노파는 무척 수줍어하는 방문객을 단호하게 살펴본 후 말했다. "내게 무슨 볼일이 있는지요?"

"저는⋯⋯." 맥리어리 부인은 말을 더듬었다. "저, 저는 내일이면 스무 살이 되는데, 제 미래를 무척 알고 싶어요."

"그렇지만 아가씨, 어, 잠깐만 실례?" 마이에르소바 부인은 카드 뭉치를 잡고, 정열적으로 섞기 시작했다.

"존소바." 맥리어리 부인은 한숨을 내쉬었다.

"친애하는 존소바 양." 마이에르소바 부인은 계속했다. "그건 잘못 알고 있어요. 나는 카드로 점을 치지 않아요. 물론 기껏해야 여기저기 우정으로 하긴 하지만. 왼손으로 카드를 뽑아서 다섯 패로 나눠 봐요. 물론 재미로 점을 치기는 하지만, 그러나 달리 뭐……"

말하면서 첫 패를 뒤집었다. "다이아몬드. 그건 돈을 의미하고, 하트 잭, 이건 멋진 팬데."

"아." 맥리어리 부인은 소리쳤다. "그다음은요?"

"다이아몬드 잭." 마이에르소바 부인이 두 번째 패를 펴 보이면서 말했다. "스페이드 10, 이건 여행을 의미하지. 그러나 여기." 점쟁이는 소리쳤다. "난 클럽이 보이네. 클럽은 언제나 역경을 의미하고, 그러나 하트 퀸이 마지막에 있네."

"그건 뭘 의미하지요?" 맥리어리 부인은 가장 잘 알고 있는 듯이 두 눈을 굴리며 물었다.

"또다시 다이아몬드." 마이에르소바 부인은 세 번째 패에 대해 생각에 잠겼다. "친애하는 아가씨, 많은 돈이 당신을 기다리고 있네요. 그러나 당신이 더 먼 여행을 할지 아니면 당신의 친척이 그렇게 할지 모르겠네요."

"저는 사우샘프턴에 있는 고모한테 가야 해요." 맥리어리 부인은 말했다.

"그건 긴 여행이 될 것이오." 네 번째 패를 뒤집으면서 마이에르소바 부인은 말했다. "누군가 당신을 가로막네요, 어떤 나이 많은 남자가……"

"아마 아빠겠지요." 맥리어리 부인이 말했다.

"자, 그럼 또 봅시다." 마이에르소바 부인은 의식을 행하듯 다섯 번째 패에 대해 말했다.

"친애하는 존소바 양, 이 패는 내가 본 것 중 최고예요. 1년 내로 결혼할 겁니다. 아주 큰 부자가 당신을 데려갈 거예요, 아마 백만 장자 아니면 큰 사업가. 왜냐하면 수많은 여행을 하거든요. 거기에 도달하기까지는 큰 난관을 극복해야 해요. 어떤 나이 든 분이 방해할 거예요. 하지만 당신은 그걸 견뎌 내야 해요. 결혼하면 여기서 멀리 이사를 갈 거예요, 아마 바다 건너로. 나는 불쌍한 흑인들을 선교하기 위해 1기니를 받아요."

"당신께 정말 감사드립니다." 맥리어리 부인이 핸드백에서 1파운드 지폐와 1실링 동전을 꺼내며 말했다. "정말 대단히 감사합니다! 실례지만 마이에르소바 부인, 그럼 그런 난관을 극복하려면 얼마를?"

"카드는 매수할 수 없어요." 노파는 위엄 있게 대답했다. "당신 아버지는 무슨 일을 하시는지요?"

"경찰서에." 젊은 여자는 순진한 얼굴로 거짓말을 했다. "아시다시피 형사과에서요."

"아하." 노파는 소리치며 패에서 세 개의 카드를 빼냈다. "이거 정말 나쁜데요. 아주 나빠요. 친애하는 아가씨, 그에게 말하세요, 커다란 불행이 그를 기다리고 있다고. 더 알고 싶으시면 돈을 더 내야 해요. 저 스코틀랜드 야드*에서 많은 사람들이 내게 카드 점을 치러 오거든요. 모두들 마음속에 품은 것들을 다 내게 털어놓지요. 자, 자, 아버지를 내게 보내요. 그가 형사과에 근무한다고 말했던가요? 존스 씨? 내가 그를 기다리고 있다고 전하세요. 잘 가요, 존소바 양. 다음!"

＊

"그거 내 맘에 안 드는데." 맥리어리 씨는 목덜미를 긁으며 생각에 잠긴 듯 말했다.

"카티에, 그거 맘에 안 드네. 그 여자가 돌아가신 당신 아버지한테 너무 관심을 가졌군. 그 외에도 그녀는 마이에르소바가 아니라 메이에르호페로바이고 뤼베크 출신이지. 저주받을 독일 여자야." 맥리어리는 중얼거렸다. "어떻게 해서든 그녀를 잡아들일 거야. 그녀가 자기 일도 아닌데 사람들로부터 비밀을 캐는 게 틀림없어. 이건 누워서 떡 먹기처럼 쉬운 일이야. 나는 상부에 보고할 거야."

그리고 맥리어리는 실제로 상부에 보고했다. 놀랍게도 상부에서는 이 사건을 가볍게 다루지 않았다. 그 결과, 덕망 있는 마이에르소바 부인은 켈리 판사에게 소환되었다.

"마이에르소바 부인, 왜 카드로 점을 치나요?" 판사가 그녀에게 물었다.

"저, 존경하는 판사님, 사람은 어쨌든 생활을 꾸려 나가야 해요. 내 나이에 버라이어티 쇼에는 나갈 수 없잖아요." 노파는 말했다.

"흠, 하지만 여기 당신이 카드로 부정하게 점을 친다는 기소장이 와 있어요. 친애하는 마이에르소바, 그건 초콜릿 대신 진흙 덩

이를 판 것과 같아요. 사람들이 1기니로 지나친 예언을 가질 권리가 있단 말이오. 실례지만 당신이 할 줄 모르는데 어떻게 예언을 할 수 있단 말이오?" 켈리가 물었다.

"사람들은 보통 불평하지 않아요." 노파는 자신을 방어했다. "잠깐만요, 저는 그들이 좋아하는 것들을 예언해 줘요. 그런 기쁨은, 판사님, 2실링의 가치가 있어요. 그리고 가끔은 딱 들어맞을 때가 있어요. 한 부인이 제게 말했어요. '마이에르소바 부인, 어느 누구도 당신처럼 그렇게 카드로 점을 잘 치고, 충고해 준 사람은 아직 없어요.' 그녀는 세인트 존스우드 거리에 살아요. 그녀는 곧 남편과 이혼할 거예요."

"잠깐만요." 판사가 그녀의 말을 중단시켰다. "여기 당신에게 반대한 증인이 있어요. 맥리어리 부인, 무엇이 있었는지 말해 보세요."

"마이에르소바 부인이 제게 카드로 점을 쳐 주었어요." 맥리어리 부인이 재빨리 말했다. "1년 안에 제가 결혼할 거라고요. 아주 부유한 젊은이가 저를 데려갈 거고, 나는 그와 함께 바다 건너로 갈 거라고 했어요."

"왜 꼭 바다 건너예요?" 판사가 물었다.

"왜냐하면 두 번째 패가 스페이드 10, 이것은 여행을 의미하지요." 마이에르소바 부인은 말했다.

"말도 안 되는 소리요." 판사는 투덜거렸다. "스페이드 10은 희망을 의미하지요. 여행은 스페이드 잭이오. 다이아몬드 7이 이득이 될 먼 여행을 의미하지요. 마이에르소바 부인, 당신은 나를 속이고 있어요. 당신은 이 증인이 1년 내에 부자와 결혼할 거라고 예언했는데, 그녀는 벌써 3년째 유명한 경찰 맥리어리 씨와 결혼 생활을 하고 있어요. 마이에르소바 부인, 이 난센스를 어떻게 설명하시겠어요?"

"하지만 나리." 노파는 흔들림 없이 말했다. "그런 일이 있을 수 있어요. 이 애송이는 소박하게 차려입고 제게 왔어요, 왼쪽 소매는 찢어진 채. 그녀는 돈이 없어요. 그래서 물을 갈구하고 있어요. 그녀는 스물다섯 살인데도 불구하고 스무 살이라고 말했어요."

"스물네 살이에요." 맥리어리 부인이 불쑥 내뱉었다.

"마찬가지예요. 그때 그녀는 결혼을 원했어요. 즉 처녀로 행세했어요. 그래서 저는 그녀에게 부자 신랑과의 결혼 패를 보여 주었어요. 그건 제게 가장 기쁜 일이었어요."

"그러면 방해한다는 얘기는, 나이 든 사람과 바다 건너로의 여행은 무엇을 의미하지요?" 맥리어리 부인은 물었다.

"더 받아 내려고 그랬을 뿐이에요." 마이에르소바 부인은 잘라 말했다. "1기니를 받으려면 패를 모두 이야기해야 되니까요."

"그것으로 충분해요." 판사가 말했다. "마이에르소바 부인, 소용없어요. 당신의 카드 점은 사기입니다. 카드 점은 합리적이어야 해요. 여러 이론이 있겠지만 절대로, 스페이드 10은 절대로 여행을 의미하지 않아요. 벌금 50리브르를 지불하세요. 당신은 음식물을 속이거나 가치 없는 물건을 파는 거와 같아요. 마이에르소바 부인, 또 그 외에도 당신이 스파이라는 혐의가 있어요. 그러나 내 생각인데, 그건 인정하지 않겠지요."

"신은 저를 믿을 거예요." 마이에르소바는 소리쳤다. 그러나 판사가 그녀의 말을 막았다. "아니, 가만 계세요. 왜냐면 당신은 아무런 허가증 없는 외국인이어서 당국이 당신을 추방할 것입니다. 안녕히 가세요, 마이에르소바 부인. 맥리어리 부인, 감사합니다. 그러나 당신에게 충고하겠는데 이 사기 카드 점은 시니컬하고 신중하지 못한 행동이라는 것입니다. 이걸 기억해 두세요, 마이에르소바 부인."

"저는 그럼 무엇을 해야지요?" 노파는 한숨을 쉬었다. "다시 생활이 나아지기 시작했는데……."

*

1년 후, 판사 켈리는 경찰국장 맥리어리를 만났다. "날씨가 무척 좋네요." 판사는 쾌활하게 말했다. "맥리어리 부인은 어떻게 지내세요?"

맥리어리가 찡그린 얼굴로 쳐다보며 말했다. "저, 아시다시피, 켈리 씨." 그는 분명 당황하는 모습으로 말했다. "그 여자, 맥리어리 부인…… 우리는 다시 말해 이혼했답니다."

"계속하시죠." 판사는 깜짝 놀랐다. "아름다운 여성이었는데!"

"바로 그거예요." 맥리어리는 중얼거렸다. "그러나 한 남자가 그녀에게 갑자기 홀딱 반했어요. 빈둥거리는 작자, 백만장자 또는 멜버른에서 온 사업가. ……나는 그녀를 막았어요. 그러나……." 맥리어리는 절망적으로 손을 내저었다. "일주일 전에 둘은 오스트레일리아로 떠났어요."

천리안

"아시다시피, 검사장님." 야노비츠 씨는 조금 거만스럽게 말했다. "아무나 저를 그렇게 쉽게 속이진 못해요. 제가 그냥 유대인인 것은 아니잖아요, 그렇지 않아요? 그러나 이 작자가 하는 것은 제 지력 이상이에요. 그건 단지 단순한 필적학이 아니에요, 뭐라고 단정할 수 없지만. 그에게 봉하지 않은 봉투에 넣은 육필을 주시면, 그는 그 글씨를 보지도 않고, 봉투 속으로 손을 넣어 더듬어 보고는 마치 뭔가 아프단 듯이 얼굴을 비틀어요. 잠시 후 그는 그 글씨를 쓴 자의 성격을 이야기하기 시작합니다, 아마 당신은 어이없어서 말이 다 안 나올 정도로 말입니다. 그는 틀림없이 그자의 운명을 알아맞힙니다. 저는 그에게 나이 지긋한 바인베르크의 편지를 건네주었는데, 그는 필자가 당뇨병이 있고 곧 파산할 것이라는 등 모든 것을 알아맞혔어요. 이를 어떻게 생각하세요?"

"아무것도." 지방 검사장은 메마르게 대꾸했다. "아마도 그자는 늙은 바인베르크를 알고 있었겠지요."

"하지만 그는 결코 그 필적을 본 적이 없다고요." 야노비츠 씨는 항의 조로 말했다. "그는 말하기를, 모든 필체는 고유한 기운을 가지고 있어서, 그것을 확실히 느낄 수 있다고 해요. 그는 이것이 라디오처럼 순수한 물리학적 현상이라고 합니다. 검사장님, 이건 전혀 사기가 아니에요. 이 카라다그 공작은 아무 대가도 바라지 않아요. 그는 바쿠에서 온 오래된 가문 출신이라고 한 러시아인이 제게 말해 줬어요. 하지만 제가 말씀드리고 싶은 것은 직접 보러 오시라는 겁니다. 그는 오늘 저녁 우리 집에 옵니다. 꼭 오셔야 합니다."

"여보시오, 야노비츠 씨." 지방 검사장은 말했다. "모든 것이 아주 멋지네요. 그러나 나는 외국인의 말이라면 50퍼센트만 믿어요, 특히 그들이 무엇으로 생계를 꾸려 나가는지 제가 모를 때에는. 러시아인들은 더욱더 못 믿고. 게다가 수도사들은 더더욱 믿을 게 못 됩니다. 그러나 그 작자가 무슨 공작이라면, 난 전혀 그를 믿을 수 없군요. 그 사람 그것을 어디서 배웠다고 했지요? 아, 페르시아에서. 야노비츠 씨, 제발 날 좀 가만히 내버려 둬요, 모든 동양적인 것은 사기라고요."

"하지만 검사장님." 야노비츠 씨가 방어했다. "그 젊은이는 완전히 과학적으로 추론합니다. 마법은 없어요, 아무런 신비로운 힘도 없어요. 감히 말씀드리겠는데 철저하게 과학적인 방법이라고요."

"그러면 그는 더더욱 사기꾼이오." 검사장은 충고했다. "야노비츠 씨, 나는 당신한테 놀랐어요. 당신은 일생 동안 과학적인 방법과는 아무 상관 없이 살아왔는데, 이제 그 과학을 다루시다니요.

이것 보세요, 만일 여기에 뭔가가 있다면 거기에는 오래전에 뭔가가 있었을 것이오, 그렇지 않아요?"

"아, 예." 야노비츠 씨는 약간 화가 난 듯 대답했다. "그러나 그가 늙은 바인베르크에 대한 모든 것을 알아내는 것을 내 눈으로 똑똑히 목격했단 말입니다! 그건 천재적이었어요. 아시겠어요, 검사장님, 보러 오십시오. 만일 그자가 사기꾼이라면, 당신이 전문가이시니 한눈에 알아보실 겁니다, 검사장님. 어느 누구도 결코 당신을 속이지 못하잖아요."

"나도 그러기는 어려울 거라 생각하오." 검사장은 겸손하게 말했다. "야노비츠 씨, 그럼 가 보지요. 내가 직접 당신의 그 기현상에 대해 알아보고 싶소. 오늘날 우리 나라 사람들이 너무 쉽게 믿는다는 것이 부끄러울 따름이오. 하지만 내가 누군지 절대 말해서는 안 되오. 잠깐, 내가 그에게 필사본을 봉투에 넣어서 주겠소. 그건 특별한 것이 될 테니. 그자가 사기꾼이라는 걸 증명해 보이겠소."

*

검사장(아니, 정확히 말해 검사장 클라프카)은 다음 재판에서 절도와 살해 혐의로 기소된 후고 뮐러 사건을 처리해야 한다는 것을 알아야 합니다.

백만 달러의 사업가 후고 뮐러는 자기 동생 오타를 죽이고 거금을 챙긴 후, 그를 독산스키 연못에 빠뜨렸다는 혐의와 1년 전 애인을 살해한 혐의로 기소되었습니다. 그러나 아직 증거가 확증되지는 않았습니다. 간단히 말해, 이 사건은 가장 중대한 사건들 중 하나로서, 검사장이 경력을 쌓고, 자신이 가장 무시무시한 검사라는 것을 보여 주기 위해 온 힘과 모든 수완을 동원해서 일해 왔습니다. 그러나 이 사건은 분명하지 않습니다. 검사장은 직접적인 증거를 하나도 갖고 있지 않습니다. 그러나 모든 일이 그렇듯, 그는 배심원들로부터 밀러 씨의 목을 매달 밧줄을 획득하기 위해 자신의 언변을 믿을 수밖에 없습니다. 검사들에게 이는 명예가 걸린 문제라는 것을 알아야 합니다.

그날 저녁 야노비츠 씨는 약간 혼란에 빠졌다. "클라프카 검사장님, 이 사람은 카라다그 공작입니다. 이제 시작할까요?" 그는 부드럽게 선언했다.

검사장은 이 이국적인 동물을 탐색하듯 바라보았다. 그는 안경을 쓴 젊고 홀쭉한 사나이였다. 티베트 수도승의 얼굴과 예민한 도둑의 손을 가지고 있었다. 나약한 사기꾼이야. 검사장은 간단히 단정했다.

"카라다그 씨." 야노비츠 씨가 더듬더듬 말했다. "여기 이 작은 테이블에 광천수가 있습니다. 작은 테이블 램프를 켜시죠. 천장의 불은 우리가 끄겠습니다. 자, 여러분 조용히들 해 주십시오. 어, 여기 클라프카 씨가 필사본 하나를 가져왔습니다. 카라다그 씨가 이것을 기꺼이……."

검사장은 잠시 기침을 하고 천리안을 가장 잘 보기 위해 자리를 잡았다. "여기 필사본이 있습니다"라고 말하며 지갑이 있는 주머니에서 봉하지 않은 봉투 하나를 꺼냈다. "자, 여기 있습니다."

"감사합니다." 천리안이 무표정하게 말하더니 봉투를 잡고 눈을 감은 채 손가락으로 그것을 뒤집었다. 그러고는 갑자기 떨면서 고개를 가로저었다. "이상한데." 그는 중얼거리고 물을 한 모금 삼켰다. 그러고 나서 가느다란 손가락을 봉투 속에 넣더니 갑자기 멈추었다. 그의 창백한 얼굴이 더욱 창백해지는 것 같았다.

방 안이 쥐 죽은 듯 조용했다. 야노비츠 씨의 드르렁거리는 목소리만 들려왔다. 야노비츠 씨는 갑상선종을 앓고 있었다.

마치 그의 손가락이 벌겋게 달아오른 쇠붙이에 짓눌린 것처럼, 카라다그 씨의 가느다란 입술이 떨리면서 일그러졌고 이마에서는 땀이 흘렀다. "더 이상 견딜 수 없어요." 그는 겨우 소리를 지르고 손가락을 봉투에서 꺼내 손수건으로 닦고는 마치 칼을 갈듯이 손가락들을 테이블보를 따라 잠시 밀고 당기고 했다. 그런 다음 물을 한 모금 마시고 조심스럽게 다시 봉투를 손가락으로 잡았다.

"이것을 쓴 사람은……" 그는 메마르게 시작했다. "이것을 쓴 자는…… 여기에는 아주 큰 힘이 있어요, 아주 센(여기서 그는 틀림없이 단어를 생각해 내고 있었다) 몰래 감시하는 힘. 그 감시는 무섭습니다." 그는 소리치고 테이블 위에 봉투를 놓았다. "저는 이 사람을 적으로 삼고 싶지 않습니다!"

"왜요?" 검사장은 참지 못했다. "그자가 무슨 범죄라도 저질렀습니까?"

"제게 묻지 마십시오." 천리안은 대답했다. "모든 질문은 힌트를 줍니다. 저는 그저 이자가 뭔가를, 아주 엄청나고 무서운 일을 저지를 수 있다고 생각할 따름입니다. 여기에는 아주 무서운 의지, 성공을 갈망하는…… 금전을 갈망하는…… 이 사람은 가까운 사람의 목숨도 마다하지 않습니다. 아니, 이자는 보통 범죄자가 아닙니다. 호랑이는 범죄자가 아닙니다. 호랑이는 위대한 지배자입니다. 그는 작은 것을 탐낼 자가 못 됩니다. 하지만 그는 살아 있는 사람들을 지배할 것이라고 생각합니다. 만일 그가 뭔가 노리며 배회한다면, 그는 사람들 속에서 오직 먹잇감을 찾습니다. 그리고 그들을 죽일 것입니다."

"선과 악을 초월해서." 검사장이 동의한다는 듯 조심스럽게 중얼거렸다.

"그건 오직 말일 뿐입니다." 카라다그 씨가 말했다. "누구도 선과 악을 초월할 수 없습니다. 그는 나름대로 자신의 정확한 도덕적 개념을 가지고 있습니다. 그는 아무에게도 빚을 지고 있지 않고, 그는 훔치지도 않고, 그는 거짓말도 하지 않습니다. 만일 그가 누군가를 죽인다면 마치 체스 게임에서 장군을 부르는 것과 같습니다. 그것은 그의 놀이입니다. 그는 정당하게 경기를 합니다." 천리안은 힘들게 이마를 찡그렸다. "저는 그것이 무엇인지 모르겠습니다. 저는 거대한 연못을 보고 그곳에서 모터보트를 봅니다."

"또 뭐가 있습니까?" 검사장이 겨우 숨을 쉬며 소리쳤다.

"더 이상 보이지 않습니다. 그것은 완전히 안개 속에 있습니다. 그것은 자신의 먹이를 잡으려는 잔인하고 무자비한 것과는 대조적으로 이상할 정도로 안개 속에 있습니다. 하지만 거기에는 아무런 열정도 없고 이성만 있습니다. 모든 세밀한 것에 대해 완전히 합리적인 심사숙고. 마치 어떤 과제나 기술적인 문제를 해결하는 것과 같습니다. 아니, 그 사람은 결코 아무것도 후회하지 않습니다. 그는 매우 자신에 차 있고, 자신의 양심을 두려워하지 않습니다. 나는 그자가 모든 것을 위에서 바라보고 있다는 느낌을 갖습니다. 그는 자부심이 강하고, 자신을 사랑합니다. 그는 사람들이 자기를 두려워하는 것을 좋아합니다." 천리안은 물을 한 모금 마셨다. "그러나 그는 또한 위선자입니다. 그는 확고하게 분명한 태도를 취하는 기회주의자입니다. 그는 세계를 자신의 행동으로써 위협하는 것을 좋아합니다. 이것으로 충분하겠지요. 저는 피곤합니다. 저는 그자를 좋아하지 않아요."

*

"이것 보세요, 야노비츠 씨." 검사장이 흥분해서 말했다. "그자는 정말 놀랍습니다, 당신의 그 천리안 말이오. 그가 말한 것은 완전한 초상화예요. 그는 사람들한테서 오직 먹잇감을 찾는 강력하고 무자비한 사람이에요. 완전한 자신의 게임의 말, 자신의 순수한 합리성으로 움직이고 아무런 후회도 하지 않는 머리이고, 신사이며 동시에 위선자입니다. 야노비츠 씨, 카라다그는 그를 백 퍼센트 이해했습니다!"

"그것 보십시오." 야노비츠 씨가 비위라도 맞추듯이 말했다. "제가 말하지 않았습니까? 그것은 리베레츠 출신 슐리펜의 편지이지요, 그렇지요?"

"아니요, 그렇지 않아요." 검사장은 소리쳤다. "야노비츠 씨, 그건 살인자의 편지예요."

"그러나, 그러나." 야노비츠 씨는 의아해했다. "저는 그자가 방직공장업자 슐리펜이라고 생각했어요. 아시다시피 그 작자, 슐리펜은 아주 대단한 사기꾼이에요."

"아니에요. 그 편지는 형제 살인자 후고 뮐러의 것이에요. 당신은 천리안이 말한 양어장의 보트 이야기를 기억하지요? 그 보트에서 뮐러가 자기 동생을 물속으로 던져 버렸지요."

"그러나, 그러나." 놀란 듯이 야노비츠 씨가 말했다. "잘 아시네요! 하지만 그건 대단한 재주예요, 검사장님!"

"의심할 바 없지요." 검사장은 선언했다. "뮐러의 성격을 알아내고 그의 행동에 앞서 따르는 동기를 알아낸다는 것은, 야노비츠 씨, 경이적이에요. 나도 뮐러의 성격을 그렇게 철저히 알아맞히진 못했어요.

그런데 천리안은 그걸 감각으로 알아내요, 뮐러의 글씨 몇 줄로부터. 야노비츠 씨, 거기에는 뭔가가 있어요. 인간의 필체에는 뭔가 특별한 기운이나 뭔가가 있는 게 틀림없어요."

"제가 뭐라고 했습니까?" 야노비츠 씨는 의기양양하게 말했다. "검사장님, 간곡히 부탁하건대, 저는 아직 살인자의 필체를 본 적이 없습니다."

"기꺼이." 검사장은 말하면서 봉투 하나를 주머니에서 꺼냈다. 그리고 갑자기 얼굴색이 변했다. "이것은…… 야노비츠 씨." 그는 뭔가 확신이 서지 않는다는 듯 말했다. "이 편지는 재판 기록물에 속

합니다. 이것을…… 당신에게 보여 줄 수 없습니다. 용서하세요."

잠시 후 검사장은 비가 오는 것도 알아차리지 못한 채 집으로 달려갔다. 난 멍청이야. 그는 쓰라리게 말했다. 난 바보야, 이런 일이 어떻게 있을 수 있단 말인가? 난 백치야! 너무 서두르다가 서류들 속에서 뮐러의 편지 대신 내가 쓴 것을 잡다니, 그 소송에 대한 내 메모를 집어 그 봉투에 쑤셔 넣다니! 난 불쌍한 인간이야! 그러니까 그게 내 필체였다니! 대단히 고마워! 기다려, 이 불한당 같으니, 내 당신의 정체를 반드시 알아내고 말겠어!

검사장은 마음을 가라앉혔다. 그러나 그건 그렇고, 좌우간 그건 그렇게 사악하지는 않아. 거대한 힘, 무서운 의지, 잠깐, 나는 전혀 그렇게 야비하지는 않아, 나는, 나 자신 확실한 도덕적 관념을 가지고 있어. 그건 사실 환심을 사기 위한 것이지. 나는 결코 아무것도 비난하지 않잖아? 하느님 맙소사. 난 아무것도 없어. 난 오직 내 임무를 완수하고 있을 뿐이야. 그리고 이해력을 갖춘 특성, 그것 또한 사실이지. 그러나 내가 그 위선자와 연루되다니. 좌우간 그자는 사기꾼이야.

갑자기 그는 멈추었다. 그는 속으로 중얼거렸다. 좌우간 그 천리안이 말한 것은 어디에든 다 들어맞는 거야! 그건 보편적인 것이지. 모든 사람이 어느 정도 위선자이고 사기꾼이야. 거기에 온갖 협잡이 있는 거야. 모두가 알 만한 것을 말하고 있어. 그렇게 결론 내린 검사장은 우산을 펼쳐 들고 평소 때처럼 의기양양하게 집으로 발걸음을 옮겼다.

 "하느님 맙소사!" 재판장은 가운을 벗으면서 신음 소리를 냈다. "벌써 7시군요. 또다시 이렇게 오래 끌다니! 그 검사장이 두 시간이나 이야기했지. 그러나 동지, 그는 승리했겠지요. 그런 조그만 증거로도 그자의 목을 매달 수 있는 건 성공이라고 부를 수 있어요. 저, 배심원의 마음은 결코 알 수 없지요. 그러나 그는 멋지게 말했지요." 재판장은 손을 씻으면서 말했다. "그는 뮐러의 성격을 다루는 데 있어 완벽한 초상화였어요. 아시다시피, 이 살인범의 가공할 비인간적인 특성은 사람의 간담을 서늘케 하지요. 그가 어떻게 말했는지 기억하세요. '그는 보통의 범죄자가 아니에요, 그는 사기 같은 것은 몰라요, 그는 도둑질은 하지도 않아요, 그는 사람을 죽이는데, 마치 체스 판의 말을 죽이듯 조용히 행하지요. 그는 열정으로 살인하는 게 아니라 냉정하고 이성적인 판단에 따라 마치 과제나 기술적인 문제를 해결하듯이 살인을 저질러요.' 아주 잘 말했어요, 동지. 그리고 또 다른 것은, 그의 사냥감이 되면, 그는 가까운 사람도 먹잇감으로 보지요. 아시다시피, 그 호랑이와 같이. 약간은 연극적이지만, 그게 바로 배심원이 좋아하는 면이지요."

 "아니면……." 부재판장이 말했다. "그가 말하는 방법대로, 살인자는 후회라는 걸 몰라요. 그는 자신을 확신하고, 자신감에 차 있고, 자신의 양심을 두려워하지 않아요."

"혹은 또다시 이 심리적인 관찰에 의하면⋯⋯." 재판장이 손수건으로 손을 닦으면서 계속했다. "이 살인자는 자신의 행동으로 세상을 뒤흔들려고 하는 위선자이며 기회주의자입니다."

"클라프카는⋯⋯." 부재판장이 감사하다는 듯 말했다. "이자는 위험한 상대입니다."

"후고 뮐러는 친동생의 목숨을 빼앗은 죄인이오." 재판장은 놀라워했다. "누가 그걸 생각이라도 했겠습니까! 클라프카가 드디어 그자를 잡았지요. 클라프카에게 그자는 체스 판의 졸이나 사냥감이에요. 그래서 그자는 그의 먹잇감이 되었지요."

"여보세요, 나도 그를 내 적으로 삼고 싶지 않군요."

"그는 사람들이 자기를 두려워하는 것을 좋아하지요." 부재판장이 언급했다.

"조금 자기만족을 하는, 그가 바로 그런 자입니다." 재판장이 생각에 잠긴 듯 말했다. "그러나 그는 의지가 강해요, 특히 성공을 위해서는. 거대한 힘, 친구여, 그러나⋯⋯." 그는 적당한 말을 찾지 못했다. "자, 저녁이나 먹으러 갑시다."

필적의 비밀

"루브네르." 편집장이 말했다. "그 필적학자를 살펴보러 가게. 오늘 저녁 기자단을 모아 놓고 시범을 보인다네. 그 옌센이란 작자, 다들 대단하다고 하네. 그에 관해 15줄 정도 기사를 써 오게."

"좋아요." 루브네르는 철저하게 내키지 않은 업무 때문에 투덜거렸다.

"그러나 조심하게, 사기를 안 치는지." 편집장은 그에게 다짐했다. "가능한 한 사적으로 조사해 보는 게 좋을 거야. 그래서 경험 있는 자네를 보내는 걸세."

*

"신사 여러분, 따라서 이는 확실한 과학적 원칙입니다. 정확히 말해 정신(심리) 측정학적인 필적학입니다." 그날 저녁 필적학자 옌센은 자신의 이론적인 설명을 마쳤다. "아시다시피 전체 체계가 투명한 실험적인 법칙들에 기반을 두고 있습니다. 그러나 물론 이런 정확한 방법들의 실제적인 사용은 끊임없이 복잡다단합니다. 그런 까닭에 이 단 한 번의 강의로 그것들을 명확하게 증명할 순 없습니다. 그래서 여러분들에게 내 과제의 전체 진행 과정을 이론적으로 다 설명하지 않고, 필사본 분석을 두세 개 보여 드리겠습니다. 왜냐하면 설명할 시간이 없기 때문입니다. 실례지만 누가 필사본을……"

기다리고 있던 루브네르는 즉각 이 위대한 옌센에게 여러 개의 필사본을 내밀었다. 옌센은 마법의 안경을 쓰고 필체들을 보기 시작했다.

"아하, 여자의 손이군요." 그는 얼굴을 찡그렸다. "남성의 필체가 대개 더 명료하고 더 흥미로운데, 그러나 마침내……" 무어라 중얼거리고, 주의 깊게 안경 너머로 종잇장들을 보기 시작했다. "흠, 흠." 잠시 후 머리를 내저으며 말했다. 깊은 침묵이 흘렀다.

"이게 당신의 가까운 사람의 것은 아니겠지요?" 갑자기 필적학자가 그에게 물었다.

"아니에요, 그럴 리가요." 루브네르는 즉각 항의했다.

"그러면 더 좋아요." 위대한 옌센은 말했다. "잘 들어 봐요, 그 여자는 거짓말을 하고 있어요! 이 필사본에 대한 첫인상입니다. 거짓말, 습관적으로 하는 거짓말, 인생의 표현으로서의 거짓말. 달리 말해 이 필자는 수준이 매우 낮아요. 지식인은 그녀와 함께 대화를 나눌 것이 별로 없어요. 그녀는 매우 육감적이네요. 그 글은 의도적으로 꾸민 형태입니다. 놀라울 정도로 무질서해요. 그녀의 집

안 정리도 비슷하고요! 이것이 바로 제가 먼저 이야기하고자 했던 기본 특징입니다. 첫 번째로 여러분들이 한 인간에 대해 아는 것은 그의 습관입니다. 즉 다시 말해 곧바로 기계적으로 외견상 본능적으로 나타나는 특징입니다.

개인적이고 심리적인 분석은 앞서 언급한 개인이 숨기거나 억제하는 고유한 특성에서 시작됩니다. 왜냐하면 그것은 그 자신의 환경에 좌우되기 때문입니다. 따라서 예컨대……." 손가락으로 콧잔등을 만지며 필적학자가 말했다.

"이 여자는 자신의 생각을 아무에게도 드러내지 않습니다. 그것은 피상적입니다. 하지만 그 표면에는 두 개의 생각이, 즉 표면적으로는 다방면에 저속한 흥미를 가지고 있는 듯하나, 그건 실제로 자기가 생각하는 것을 숨기기 위한 가면일 뿐입니다. 즉 그 비밀스러운 자아는 또다시 지독히 진부한 것입니다, 감히 말하건대, 불안, 정신적인 나태가 가득한 타락입니다. 예를 들면 이걸 보십시오, 이 필체는 불쾌할 정도로 육감적입니다. 이는 또한 사치의 증후입니다. 동시에 매우 저속할 정도로 신중합니다. 그 여자는 사려분별(思慮分別)의 모험을 찾는 대신 지나치게 안락함을 좋아합니다. 물론 그녀에게 기회가 생긴다면 말이죠. 그러나 그건 우리의 일이 아닙니다.

그녀가 뭔가를 할 때는 특별히 게으르고 동시에 말이 많아서, 반나절 내내 그것에 대해 짜증이 날 정도로 이야기합니다. 너무 지나치게 스스로 몰두합니다. 그녀는 아무도 좋아하지 않는 것이 빤히 보입니다. 오직 자신의 편안함을 위해서라면 아무에게나 매

달려 그를 사랑한다고, 그리고 하느님이 아시겠지만, 그에 대해 걱정하고 있다고 설득하려 합니다. 모든 남성들이 그러한 여자들 앞에서는 약합니다. 남자는 단순히 그 권태, 끝없는 수다와 천한 물질주의 때문에 약해지기 마련입니다.

단어와 특히 문장이 어떻게 시작되었는지 주의 깊게 살펴보세요. 매우 심하게 떨리고 여리게 쓰였네요. 이 사람은 지배하려 하고 실제로 지배하고 있어요. 그러나 거기에는 에너지가 없어요. 대신 뭔가 가장된 중대성과 수다가 많아요. 경우에 따라 저속한 횡포, 즉 문물로 횡포를 부려요. 이건 아주 이상합니다. 모든 그러한 동요 속에는 매우 괴상한 것이 보이지요. 또다시 무기력한 침체. 뭔가 이 사람을 방해하고 있고, 이 사람은 계속해서 그것에 대해 겁을 먹고 있어요, 아마도 그녀의 물질적인 안락함을 위협할지도 모르는 그 어떤 것이 드러날까 봐.

여기에는 아주 곤란하고 조심스레 감춰진 뭔가가 있는 게 분명해요, 흠, 과거에 무엇이 있었는지 저는 정확히 모르겠지만. 이런 반응을 보인 후에야 다시 관습적으로 말을 끝내기 위해 그 자신의 힘을 회복하고, 오히려 일상의 습관으로 돌아갑니다. 물론 마지막에는 그 이기적이고 장황한 말꼬리를 가지고. 또다시 벌써 거기에는 허영심이 나타나지요. 이 분석에서 첫 번째 인상이 거짓말한다는 것을 기억하고 있겠지요. 신사 여러분, 동시에, 더 상세한 분석도 오히려 그 첫 번째의 일반적이고 직관적인 인상에 근거하고 있음을 아시겠지요. 이 최후의 일관성을 저는 방법론적 입증이라고 부릅니다. 저는 그것을 낮은 수준이라고 말했지만 그 수준은 미개함이 아니라 부조화에 의해 주어졌습니다. 이 필체는 뭔가 가장을 하고 있습니다. 사실보다 더 좋은 체합니다. 그러나 그것은 편협함 속에서 행해지고 있습니다. 그 여성은 사소한 일들에 신경을 씁니다. 그녀는 주의를 집중하여 I 자 위에 점을 찍습니다. 그러나 중요한 문장들에는 신경을 쓰지 않습니다. 원칙도 없고, 도덕도 무시하고, 한마디로 하찮은 여자입니다.

가장 놀라운 것은 쉼표들입니다. 필체는 오른쪽으로 기울어 있는데, 쉼표들은 그 반대쪽으로 기울어 있습니다. 그것은 등 뒤에서 단도로 찌른 듯 이상한 인상을 자아냅니다. 거기에는 뭔가 교활하고 음험한 것이 있습니다. 비유적으로 말하면 이 여자는 사람을 등 뒤에서 찌를 수도 있다는 것입니다. 그러나 그 여자는 자신의 안락함을 위해서가 아니라 공상의 결핍 때문에 그것을 합니다. 자, 이것으로 충분할 듯싶습니다. 누구 더 흥미로운 필사본을 가지고 있는 사람 없습니까?"

그날 저녁 루브네르는 우울함에 젖어 집으로 왔다.

"오셨어요?" 루브네르 부인이 말했다. "저녁은 먹었어요?"

루브네르는 음침한 얼굴로 그녀를 살펴봤다. "벌써 시작하는 군?" 그는 험악하게 중얼거렸다.

루브네르 부인이 놀란 눈초리로 두 눈을 치켜떴다. "다시 시작하다니, 무슨 말이에요? 전 그저 저녁 식사를 할 건지 물었을 뿐인데요."

"그것 보라니까." 루브네르는 혐오감을 드러내며 말했다. "당신은 물론 음식 먹는 것 말고 다른 것에 대해서는 이야기할 줄 모르겠지? 그것이 당신의 저속한 관심이지. 그것은 그렇게 비천하고, 그 끝없는 수다스러움에, 그 물질주의와 따분함⋯⋯." 루브네르는 한숨을 내쉬며 절망적으로 손을 내저었다. "그렇게 해서 남자의 약점을 이용하는 걸 난 다 알고 있어."

루브네르 부인은 뜨개질하던 것을 무릎에 내려놓고 주의 깊게 그를 쳐다보았다. "프란츠, 당신 무슨 기분 나쁜 일이라도 있었어요?" 그녀가 걱정스레 물었다.

"아하." 루브네르는 악의에 찬 말을 내뱉었다. "벌써 또 나에 대한 걱정을 시작하는군. 그렇지? 제발 나를 설득하려고 하지 마! 여보, 인간이 거짓말을 한번 꿰뚫어 보면 누군가가 자신의 안락함을 위해 그에게 힘들게 매달린다는 것을 알게 된다고⋯⋯. 단지 육감만으로도, 제기랄. 그럼 또다시 그 인간은 미쳐 버리지 않을 수 없다고!" 루브네르는 소리를 버럭 질렀다.

루브네르 부인은 머리를 가로저으며 뭔가를 말하려 하다가 이내 입술을 다물고 뜨개질을 계속했다. 침묵이 흘렀다.

"여기 좀 봐요." 잠시 후 루브네르가 퉁명스럽게 말을 꺼내며 어렵사리 고개를 쳐들었다. "무질서에다 형편없군. 아무렴, 사소한 것들은 질서가 있고 정확해 보이지만, 그러나 정작 중대한 일에서는⋯⋯. 여기 이 걸레들은 뭐요?"

"당신 셔츠를 수선하고 있잖아요." 루브네르 부인이 꽉 잠긴 목소리로 겨우 말했다.

"당신이 셔츠를 수선한다고." 루브네르는 비웃었다. "그래, 당신이 셔츠를 수선하고 있다고! 온 세상이 그것을 알고 있다고. 그렇지 않아? 반나절 내내 누군가가 셔츠를 수선하고 있다는 것에 대해 이야기를 해야 한다니! 그것이 얼마나 중요한지 야단법석을 떨고 있다지! 그래서 당신은 이 가정을 지배해야 한다고 생각하는 거지? 오, 맙소사! 제발 이제 그만하라고!"

"프란츠." 루브네르 부인은 너무 놀란 나머지 겨우 숨을 몰아쉬었다. "내가 뭐 잘못한 것이라도 있어요?"

"내가 어떻게 알겠어?" 루브네르는 격노했다. "당신이 뭘 했는지 난 몰라. 당신이 무슨 생각을 하고 있는지, 무슨 의도를 가지고 있는지 난 모른다고. 난 당신에 대해 아는 게 없어, 전혀 없다고. 왜냐하면 당신은 당신에 대한 것들을 지나치게 감추기 때문이오! 난 당신의 과거조차 모른다고!"

"제발 그만." 루브네르 부인은 피가 끓어올랐다. "이제 모든 게 끝장이군요! 아직도 더 말할 게 있어요?" 그녀는 온 힘을 다하면서 공포에 사로잡혀 말했다. "여보, 무슨 일 있었어요?"

"아." 루브네르는 승리감에 차서 말했다. "또 시작하는군! 당신, 무엇이 그렇게 겁나? 아마도 당신의 그 풍요로움을 위협할 무엇이라도 나타난단 말이오? 또 다 알다시피 그 모든 안락함 속에서 새로운 모험의 기회를 찾을 것이고, 그렇지 않아?"

루브네르 부인이 화석처럼 주저앉았다. "여보." 그녀는 눈물을 삼키며 겨우 말했다. "당신, 저한테 뭔가 원한이 있어요…… 그러니까 저, 맙소사, 솔직히 말해 봐요!"

"전혀, 아무것도 없어." 루브네르는 매우 아이러니하게 설교하기 시작했다. "그러나 나는 당신에게 반대할 아무것도 없어요! 만일 어떤 사람의 부인이 원칙도 없고, 도덕도 없이 거짓말쟁이이고, 게으르고, 무질서하고, 저질이고, 낭비벽이 심하고 지나치게 육감적이라면 상관할 바가 뭐 있겠어요! 게다가 수준도 낮다면……."

루브네르 부인은 울음을 터뜨리고 일어나서 뜨개질하던 것을 방바닥에 내팽개쳤다.

"그만하지 못해." 남편은 경멸적으로 고함을 질렀다. "그게 바로 가장 저속한 횡포라고. 그 눈물의 횡포!"

그러나 루브네르 부인은 이제 더 이상 듣지도 않고, 발작에 가까운 울음으로 목이 메어 자신의 침실로 들어갔다.

루브네르가 비극적으로 크게 웃어 젖히며 머리를 문 안으로 들이밀었다.

"등 뒤에서 단도로 찌를 사람이군." 그는 외쳤다. "당신은 그 짓을 하고도 너무나 편안함을 느끼겠지."

*

다음 날 저녁 루브네르는 단골 선술집에 들렀다. "마침 당신이 쓴 기사를 읽고 있었네." 플레츠카 씨가 안경 너머로 그를 맞이했다. "필적학자 옌센을 얼마나 찬양했는지. 기자 양반, 거기 뭐 대단한 거 있던가요?"

"예, 아주 많아요." 루브네르는 대답했다. "저, 얀치크 씨, 내게는 스튜 스테이크를 주세요, 단단하지 않은 걸로. 이것 봐요, 그 얀센이란 사람, 보통이 아니었어요. 어제 저녁에 만났는데, 그자는 필체를 아주 과학적으로 분석하더군요."

"그럼 그건 속임수예요." 플레츠카 씨가 말했다. "여보세요, 난 오직 과학을 제외하곤 모든 걸 다 믿어요. 그건 마치 아무 비타민 요소가 없는 비타민제를 먹는 것과 같아요. 그래서 적어도 사람은 그가 먹는 것을 알고 있어요. 당신은 그걸 모르고 있는 것 같은데, 지금 그 스튜 스테이크 속에 알 수 없는 생명의 요소가 있어요. 제기랄." 플레츠카 씨는 지겹다는 듯이 말했다.

"이번엔 다른 문제입니다." 루브네르는 선언했다. "플레츠카 씨, 심리적인 필적, 자동 기술, 제1, 제2차적인 특징들과 세세한 것들을 설명하려면 오래 걸리겠군요. 자신 있게 말할 수 있는 것은 그는 마치 책을 읽듯이 필적을 읽어 냅니다. 그가 어떤 사람을 알아맞히는데 마치 자기 앞에서 직접 그자를 보는 듯합니다. 그는 당신에게 그자가 어떤 사람이고, 그자의 과거가 어떤지, 무엇을 생각하고 있는지, 무엇을 숨기고 있는지, 모든 것을 말해 줄 거예요! 제가 직접 거기에 있었다니까요, 선생님!"

"계속하세요." 플레츠카 씨가 회의적으로 소리쳤다.

"그럼 예를 하나 들어 말하겠습니다." 루브네르는 시작했다. "어떤 사람이, 저는 그의 이름을 말하지는 않겠습니다. 그러나 그는 유명 인사입니다. 옌센에게 자기 부인의 필사본을 주었습니다. 옌센이 그 글씨를 보고는 곧장 이렇게 시작했습니다.

'이 여자는 위선적이고, 집 안 구석구석을 무질서하게 어질러 놓고, 지나치게 육감적이고, 피상적이고, 게으르고, 사치스럽고, 재잘거리고, 가정을 지배하고, 사악한 과거를 가지고 있고 그리고 게다가 자기 남편을 살해하려 하고 있어요!' 그 남자가 초주검이 될 정도로 창백해진 것을 상상해 보세요. 왜냐하면 모든 것이 말 그대로 사실이니까요. 그 남자가 그녀와 20년간을 행복하게 살면서 전혀 눈치채지 못했다는 것을 상상해 보세요! 그 남자는 20년간의 결혼 생활 동안 자기 여자의 10분의 1도 알지 못했는데, 옌센은 첫눈에 알아보았으니! 이건 정말 놀라운 성과예요, 그렇지 않아요? 플레츠카 씨, 그는 당신도 틀림없이 믿게 만들 거예요!"

"그것참, 놀라운 일이군요." 플레츠카 씨는 언급했다. "그 얼간이, 그 작자가 20년간 전혀 알아채지 못했다니."

"아니에요." 루브네르는 즉각 응수했다. "그 여자가 너무나 교묘하게 숨기고 있었으니 그는 그 여자와 매우 행복하게 지낼 수밖에 없었어요. 그는 행복에 겨워 전혀 눈치를 못 챘어요. 또한 아시다시피 그는 과학적인 정확한 방법을 알지도 못했어요, 그것은 바로 이렇습니다, 당신 같은 단순한 사람들 눈에는 희게 보이지만 과학적으로는 색깔이 있는 것입니다. 이보세요, 오늘날 누군가 경험이 있다고 해서, 그 사람이 꼭 정확한 방법을 가지고 있다는 것은 아니지요. 위에서 언급한 그자가 집에서 그런 괴물과 함께 살면서 그녀에게 아무런 과학적인 방법을 적용하지 않았다는 것이 놀랍지 않아요. 그게 문제예요."

"그래서 그 사람, 이혼이라도 했나요?" 술집 주인이 대화에 끼어들었다.

"전 그것까지는 몰라요." 루브네르 씨는 무관심하게 대꾸했다. "그런 어리석음에는 관심 없어요. 저는 그저 그 필체에서 전혀 아무도 알지 못하는 것을 읽어 내는 일에 관심이 있을 뿐이에요. 상상해 보세요, 누군가를 수십 년간 아주 착하고 순종적이라고 믿어 왔는데 갑자기, 벼락같이 탕, 그의 필체에서 그가 사악한 자이고 악당이라는 걸 알게 되었다는 것을.

이보세요, 사람이 그런 괴짜를 그냥 믿어서는 안 됩니다. 과학적 분석만이 그런 작자를 믿을 수 있는지 알려 줍니다!"

"그러나, 그렇지만." 플레츠카 씨가 의기소침해서 말했다. "그럼 이제 사람은 다른 사람에게 자기 글씨 보여 주는 것을 두려워하겠구먼."

"바로 그렇습니다." 루브네르는 대답했다. "예컨대 범죄자의 경우 이 과학적 필적학이 어떤 의미를 가지는지 상상해 보십시오. 이보세요, 도적질하기 전에 미리 막을 수 있습니다. 필체를 통해 그자에게 2차적인 도벽의 특질이 있다는 것을 폭로하고 그 순간에 그자는 이제 판크라츠 감옥행입니다. 그건 위대한 미래입니다. 제가 말했듯이 이것은 입증된 과학입니다. 그것은 조금도 의심할 여지가 없어요." 루브네르 씨는 시계를 쳐다보았다. "벌써 10시군요, 집에 가 봐야 할 시간입니다."

"오늘 저녁엔 왜 그렇게 빨리 가세요?" 플레츠카 씨가 물었다.

"아시다시피, 마누라가 계속 그렇게 혼자 둔다고 불평할 것 같아서요."

완벽한 증거

"토니크, 자네도 알겠지만." 치안 판사 마테스가 가장 친한 친구에게 이야기했다. "이는 경험에서 우러나온 것이야. 나는 아무런 변명도, 아무런 알리바이도, 아무런 설명도 믿지 않아. 나는 피의자도, 증인도 안 믿어. 사람은 원하지 않지만 거짓말을 하게 돼 있어. 자, 피의자에게 아무런 적대감이 없다고 네게 맹세하는 어떤 증인이 있다고 가정해 봐. 그리고 그는 자신의 영혼 깊숙이, 알다시피 잠재의식 속에서 억압된 증오 때문이거나 질투 때문에 피의자를 혐오하고 있다는 것을 자기 스스로 깨닫지 못하는 거야. 피의자가 네게 들려주는 모든 이야기는 미리 생각해 두었던 것이고 날조된 것이야. 증인이 네게 이야기하는 것은 모두 의식이나 무의식 속에서 피의자를 도와주거나 해악을 주게 돼 있어. 이 친구야, 난 알고 있어, 사람은 시종일관 거짓말하는 괴물이라는 것을.

그럼 우리는 무엇을 믿을까? 우연히, 토니크, 그러한 본의 아닌, 무심결의, 또는 내가 감히 말하건대, 제어할 수 없는 충동이나 행동 또는 사람으로부터 슬그머니 빠져나가는 말을 믿지. 모든 것은 거짓이고 꾸며진 것이고, 모든 것은 위장이거나 생각이지 우연은 결코 아니야. 첫눈에 알게 되지. 내가 자네에게 그 방법을 알려 주지. 가만히 앉아서, 사람들이 미리 생각하고 준비한 것을 재잘대도록 버려두지, 마치 내가 그들을 믿고, 더 나아가 그들이 계속해서 주절거리도록 그들을 도와주지. 그리고 그들 자신들도 모르는 사이에 원하지 않던 말들이 튀어나오도록 지켜보는 거야. 아시다시피, 그런 경우 사람은 심리학자가 되어야 해.

어떤 치안 판사는 피의자를 어리둥절하게 하는 수법을 쓰지. 그를 계속 훼방하고 당황하게 해서 결국 그 불쌍한 자는 황비 알주베타를 살해했다는 것을 자백하게 돼. 나는 철두철미하게 확신하고 싶어. 그래서 천천히 인내심을 가지고 기다리지. 전문가가 말하는 진술이라는 그 조직적인 거짓말과 얼버무림이 조그마한 무의식적인 진실을 드러낼 때까지. 자네도 알다시피 인간이란 존재는 어떻게 해서든 실수로 말을 하고 과실을 범할 때, 순수한 진실은 바로 그 눈물의 골짜기 속에서 부주의 때문에 나오는 거야. 내 말 좀 들어 봐, 토니크, 난 자네한테 비밀이 없어. 우리는 불알친구잖아. 자네 알지, 내가 유리창을 박살 냈을 때 자네가 실컷 얻어맞은 것을. 난 아무한테도 말하지 않았어. 그러나 나는 말을 해야 하는 것이 자네한테 정말 부끄러워. 사람이 이야기를 해야 한다는 것은 다 헛된 일이야. 난 자네에게 말하겠어, 이런 방법이 또다시 요즘 나의, 나의 사적인 삶에 얼마나 멋지게 빛났는지 말이야. 간단히 말해 우리 부부 생활에. 자, 제발 말해 봐, 나는 바보였고 비열한 인간이라고. 바로 그게 나야.

이봐, 친구, 난…… 저, 나는 내 마누라 마르티츠카를 의심했다네. 간단히 말해 난 미친 듯이 질투심에 불탔어. 난 말이지, 그녀가, 난 그자를 아르투르라고 부르지, 그 젊은이와 함께 뭔가가 있다는 생각이 내 머리에 꽉 박혔지. 자네는 그자를 모를 거야. 잠깐, 나는 니그로가 아니야. 만일 그녀가 그를 사랑한다는 걸 알았다면 난, 마르타,* 우리 헤어지지, 라고 말했을 거야. 더 나쁜 것은 나에겐 아무런 확증도 없다는 거야. 토니크, 이게 얼마나 고통스러운지 넌 상상도 못할 거야. 하느님 맙소사, 지옥 같은 한 해였지. 그따위 질투심에 불타는 남편이 견뎌야 하는 것이 얼마나 어리석은 짓인지 알겠지. 몰래 뒤를 밟고, 냄새를 맡고, 스파이 짓을하고, 장면을 연출하고…… 그러나 지켜봐 주게, 나는 우연하게도 치안 판사지, 친구야. 최근 1년간 나의 가정생활은 아침부터 침실에 들 때까지 끝없는 반대 심문 같았어.

감히 말하건대, 죄인 마르티츠카는 멋지게 무죄 판결을 받았지, 그녀가 울었을 때도, 상처받아 침묵했을 때도 그리고 심지어 하루 종일 어디에서 무엇을 했는지 진술했을 때도 나는 그녀가 실수로 말하거나 누설하는 것을 헛되이 기다렸지. 자네도 알다시피 여자란 거짓말을 자주 하지. 감히 말하건대, 밥 먹듯이 거짓말을 하지. 그러나 그건 여자들의 습관이야. 여자는 두 시간 내내 양장점에 있었다고 말하지 않아, 그 대신 치과나 친정 엄마 묘지에 갔다고 생각하게 하지. 톤다,* 내가 그녀를 더욱더 괴롭힐수록, 질투심에 불타는 녀석은 격노한 개보다 더 무섭지. 내가 그녀를 더욱더

56

못살게 굴수록 나는 덜 확신이 서지. 그녀의 모든 말과 변명을 내가 열 번을 바꾸고 파헤쳐 봐도, 나는 정상적인 인간관계와 결혼 생활의 특성에서 볼 수 있는 일상의 절반의 진실과 절반의 거짓 이외는 아무것도 발견하지 못했어. 자, 이젠 알 만하지. 그동안 내가 어땠는지 나는 알아. 그러나 불쌍한 마르티츠카가 겪어야 했던 것을 상상하면, 친구야, 난 내 뺨을 치고 싶을 정도네.

그래서 올해 마르티츠카가 프란티슈코비 라즈네 온천장에 갔다네. 자네도 알다시피 여성에게 좋다는 곳, 그녀의 상태가 안 좋았거든. 알다시피 난 그녀를 감시하게 했지, 그런 비천한 놈에게 돈을 지불하고. 그런데 그 녀석은 선술집만 들락날락했지…… 오직 한 가지만 잘못되었는데 전 생애가 엉망이 되는 것은 정말 이상하지 않아. 즉 자네 몸 한 군데만 더러운데 온몸이 불결한 것과 같단 말이야. 마르티츠카는 내게 편지를 썼지. 뭔가 불확실하고 소심한 점이 있어…… 마치 무엇이 잘못되었는지 알 수 없다는 듯이. 나는 그녀의 편지를 몇 번씩 읽으며 숨겨진 의미를 찾으려고 했어. 한번은 편지를 한 통 받았지. 주소는 '프란티셰크 마테스, 치안 판사'라고 쓰여 있는 등등, 내가 봉투를 열고 편지를 꺼냈을 때 '친애하는 아르투르에게!'를 목격했네.

이봐, 친구여, 내 손이 떨렸네. 자, 그래서 결국 그거였어. 그런 일이 종종 일어나는 법이지, 수많은 편지를 쓰다 보면 봉투에 잘못 넣는 경우가 있지. 알다시피 이 얼마나 어리석은 짓인가, 그렇지 않은가? 친구여, 나는 그녀가 내 손에 잡혀서 불쌍했다네.

토니크, 오해하지 마, 내 첫 반응은 이 편지, 그 아르투르에게 쓴 편지를 읽지 않고 곧바로 마르티츠카에게 되돌려 보내는 것이었어. 난 모든 경우 그렇게 했을 거야. 그러나 질투는 더러운 열정이고 더러운 것이야. 그래서 친구여, 나는 그 편지를 읽었어. 자네에게도 보여 줄게,

왜냐하면 나는 그 편지를 늘 가지고 다니거든. 자, 보게나, 이렇게 쓰여 있어.

사랑하는 아르투르

당신에게 지금까지 답장을 안 썼다고 화내지 마세요, 프란치가 — 이게 나야, 아내는 나를 이렇게 불러. 알겠지? — 오랫동안 제게 편지 하나 안 써서 걱정이 많았어요. 저는 그가 바쁘다는 걸 알고 있어요. 그러나 남편으로부터 그렇게 오랫동안 소식을 듣지 못하면, 넋 나간 몸으로 걸어 다니는 것 같았어요. 하지만 당신은 그걸 이해 못하실 거예요. 다음 달에 프란치가 이리로 와요. 그러니 당신도 이리로 오시면 좋겠어요. 그는 편지에서 이렇게 쓰고 있어요. 그는 지금 무척 흥미로운 사건을 다루고 있대요. 그러나 그것이 무엇인지는 쓰지 않았어요. 아마 후고 뮐러의 살인 사건 같아요. 나는 그 사건이 정말 흥미로워요. 당신과 프란치가 최근 얼마 동안 적적하게 지낸 것이 유감스럽군요. 아마 그가 너무 바빠서 그럴 거예요. 옛날만 같았어도 당신은 그를 사람들 사이에서 데려오거나 자동차로 여행을 떠났을 텐데요. 당신은 언제나 우리에게 친절하고, 비록 상황이 바뀌었지만 당신은 지금도 잊지 않고 계시지요. 그러나 프란치는 신경이 예

민하고 이상해요. 당신은 당신의 애인이 무엇을 하는지 제게 쓰지 않았어요. 프란치는 프라하가 너무 덥다며 불평하고 있어요. 그는 여기 와서 긴장을 풀어야 해요. 그러나 밤늦게까지 사무실에 앉아 있는 그의 모습이 눈에 선하네요. 언제 바다로 가세요? 당신의 애인을 데리고 가시길 바랍니다. 당신은 아마 여자가 누군가를 그리워한다는 것이 어떤 것인지 이해 못하실 거예요.

안녕히 계세요, 아르투르.

당신의 마르타 마테소바

자, 토니크, 어떻게 생각하는가? 나는 이 편지가 아주 잘 쓰인 편지라고는 생각하지 않아. 스타일과 내용 면에서 볼 때 아주 초라해. 하지만 친구, 마르티츠카와 그 빌어먹을 아르투르에 대한 그녀의 태도에 비친 한 줄기 빛이라니! 나는 그녀가 하고자 한 행동을 내게 말한 것을 그렇게 믿어 본 적은 없어. 하지만 나는 그녀가 무의식적으로 한, 자발적으로 한 뭔가를 가지고 있어. 그래서 자네도 알다시피, 진실, 의심할 여지 없는 확실한 진실은 무의식적일 때만 나타나는 거야. 나는 기뻐서, 그리고 또 내가 그처럼 불쌍하게 질투한 것에 대한 부끄러움으로 울 뻔했어.

그다음 내가 무엇을 했는지? 나는 후고 묄러 살인 사건의 서류를 끈으로 묶은 뒤 서랍에 넣고 그다음 날로 프란티슈코비 라즈네 온천장으로 직행했지. 마르티츠카는 나를 보자, 얼굴이 빨개지더니 소녀처럼 말을 더듬었다네. 그녀는 뭔가 무서운 일을 저지른 것처럼 보였어. 나는 시치미를 딱 뗐지. 프란치. 마르티츠카가 잠시 후 말했지. 제 편지 받았어요? 무슨 편지? 나는 놀란 척했지. 하느님 맙소사, 당신은 내게 아주 드물게 편지를 쓰잖아. 마르티츠카는 나를 뚫어지게 바라보더니 마치 짐을 벗은 듯 안도의 숨을 내쉬었어. 아마 제가 그걸 보내는 걸 잊어버렸나 봐요, 라고 말하면서 그녀는 핸드백을 뒤지더니 뭔가 조금 구겨진 편지를 꺼냈지. 편지는 이렇게 시작되었어. 사랑하는 프란치! 나는 속으로 웃지 않을 수 없었네. 아르투르 씨가 아마도 지금 자기에게 속한 것이 아닌 것을 되돌려 보냈을 거야.

그러고 나서 그 문제에 대해서는 한마디도 언급하지 않았네. 알다시피 나는 그녀가 매우 흥미를 보이고 있는 후고 뮐러 사건에 대해 이야기하기 시작했네. 내 생각인데, 아내는 지금까지도 내가 그 편지를 받았다고는 생각하지 않은 것 같아. 자, 이것이 전부네. 그 이후 우리 사이에는 평화가 찾아왔지. 말해 봐, 내가 그렇게 단순히 질투심에 불탄 것은 바보가 아니겠지? 자네도 알다시피, 이제 나는 마르티츠카에게 한 분풀이를 보상하려고 해. 나는 그 불쌍한 여인이 편지를 통해 나를 그토록 걱정한 것을 처음 알았거든. 자, 이제 그건 다 끝난 일이지. 사람은 자신의 죄보다 어리석음에 대해 더 부끄러워하는 법이지. 하지만 그런 사소하고 의심할 여지 없는 우연으로, 이런 진실이 증명된 전통적인 경우지, 그렇지 않아?"

*

적어도 그 시기에 여기서 아르투르라고 부르는 젊은 남자가 마르티츠카에게 물었다.

"자, 귀여운 내 사랑, 도움이 되었어요?"

"무엇이, 자기야?"

"당신이 그때 실수로 그에게 쓴 그 편지."

"도움이 되었어요." 마르타 부인은 말하고 생각에 잠겼다. "자기도 알다시피, 프란치가 지금 철두철미하게 믿고 있는 것이 부끄러울 따름이에요. 그 이후 그는 내게 아주 잘해 줘요……. 그는 그 편지를 계속 가슴에 품고 다닌다니까요." 마르타 부인은 몸을 잠시 떨었다. "내가 그를 속인 것은 사실 너무 심했어요, 그렇게 생각하지 않아요?"

하지만 아르투르는 그렇게 생각하지 않았다. 적어도 그는 자기가 결정한 것이 아니라고 주장했다.

로우스 교수의 실험

다음과 같은 특별한 사람들이 참석했다. 내무부 장관, 법무부 장관, 경찰서장, 국회 의원들, 다수의 고위직 공무원들, 유명한 변호사들, 저명한 학자들 그리고 언론사 대표들까지. 왜냐하면 이들은 모든 사건에 참석해야 하기 때문이다.

"신사 여러분." 우리의 저명한 미국 동포인 하버드 대학교의 C. G. 로우스 교수가 말하기 시작했다. "제가 여러분들에게 보여 주고자 하는 *experiment*(실험)는 많은 저의 학문적 동료들과 공동 연구자들의 오랜 연구에 근거하고 있습니다. *indeed*(정말) 이 모든 사실들은 전혀 새로운 것이 아닙니다, 그리고 아, *really*(진정), 이것은 낡은 옷입니다." 그는 딱 맞는 말을 떠올린 것이 기뻐서 무심결에 말했다. "오직 이 *method*(방법)만이 유용합니다, 그리고 에, 몇몇 이론적인 *experiences*(경험들)의 실질적인 유용성은 제 연구의 목표였습니다. 저는 가장 훌륭한 범죄 전문가들에게 그들의 *practice*(관례)에 따라 이 일을 판단하도록 요청했습니다.

Well(자, 그럼).

따라서 모든 사건은 이렇습니다. 제가 여러분들에게 단어 하나를 말하면, 여러분들은 그 순간 떠오르는 다른 단어를 제게 말해야 합니다. 이를테면 그것이 *nonsense*(난센스), 에, 허튼소리, 저는 *nesmysl*(난센스)을 의미합니다. 드디어 저는 여러분들이 제게 주는, 여러분들의 머릿속에 있는, 여러분들이 생각하고 있는, 그리고 에, 여러분들이 숨기고 있는 단어들을 여러분들에게 말할 것입니다. 여러분들, 이해하시겠습니까? 저는 여러분들에게 그것을 *theoretically*(이론적으로) 설명하지는 않을 것입니다. 이것은 연상이요, 억압받은 개념, 어느 정도는 제안인, 그러한 일들 말입니다. 저는 짧게 말하겠습니다. 여러분들은, *eh, well*(에, 자, 그럼) 의지와 생각을 내려놓아야 합니다. 그래야만 잠재의식의 연관성이 촉발될 것입니다. 저는 그것으로부터 알아낼 것입니다, 무엇이더라, 무엇이더라……." 저명한 교수는 단어를 찾아 헤맸다. "*Well, what's on the bottom of your mind*(자, 그럼 당신의 영혼 저 깊이에 있는 것)."

"당신의 영혼 저 깊이에 있는 것." 청중 속에서 누군가가 거들어 주었다.

"바로 그거예요." 로우스 교수가 만족한 듯 말했다. "당신들은 그 순간에 입에 나오는 말을, 통제와 거리낌 없이 *automatically*(자동적)로 말해야 합니다. 그다음에 저는 당신의 생각을 분석할 것입니다. *That's all*(그게 전부입니다). 자, 그럼 저는 여러분들에게 한 범죄 케이스에서, 에, 경우에서 그것을 보여 줄 것입니다. 그리고 나서 청중들 가운데 자발적으로 하실 분에게 보여 줄 것입니다. 자, 경찰서장님이 이 남자와 관련된 케이스를 우리들에게 말해 주실 것입니다. 자, 제발."

경찰서장이 일어서서 말했다. "신사 여러분, 지금 여러분들이 보실 사람은 체네크 수하네크입니다. 그는 자베흘리치 출신 농부이며 숙달된 자물쇠공입니다. 우리는 14일째 행방이 묘연한 택시 기사 요세프 체펠카의 살해 혐의로 그를 일주일째 구금하고 있습니다. 혐의 이유는 다음과 같습니다. 사라진 체펠카의 자동차가 체포된 수하네크의 차고에서 발견되었고, 운전대와 운전석에는 피의 흔적이 있습니다. 물론 체포된 사람은 혐의를 부인하고 있습니다.

그는 체펠카로부터 자동차를 6천 코루나에 샀답니다. 왜냐하면 자기도 택시 운전 사업을 하고 싶었기 때문이랍니다. 우리는 행방 불명된 요세프 체펠카가 실제로 모든 것들에 지쳐, 낡은 차를 팔고 다른 데로 가서 운전하고 싶다고 말하는 것을 확인했습니다. 그러나 다른 흔적은 없습니다. 다른 증거들이 더 이상 없어서 체포된 수하네크는 내일 판크라츠 교도소로 심문받으러 갈 것입니다. 우리의 저명한 동포 C. G. 로우스 교수님이 원하신다면, 교수님이 그를 이용하여 실험할 수 있게 그자를 이리로 데리고 오도록 허가를 받았습니다."

"자, 그러면." 열심히 뭔가를 기록한 교수가 말했다. "그자를 이리로 데려오시지요"

경찰서장의 지시대로 경관이 체네크 수하네크를 데리고 왔다. 그는 너무나 험악한 얼굴을 한 사나이라서 모두들 그로부터 도망가고 싶어 할 정도였다. 그는 조금도 양보하지 않을 것 같았다.

"당신, 이리 오세요." C. G. 로우스는 단호하게 명령했다. "저는 당신에게 아무것도 묻지 않을 것입니다. 제가 당신에게 오직 한 단어만 말하면 당신은 즉각 머릿속에 떠오르는 첫 단어를 말해야 합니다. 아시겠어요? 자, 주의하세요, 유리잔."

"지랄……하네." 수하네크 씨는 심술궂게 말했다.

"말 잘 들어요, 수하네크." 갑자기 경찰서장은 말했다. "똑바로 대답하지 않으면 당신을 즉시 심문하러 데려갈 겁니다, 알겠지요? 거기에 밤새 남겨 둘 거요. 자, 한 번 더 주의를 기울이도록."

"유리잔." 로우스 교수가 다시 말했다.

"맥주." 수하네크가 중얼거렸다.

"자, 여러분들 보시다시피." 존경스러운 교수는 말했다. "자, 아주 좋습니다."

수하네크가 의심스럽다는 듯이 바라보았다. 여기에 뭔가 속임수는 없는가 싶어서.

"거리." 교수가 말했다.

"자동차들." 수하네크는 마지못해 말했다.

"더 빨리 해야 해요. 농가!"

"벌판."

"선반!"

"놋쇠."

"아주 좋아요." 수하네크 씨는 이제 이 게임이 싫지 않은 것 같았다. "엄마!"

"아주머니."

"개!"

"개집."

"병사!"

"포수. 자, 발사 직후 발사, 더 빨리." 무엇보다 수하네크 씨가 이를 즐기기 시작했다. 이는 그에게 카드 패를 상기시켰다. 하느님, 이 게임이 그에게 뭔가를 상기시켰을까요!

"여행!" C. G. 로우스는 숨 쉴 틈도 없는 속도로 몰아붙였다.

"고속 도로."

"프라하!"

"베로운(Beroun)."

"숨다!"

"파묻다."

"썻다!"

"얼룩"

"누더기!"

"자루."

"삽!"

"정원."

"구멍!"

"울타리."

"시체!"

아무 대답도 없었다.

"시체." 교수는 긴박하게 반복했다. "당신은 그것을 울타리 옆에 파묻었군요, 그렇지요?"

"저는 아무 말도 안 했어요." 수하네크가 버럭 소리를 질렀다.

"당신은 그것을 당신의 정원 울타리 옆에 파묻었군요. 그렇지요?" 로우스는 단호하게 되풀이했다. "당신은 베로운으로 가는 길에 그를 살해했습니다. 당신은 그 고물차에서 자루 하나로 피를 닦았습니다. 그 자루를 어떻게 했습니까?"

"그건 사실이 아니에요." 수하네크는 소리쳤다. "저는 그 차를 체펠카한테서 샀습니다! 누구도 저를 함정에 빠뜨리도록 내버려 두지 않을 겁니다……."

"잠깐 기다리세요." 로우스가 말했다. "그러면 제가 경찰로 하여금 거기 가서 살펴보도록 요청할 것입니다. 그건 더 이상 저의 영역이 아닙니다. 이 사람을 데리고 나가세요. 신사 여러분, 이번에는 17분밖에 걸리지 않았습니다. 매우 빨랐습니다. 이건 바보 같은 케이스였습니다. 보통은 적어도 한 시간쯤 걸립니다. 그래서 여러분들 중에서 한 분이 나오시면 그분에게 단어를 드릴까 합니다. 그건 매우 오래 걸릴 것입니다. 왜냐하면 저는 그분이 무엇을 *secret*(비밀)으로 하고 있는지, 어떻게 말할지 모르기 때문입니다."

"비밀." 청중에서 누군가가 거들어 주었다.

"비밀." 우리의 위대한 동포가 아주 기뻐했다. "저는 알고 있습니다. 그것은 한 오페라입니다. 이 신사가 자신의 성격을, 자신의 과거를 그리고 가장 비밀스러운 자신의 *idea*(아이디어)를 우리들에게 누설하도록 충분한 시간적 여유를 가집시다."

"생각을." 이번에도 대중 속에서 누군가가 거들었다.

"자, 좋아요. 죄송하지만 여러분들 중에서 누가 이것을 분석하시겠습니까?"

침묵이 흘렀다. 참석자들 중에서 누군가가 깔깔 웃었다. 그러나 아무도 꼼짝하지 않았다.

로우스가 되풀이했다. "제발, 좌우간 아무것도 해치지 않을 것입니다."

"여보세요, 당신이 나가 보십시오." 내무부 장관이 법무부 장관에게 속삭였다.

"당신이 당신의 당 대표로 나가 보십시오." 국회 의원이 다른 의원의 옆구리를 쿡 찔렀다.

"당신이 위원장이니, 나가 보세요." 한 고위직 공무원이 다른 부처의 동료를 자극했다.

이제 당황스러운 순간이 왔다. 참석자들 중에서 아무도 일어나지 않았다.

"제발, 신사 여러분." 미국 학자가 세 번째로 말했다. "자신의 본성이 드러날까 봐 걱정하시는 건 아니겠지요?"

그때 내무부 장관이 뒤쪽을 향해 소리를 질렀다. "자, 거기 누가 한 분 나가 보시지요!"

뒤쪽 청중석에서 누군가가 겸손하게 기침을 하며 일어섰다. 여위고 초라해 보이는 노인이었고 울대뼈가 불안하게 오르락내리락했다. "아무도 없으면 제가 나서는 것을 용서하시죠…… 어떻든……."

"이리 오십시오." 저명한 미국인이 그의 말을 멈추게 했다. "여기 앉으십시오. 당신은 첫 번째 떠오르는 단어를 말해야 합니다. 생각을 해서는 안 됩니다. 당신은 당신 자신도 모르게 기계적으로 내뱉어야 합니다. 아시겠습니까?"

"예, 그렇게 하겠습니다." 스스로 실험 대상이 된 남자가 말했다. 그는 관중들과 유명한 인물 앞에서 조금 긴장했는지 시험 치르는 학생처럼 기침을 하며 걱정스레 눈을 깜박였다.

"폭풍우." 학자가 그에게 일격을 날렸다.

"강력한." 노인은 속삭였다.

"강력한 무엇 말입니까?" 이해를 못한 듯 학자가 물었다.

"숲 속의 거인." 수줍은 듯이 그 남자는 말했다.

"아, 그렇군요. 거리."

"거리…… 의식 차림 속의 거리." 작은 남자는 말했다.

"무슨 뜻입니까?"

"축제입니다. 아니면 장례 행렬."

"그래요. 당신은 축제란 말을 해야 합니다. 적어도 한 단어로."

"예, 선생님."

"자, 계속할까요? 거래."

"번창. 우리 거래의 위기. 정치적인 거래."

"흠, 관공서."

"실례지만 어떤?"

"마찬가지예요. 한 단어만 말하세요, 빨리!"

"만일 당신이 관공서들을 말하신다면……."

"*Well*(좋아요). 관공서들."

"공인된." 작은 남자는 기쁨에 소리쳤다.

"망치!"

"펜치. 강제로 대답을 유도해 내다. 망치로 그의 머리를 부수다."

"*Curious*(기이한)." 학자는 중얼거렸다. "피!"

"피처럼 얼굴이 빨개지다. 피는 순진하게 흐른다. 피로 쓰인 역사."

"불!"

"불과 칼로. 용감한 소방수. 불타는 논쟁. 경고."

"이건 이상한 케이스네요." 교수가 당혹스러워하며 말했다. "자, 하나 더. 당신, 첫 번째 생각을 말해야 됩니다, 아시겠어요? 당신이 단어를 들을 때, *automatically*(자동으로) 떠오르는 것을 말입니다. *Go on*(계속하세요), 손!"

"우정이나 협력의 손. 깃발을 잡은 손. 꽉 쥔 주먹. 더러운 손, 손가락으로 치기."

"두 눈!"

"대중의 감시 눈. 눈 속의 소금. 진리를 보여 주는 것. 목격자. 눈 속의 모래알. 순진한 아이의 눈. 선수를 치는 것."

"아닙니다. 너무 많아요! 맥주!"

"독한 맥주. 악마 알코올."

"음악!"

"미래의 음악. 유능한 악단. 음악가들의 민족. 여러 소리. 강대국의 콘서트. 평화스러운 악기 소리. 애국가."

"병!"

"비트리올. 불행한 사랑. 그녀는 병원에서 고통으로 죽었다."

"독!"

"독과 쏠개로. 우물에 독 타기."

C. G. 로우스는 머리를 긁었다. "*Never heard that*(금시초문인데요). 자, 다시 할까요. 당신들이 언제나 ……로부터, 어, 그러한 평범한 것들로부터 시작한다는 것을 여러분에게 주의를 집중시키고 싶습니다. 그래서 여러분들은 그 사람의 중요한 취미와 *profession*(직업)을 알아낼 것입니다. 자, 계속. 기록!"

"역사의 기록. 적들과의 화해. 우리 반대자들의 계산서에 위임하는 것. 우리의 적들은 비난받아 마땅하다."

"흠, 종이!"

"종이는 수치심으로 부끄러워합니다." 작은 남자는 활기차게 선언했다. "비싼 종이. 종이는 모든 것을 드러냅니다."

"축복을 드립니다." 학자는 성가시게 말했다. "돌!"

"돌을 던지는 것. 묘석. 영원한 추억." 실험 대상의 남자가 부드럽게 말했다. "*Ave, anima pia*(건강하길, 경건한 영혼)."

"자동차!"

"승리의 자동차. 운명의 수레바퀴. 앰뷸런스. 상징적인 장면을 그려 놓은 멋지게 장식한 자동차."

"아." 로우스는 소리쳤다. "*That's it*(그것입니다)! 지평선!"

"우울한." 생생한 기쁨을 드러내며 노인은 말했다. "정치적인 지평선에 새로운 구름. 좁은 지평선. 새로운 지평선을 여는 것."

"무기들."

"치명적인 무기들. 완전히 무장하여. 펄럭이는 깃발과 함께. 등 뒤에서 공격하는 것. 싫증 난 화살." 실험 대상의 남자가 흥겨워서 말했다. "우리는 싸움을 포기하지 않을 것이다. 전투의 소란. 투표함의 전투."

"요소."

"격노한 요소. 요소의 반항. 부정직한 요소. 젊은이들이 살아갔다. 만세!"

"그것으로 충분." 로우스는 그를 억제했다. "여보세요, 당신은 신문사에서 왔죠, 그렇지요?"

"예, 그럼요." 실험을 당하는 남자가 갑자기 말했다. "30년간. 저는 편집인 바샤트코입니다."

"감사합니다." 우리의 저명한 미국 동포는 메마르게 경의를 표했다.

"*Finished, gentlemen*(끝났습니다, 신사 여러분). 이 사람을 분석한 결과, 우리는…… 에, 우리는 그가 저널리스트란 것을 확신했습니다. 제 생각에 이러한 *experiment*(실험)를 계속한다는 건 별 소용이 없을 것 같습니다. *It would only waste our time*(이는 시간 낭비입니다). 죄송하지만 저는 이 *experiment*(실험)를 실패했습니다. *So sorry, gentlemen*(대단히 미안합니다, 신사 여러분).

*

"이것 보세요." 바샤트코는 그날 저녁 편집실에서 편집된 신문을 살펴보며 소리쳤다. "경찰이 죽은 요세프 체펠카를 찾았다고 보고했습니다. 그는 수하네크의 정원 울타리 옆에 묻혀 있었습니다. 시체 밑에서 피 묻은 마대 자루도 발견됐습니다. 아시다시피 로우스는 멋지게 추론해 냈습니다! 나는 그에게 신문에 대해서는 한마디도 언급하지 않았는데, 그는 내가 신문 기자라는 것을 정확히 맞혔다는 게 믿기지 않겠지요. 그는 말하기를, 신사 여러분, 여러분들 앞에는 아주 유능하고 존경받을 만한 저널리스트가 있어요 — 좌우간 저는 그의 강연에 대한 기사를 썼습니다. '우리의 저명한 동포의 추론이 우리 전문가들의 열렬한 인정을 받았습니다.' 잠깐, 제가 좀 더 멋있게 표현해 보겠습니다. '우리 전문가들의 생생하고 열렬한 환호와 더불어 우리의 저명한 동포의 흥미로운 추론이 그 공훈 덕택에 환영받았습니다. 이렇게 되는 게 당연하지요.'"

잃어버린 편지

"보젠코." 장관은 푸짐한 샐러드 한 접시를 먹으며 부인에게 말했다. "오늘 오후에 편지 한 통을 받았는데 당신에게 흥미로울 거요. 나는 그걸 각료 회의에 가져가야 해요. 만일 그것이 세상에 알려지면 한 정당이 꽤 심한 궁지에 빠질 거요. 자, 여기 있어요, 보세요." 장관은 말하고 먼저 왼쪽 조끼 주머니에 손을 넣었다가 빼고는 오른쪽 주머니에 손을 넣었다. "잠깐, 그걸 어디에 두었지." 장관은 중얼거리면서 또다시 왼쪽 조끼 주머니를 더듬었다. 그다음엔 포크를 내려놓고 두 손으로 모든 주머니를 뒤지기 시작했다. 주의 깊은 관찰자는 장관이 다른 보통 사람들처럼 가능한 모든 신체의 부분과 표면에 수많은 주머니를 가지고 있다는 걸 눈치챘을 것이다. 그 주머니들 속에 그는 열쇠들, 연필들, 메모지들, 석간신문들, 동전 주머니들, 공문서들, 회중시계, 이쑤시개, 칼, 빗, 옛날 편지들, 손수건, 성냥갑들, 때 지난 극장표들, 만년필과 매일 필요한 것들을 가지고 있다. 주머니를 뒤지면서 그는 중얼거렸다. "어디에 그것을 두었지." "나는 미쳤어." "잠깐만 기다려 봐요." 다른 모든 인간들이 하듯 그는 주머니들을 뒤지면서 중얼거렸다. 그러나 장관 부인은 이에 별 주의를 기울이지 않고 마치 다른 모든 여자들처럼 말했다. "여보 당신, 식사하셔야지요, 음식이 다 식어 버리겠어요."

"좋아요." 장관은 말하고 주머니 속의 모든 물건들을 있어야 할 자리에 다시 넣었다. "아마 그걸 사무실 책상 위에 남겨 두었을 거야. 거기서 내가 편지를 읽었거든. 자, 그러나 상상해 보라고."

그는 활기차게 얘기를 계속하며 구운 고기 한 점을 먹었다. "누군가가 내게 편지 원본을 보냈다는 걸 상상 좀 해 봐요. 다만 잠깐." 그는 불안하게 말하고 식탁에서 일어났다. "내가 사무실만 살펴볼게요. 아마 그걸 책상 위에 올려놨을 거요." 그리고 그는 사라졌다. 10분이 지나도 오지 않자 보제나 부인은 사무실로 그를 보러 갔다. 장관은 방바닥 한가운데 앉아 책상에서 가져온 문서들과 편지들을 검토하고 있었다.

"저녁을 다시 데워 드릴까요?" 보제나 부인이 조금은 단호하게 물었다.

"금방, 잠깐만." 장관은 짜증을 내며 말했다. "아마도 내가 그걸 이 문서들 속에 잘못 놓았을 거야. 만일 그걸 못 찾는다면 정말 바보짓인데……. 하지만 그건 불가능해. 여기 어딘가 있어야 해."

"먼저 드시고, 그다음에 찾아봐요." 부인이 충고했다.

"곧, 곧." 장관은 짜증을 내며 말했다. "곧 찾고 나서. 그건 노란 봉투였어. 이것 참, 사람 미치겠네." 그는 중얼거리며 또 다른 서류 뭉치를 뒤지기 시작했다. "분명히 이 책상 위에서 읽었는데, 당신이 저녁 먹으라고 불렀을 때까지 여기서 꼼짝도 하지 않았는데 도대체 어디에 놔두었단 말인가?"

"이리로 저녁을 가져올게요." 부인은 결단을 내린 듯 장관을 방바닥 종이 더미 한가운데 내버려 두고 나갔다. 그동안 침묵이 흐르고 바깥에는 나무들이 속삭이고 별들이 떨어졌다. 보제나 부인이 하품을 하면서, 조심스럽게 작업실을 보러 갔을 때는 벌써 자정이 다 되었다.

코트도 입지 않은 장관은 헝클어진 머리에, 땀을 흘리며 무질서한 작업실 한가운데 서 있었다. 방바닥 온 사방에 서류 뭉치들, 벽에서 밀어낸 가구들, 한구석에 쌓인 양탄자들이 있고 책상 위에는 손도 대지 않은 저녁이 놓여 있었다.

"하느님 맙소사, 여보, 여기서 뭘 하시는 거예요?" 보제나 부인은 소리를 질렀다.

"제기랄, 나 좀 가만 내버려 둬요." 장관이 맞받아쳤다. "도대체 왜 5분마다 날 못살게 하는 거요?" 물론 그는 즉각 그녀에게 부당한 짓을 했다는 걸 깨닫고 좀 더 상냥하게 말했다. "단계적으로 찾아야 해요, 알겠어요? 조금씩. 반드시 어딘가 있어야 해. 왜냐하면 나 외에는 아무도 이곳에 발을 들여놓지 않았으니까. 여기에 그 빌어먹을 수많은 서류들만 없었다면!"

"제가 도와 드릴게요, 원치 않으세요?" 보제나 부인이 제의했다.

"아니, 아니. 당신은 모든 걸 뒤섞어 버릴 거요." 장관은 이루 말할 수 없이 무질서한 방 한가운데서 손을 흔들며 방어 자세를 취했다. "잠이나 자러 가요, 나도 곧……."

새벽 3시에 장관은 한숨을 크게 쉬고는 잠을 자러 갔다. 이건 있을 수 없는 일이야. 그는 스스로에게 말했다. 5시에 집배원이 노란 봉투에 넣은 그 편지를 가져왔고, 나는 8시까지 일을 한 책상머리에서 그걸 읽었고, 8시에 저녁을 먹으러 갔으며, 약 5분 후에 그걸 찾으러 작업실로 갔다. 그 5분 동안 아무도 작업실에 올 수는 없잖은가?

그 순간 장관은 침대에서 두 발로 뛰어내려 사무실로 달려갔다. 창문이 열려 있었던 건 사실이야. 그러나 사무실은 2층이고 창문은 거리로 향해 있어. 누구든 창문을 통해 이리로 들어온다는 것은 불가능해! 장관은 생각했다. 그러나 아침에 이 또한 확인할 필요가 있어. 장관은 결단을 내렸다.

또다시 장관은 자신의 커다란 몸집을 침대 속에 파묻었다. 잠깐 기다려 보자. 그는 생각에 잠겼다. 나는 책을 읽고 있을 때, 편지가 바로 코앞에 있으면 그냥 지나쳐 보는 습관이 있어! 제기랄, 금방 생각이 떠오르지 않다니! 그는 바로 코앞에 있던 것을 다시 찾아보기 위하여 사무실로 달려갔다. 그러나 그는 종이 더미, 떼어 낸 서랍들, 편지를 찾느라 흩어 놓은 어마어마하고 절망적인 무질서만을 목격할 뿐이었다. 장관은 저주를 퍼붓고 한숨을 쉬며 침대로 들어왔다.

잠을 이루지 못한 그는 결국 6시까지 참았다. 6시에 그는 벌써 전화통에 대고 내무부 동료가 깨어나도록 소리쳤다. "중차대한 일이오. 이봐요, 내 말 들려요?" 마침내 전화가 연결되자 그는 미친 듯이 내뱉었다. "여보세요, 제발 부탁인데, 나한테 즉각 보내요, 가장 유능한 요원들을 두세 명 보내 줘요, 예, 그래요, 물론 탐정들을, 가장 뛰어난 요원들을. 나는 중요한 서류를 잃어버렸어요, 장관님, 이건 정말 이해할 수 없는 경우예요……. 예, 그들을 기다릴게요. 모든 것을 있는 그대로 남겨 둬야겠지요? 반드시 그렇게 해야 된다고 생각하지요? 좋아요. 도난? 그건 모르겠네요. 물론 절대 기밀 사항이오. 아무에게도 말하지 마세요. 감사합니다. 당신에게 큰 신세를 진 것을 용서하세요!"

8시에 가장 유능한, 그리고 가장 믿을 만한 요원들 일곱 명, 그래 중절모를 쓴 일곱 명의 사나이가 장관 댁에 나타났다.

"자, 여러분들 보십시오." 장관은 일곱 명의 가장 믿을 만한 요원들을 자신의 사무실로 안내했다. "바로 이 장소에 어제 저녁 내가 편지 한 장을, 노란 봉투에 든, 보라색 잉크로 주소가 적힌 가장 중요한 편지 한 장을 놔두었어요."

가장 유능한 요원들 중 하나가 노련하게 휘파람을 불었다. "그 자가 정말 여기를 엉망으로 만들었군요." 그는 프로답게 찬사를 보냈다. "저주받을 돼지 같으니라고."

"누구 말이오?" 장관이 당황해서 물었다.

"그 도둑놈이오." 탐정은 사무실의 엄청난 재난을 세세히 살펴보며 말했다.

장관의 얼굴이 살짝 붉어졌다. "그게 아니라……." 장관은 재빨리 말했다. "여기는 내가 편지를 찾느라 좀 어지럽혔습니다. 여러분, 예, 나는…… 어, 나는 그 편지가 어디 있는지, 어디에 떨어졌는지 도저히 알아낼 수 없어요. 확실한 것은 그 편지가 여기 말고 다른 곳에는 있을 수가 없어요. 내가 생각건대, 예, 나는 여기를 아주 꼼꼼히 살펴보았다고 확신해요. 그러나 이제 인간의 능력 범위 내에 있는 것을 살펴보는 일은 여러분들의 몫이에요……."

인간의 능력 범위 내에 있는 것은 많다. 그래서 가장 유능한 세 명의 요원이 좀 더 자세히 살펴보기 위해 사무실에 스스로를 가두었고, 둘은 하녀, 요리사, 청소부와 운전사를 심문했고, 나머지 둘은 소위 말하는 조사를 수행하기 위해 시내 어딘가로 몰래 잠입했다.

그날 저녁, 가장 유능한 요원들 중 셋이 잃어버린 편지는 장관님의 작업실에 있을 수 없다고 선언했다. 왜냐하면 그들은 모든 액자에서 그림들을 꺼냈고, 가구들을 분해했고, 모든 서류들에 번호를 매겼기 때문이다. 다른 두 요원은 한 하녀가 보제나 부인의 심부름으로 저녁을 가지고 장관의 사무실로 들어간 것을 확인했다. 그때 장관은 서류들 사이 방바닥에 앉아 있어서 하녀가 편지를 가져가기란 불가능했다. 그래서 조사가 진행되었는데, 그녀의 애인은 전화국 말단 직원으로, 한 요원이 그를 은밀히 감시하고 있다. 마지막 두 요원은 어딘가에서 수색을 계속하고 있다. 그날 저녁 장관은 잠을 잘 수가 없었다. 그는 끊임없이 자신에게 다음과 같이 되뇌었다. '5시에 그 편지는 노란 봉투에 담긴 채 배달되었지. 나는 그걸 책상머리에서 읽었고 저녁 먹으러 갈 때까지 다른 곳으로 가지 않았어. 따라서 그 편지는 반드시 거기에 있어야 하는데 거기에 없어.' 그는 그러한 불쾌함과 결코 있을 수 없는 수수께끼 때문에 슬펐고 자유롭지 못했다. 그래서 수면제를 먹고 아침까지 통나무처럼 잠들었다.

아침에 그는 가장 유능한 요원들 중 하나가 그의 집 주위를 배회하는 것(왜 그러는지는 모르겠지만)을 보았다. 나머지 요원들은 온 나라를 수색하고 다녔다.

"사건 조사가 진행 중입니다." 내무부 장관이 그에게 전화를 걸었다. "곧 보고가 있을 것입니다. 장관님, 당신이 제게 그 편지 내용에 대해 말한 대로 누군가 그것에 관심을 보인다는 것만 말씀드릴 수 있습니다…….

우리가 비서실을 수색하거나 한 언론사의 편집실을 수색한다면 좀 더 알 수 있지만, 그러나 지금은 사건 조사가 진행 중이라고만 말할 수 있겠네요."

장관은 힘없이 감사를 표했다. 그는 심기가 매우 좋지 않았고, 자고 싶었다. 사실 그날 저녁에도 그는 입을 반쯤 벌린 채 중얼거리며 침대로 자러 갔다.

밤 1시경, 환한 달밤이었다. 보제나 부인은 서재에서 발소리를 들었다. 현명한 여인다운 모든 용기를 내어 그녀는 발끝으로 서재에 접근했다. 문은 열려 있었고, 책장 하나가 열린 채 그 앞에 잠옷을 입은 장관이 서서 조용히 콧노래를 부르며 책 한 권을 들고 장엄하게 페이지를 넘기고 있었다.

"여보, 하느님 맙소사." 보제나 부인은 숨을 몰아쉬었다. "여기서 뭘 하세요?"

"난 그저 여기를 살펴보는 중이오." 장관이 모호하게 말했다.

"어둠 속에서?" 보제나 부인은 놀라서 물었다.

"난 볼 수 있어요." 장관은 확언하며 책을 다시 제자리에 놓았다. "잘 자요." 낮은 목소리로 말하고 그는 침실로 들어갔다.

보제나 부인은 머리를 내저었다. 불쌍한 영감 같으니라고, 그 빌어먹을 편지 때문에 잠을 못 주무시네. 그녀는 속으로 중얼거렸다.

이튿날 아침, 장관은 얼굴이 붉어졌으나 동시에 만족한 것 같았다.

"여보." 부인이 물었다. "어젯밤에 서재에서 뭘 찾고 있었어요?"

장관은 찻숟가락을 내려놓고 두 눈을 굴렸다. "내가? 당신, 무슨 생각을 하고 있는 거요? 난 서재에 안 갔소. 난 송장처럼 잠을 잤소."

"하지만 블라됴, 저는 거기서 당신과 대화를 나누었어요! 당신이 무슨 책장들을 넘기면서 뭔가를 살펴본다고 말했잖아요!"

"말도 안 되는 소리." 장관은 믿을 수 없다는 듯 말했다. "당신, 뭔가 이상한 것 아니오. 난 밤새 한 번도 깨어나지 않았소."

"당신은 한가운데 책장 앞에 서 있었어요." 부인은 확실하게 말했다. "게다가 당신은 불도 켜지 않았어요. 당신은 어둠 속에서 책장을 넘기고 있었고 '나는 볼 수 있어'라고 말까지 하셨어요."

장관은 머리를 움켜잡았다. "여보 마누라." 그는 주먹을 움켜쥐고 헐떡거리며 말했다. "내가 몽유병이라도 걸렸단 말이오? 자, 나가요." 그는 누그러졌다. "당신 눈에 그렇게 보인 모양이군요. 하지만 난 몽유병 환자가 아니오!"

"때는 밤 1시였어요." 보제나 부인은 그 자리에 서서 조금은 신경질적으로 말했다. "당신은 내가 미쳤다고 말하고 싶은 게요?" 장관은 생각에 잠겨 찻숟가락으로 차를 휘저었다. "여보, 제발." 그가 갑자기 말했다. "거기가 어디였는지 가리켜 봐요."

보제나 부인은 그를 서재로 데려갔다. "당신은 여기 책장 앞에 서 있었고, 이 선반에 그 책을 넣었어요."

장관은 당황하여 선반 쪽으로 머리를 돌렸다. 거기에는 완성판의 멋진 법률과 법령집이 있었다. "내가 정신이 나갔었어." 그는 책들을 더듬으며 중얼거리는 동시에 기계적으로 거꾸로 꽂힌 책 한 권을 끄집어냈다. 그의 손에서 책이 펼쳐졌고, 거기에는 보라색 잉크로 주소가 쓰인 노란 봉투가 끼여 있었다.

*

"당신도 알다시피, 보젠코." 장관은 신기하다는 듯이 말했다. "나는 사무실에서 한 발짝도 나가지 않았다는 것을 맹세할 수 있어. 그러나 이제 비로소 그 편지를 다 읽었을 때 나는 속으로 1923년도의 법률 하나를 봐야 해, 라고 말했던 것이 희미하게 기억나는군. 그러고 나서 나는 이 책을 책상으로 가져와 뭔가 기록을 하고 싶었지. 하지만 그 책이 계속 스스로 닫히는 바람에 나는 편지를 거기에 넣어 버렸어. 그다음에 나는 책을 닫고, 기계적으로 그 자리에 놓아 버렸어. 그러나 나는 반무의식 상태에서 꿈속에서 보려고 그 책 속으로 갔지. 바로 그거야, 흠, 아무한테도 이것을 말하지 말아요. 아마 사람들이 이상하게 생각할지도 모르니…… 그건 결코 존경할 만한 인상을 주지 않고, 이상한 심리 현상이라고 생각할지도 몰라요."

그리고 잠시 후 장관은 활기에 차서 내무부 장관에게 전화를 걸었다. "여보세요, 장관님, 그 잃어버렸다는 편지, 어디서도 흔적을 못 찾았겠지요. 그게 저한테 있습니다! ……뭐라고요, 어떻게 찾았느냐고요? 장관님, 그건 말할 수 없어요. 아시다시피, 당신들 내무부에서는 알 수 없겠지만 다 방법이 있습니다. 하지만 저는 당신들의 요원들이 최선을 다했다는 것을 알고 있어요. 그들이 더이상 잘할 수 없었다고 비난받을 수는 없어요. 아니요, 더 이상 그런 것을 이야기할 필요가 없어요. 예, 물론이지요, 천만에요……감사합니다. 장관님!"

도난당한 기밀문서 139/VII, ODD. C

새벽 3시에 수비대 사령부에 전화벨이 울렸다.

"여기 총사령부 함플 대령이다. 지금 당장 군 경찰 요원 두 명을 나한테 보내라. 그리고 정보과의 브르잘 중령에게 전하라. 이봐, 그건 당신이 알 바 아니야. 나한테 즉시 오라고 해. 그렇다, 지금 당장. 그렇다. 자동차를 몰고 오도록, 지금 즉시, 제기랄!" 이것이 전부였다.

한 시간 후, 브르잘 중령이 현장에 왔다. 그곳은 잘 알려지지 않은 교외 전원 지역이었다.

민간인 복장을 한, 즉 셔츠와 바지만 입은 나이 많고 피로해 보이는 신사가 그를 환영했다.

"중령, 저주받을 최악의 사건이 터졌어. 친구, 여기 앉아요. 황당하고, 비참하고, 추잡하고, 어리석기 그지없는 더러운 사건이야. 사악하고 저주받을 괴물 같은 사건이야. 자, 상상 좀 해 보게. 그저께 총사령부 사령관이 내게 서류 하나를 주고는, '함플, 집에서 이 일을 완수하게. 이것에 대해 아는 사람이 적을수록 좋아. 사무실에서는 한마디도 언급하지 말고. 자, 잠시 휴가를 내어 집에서. 하지만 조심하게!' 자, 좋아."

"어떤 서류였습니까?" 브르잘 중령이 물었다.

함플 대령은 잠시 머뭇거렸다. "뭐랄까." 그는 말했다. "자네도 아는 것이 낫겠군. 그건 C과에서 보내온 것이네."

"아하." 브르잘 중령은 말하고 매우 심각한 표정을 지으며 입을 열었다. "계속하시지요."

"자, 보게." 불쌍한 대령은 이야기를 시작했다. "나는 어제 하루 종일 그 일을 했네. 하지만 밤 동안, 제기랄, 그걸 어떻게 한단 말인가? 서랍 속에 넣어 둔다는 것, 그건 아니야. 게다가 난 금고도 없어. 만일 누군가가 그것이 내게 있다는 사실을 안다면, 맙소사 그야말로 모든 게 끝장이야. 이봐, 그래서 첫날 밤에는 그걸 침대 매트리스 밑에 숨겼어. 아침에 일어나 보니, 그 위에 마치 멧돼지가 구른 것 같았어."

"알 만합니다." 브르잘 중령이 말했다.

"더 이상 뭘 기대하겠는가?" 대령은 한숨을 내쉬었다. "내 마누라는 나보다 더 뚱뚱하거든. 다음 날 밤에 아내가 내게 충고하더군. '우리 그걸 마카로니 깡통에 넣고 저장고에 밤새 숨겨 놓읍시다. 제가 밤에 저장고를 잠그고 열쇠를 몸에 지니고 있을게요.' 아내는 이렇게 말했다네. 우리 집에 모든 것을 먹어 치우는 지독하게 뚱뚱한 하녀가 있긴 하지만, 거기는 아무도 찾지 못할 거야. 그렇지 않아? 자, 좋아요, 그 방법이 맘에 들었어."

"대령님의 저장고 창문은 겹창문인가요 아니면 홑창문인가요?" 브르잘 중령이 그의 이야기를 중단시켰다.

"이런 빌어먹을!" 대령이 폭발했다. "그런 생각은 전혀 못했는데! 홑창문이야! 난 줄곧 사자바(Sázava) 사건과 다른 그런 바보 같은 사건만 생각하면서 창문 확인하는 것을 깜박했어. 어이없고 저주받을 일이군!"

"그다음엔 어떻게 됐습니까?" 중령이 그를 다그쳤다.

"음, 그다음에는 새벽 2시에 마누라가 아래층에서 하녀가 소리치는 것을 듣고 무슨 일이 일어났는지 물어보러 달려갔지. 하녀 마리는 소리쳤지. '저장고에 도둑이 들었어요!' 아내는 열쇠를 가지고 내게 달려왔고, 나는 권총을 들고 저장고로 날아갔지. 저주받을, 더러운 사건이야. 저장고 창문은 비틀린 채 강제로 열려 있었고, 서류가 든 깡통은 사라졌어. 도둑놈 역시 도망가 버렸고. 이게 전부야." 대령은 한숨을 내쉬었다.

브르잘 중령은 손가락으로 탁상을 두들겼다. "대령님, 누가 대령님 집에 그 서류를 가지고 있는 것을 알고 있습니까?"

불행에 빠진 대령은 손을 내저었다. "이봐 친구, 그건 모르겠네. 그 더러운 스파이들은 모든 것을 염탐하고 다니지." 그 순간 그는 브르잘 중령의 임무를 상기하고는 혼란에 빠졌다. "그자들은 매우 영리한 사람들이지." 그러고는 자신 없는 목소리로 다시 말했다. "하지만 난 아무에게도 말하지 않았네. 명예를 걸고 말하는 걸세. 그러나……." 그는 승리에 찬 듯이 덧붙였다. "어느 누구도 내가 그걸 마카로니 깡통에 넣었다는 것은 모르지."

"어디에서 그걸 깡통에 넣었습니까?" 중령이 덧붙여 물었다.

"여기 이 탁상에서."

"당시 그 깡통은 어디에 있었습니까?"

"잠깐만 기다리게." 대령은 상기해 냈다. "나는 여기 앉아 있었고, 그 깡통은 내 앞에 있었네."

중령은 책상에 기대어 꿈꾸듯이 창밖을 바라보았다. 맞은편에 회색과 붉은색의 빌라가 아침노을 속에 아련히 보였다. "저기에는 누가 살고 있습니까?" 그는 지나가는 말로 물었다.

대령이 책상을 내리쳤다. "제기랄, 하느님 맙소사, 그 생각을 전혀 못했군! 잠깐, 저기에는 은행장인가 뭔가 하는 유대인이 살고 있어. 저주받을 사건이야. 이제 일이 어떻게 돌아가는지 알 만하군! 브르잘, 이제야 우리가 어떤 단서를 잡았다는 생각이 드는군!"

"그 저장고를 봐야겠네요." 중령이 말꼬리를 돌렸다.

"자, 그럼 가 보지. 여기, 이리로." 대령은 기꺼이 그를 안내했다. "바로 여기야. 그 깡통은 맨 위 선반에 있었지. 마리!" 대령이 하녀에게 고함을 쳤다. "여기서 뭘 보는 거야! 지하실로 가든지 다락으로 올라가!"

중령은 장갑을 끼고 꽤 높은 창문을 향해 뛰어올랐다. "쇠지레에 의해 강제로 열렸군요."

그는 창을 살펴보며 말했다. "물론 창틀은 연한 나무로 만들어졌고요, 대령님, 이 정도는 아이들도 부술 수 있습니다."

"저주받을 일이군." 대령은 놀라움을 금치 못했다. "빌어먹을 놈들, 이런 식으로 조잡하게 창문을 만들다니!"

울타리 앞에 군복 차림의 요원 둘이 기다리고 있었다.

"저건 군경인가요?" 브르잘 중령은 물었다. "그것참, 잘됐네요. 저는 바깥에서 한번 살펴보겠습니다. 대령님, 마지막 명령이 있기까지 집 밖으로 나가지 마시기 바랍니다."

"알겠소." 대령은 동의했다. "그런데 왜?"

"아마 대령님을 필요로 할지도 모르니까요. 물론 저 두 군경도 여기 머물러 있고요."

대령은 콧방귀를 뀌고 뭔가를 들이삼켰다. "알겠소. 커피 한잔 안 하겠소? 아내가 끓여 줄 수 있는데."

"지금 그럴 시간이 없어요." 중령은 메마르게 말했다. "그동안 이 도난 사건에 대해서는 아무에게도 말하지 마십시오. 대령님에게 그렇게 하도록 요청하기 전까지는……. 그리고 또 하녀에게는 도둑이 통조림 외에는 아무것도 훔쳐 가지 않았다고 말하세요."

"하지만 내 말 좀 들어 보게." 대령은 절망적으로 외쳤다. "어쨌든 당신 그 서류를 찾을 수 있겠지? 그렇지?"

"찾아보겠습니다." 중령은 말하고 군대식으로 발뒤꿈치를 맞부딪쳤다.

그날 아침 함플 대령은 산더미 같은 불행에 빠진 채 앉아 있었다. 그는 잠시 두 헌병이 그를 체포하러 오는 것을 상상했고, 잠시동안 브르잘 중령이 무엇을 할지, 그 거대하고 비밀스러운 군 정보 조직 업무를 어떻게 수행하는지를 그려 보려 했다. 그는 총사령부의 비상벨이 울리는 것을 상상하고는 신음 소리를 냈다.

"카를로우시." 그의 부인이 스무 번째로 그에게 물었다. (이미 오래전에, 그녀는 만일을 위해 그의 권총을 하녀의 트렁크에 숨겨 놓았다.) "뭘 좀 드시지 않겠어요?"

"날 좀 가만둬요, 제기랄." 대령은 버럭 화를 냈다. "내 생각인데, 아마 저 맞은편에 사는 유대인이 그걸 보았을 거요."

그의 부인은 한숨을 내쉬고 부엌으로 가서 울기 시작했다.

순간 초인종이 울렸다. 대령은 품위를 지켜 그를 체포하러 오는 장교들을 맞이하기 위해 자리에서 일어나 옷매무새를 바로잡았다. (도대체 누가 왔을까? 그는 얼이 빠진 채 생각에 잠겼다.) 그러나 장교들 대신 손에 중절모를 든 붉은 머리털의 키 작은 사나이가 들어와서 대령에게 다람쥐 이빨을 드러내며 미소를 지었다. "실례합니다만, 저는 경찰서에서 온 피슈토라입니다."

"무얼 원하십니까?" 대령은 가만히 긴장을 풀며 소리쳤다.

"당신의 저장고가 털렸다는 보고가 있어서요." 피슈토라 씨는 믿음직하게 미소를 지어 보이며 말했다.

"그게 당신과 무슨 관계가 있나요?" 대령은 고함을 질렀다.

"실례합니다." 피슈토라 씨는 빙그레 웃음을 지어 보였다. "여기는 우리 관할 지역입니다. 당신의 하녀가 오늘 아침에 빵집에서 당신의 저장고가 도둑맞았다고 해서 저는 서장님에게 '제가 잠깐 가보겠습니다' 하고 왔어요."

"그럴 필요 없어요." 대령은 거부감을 드러내며 호통을 쳤다. "마카로니 통조림 한 상자를 털렸을 뿐이오. 제발 그냥 놔두세요."

"그것참, 이상하군요." 피슈토라 씨가 말했다. "더 이상 훔쳐 가지 않았다니."

"그것참, 대단히 이상하고말고요." 대령이 괴로운 듯 말했다. "하지만 그건 당신과 아무 상관 없어요."

"아마 누군가 방해를 한 모양이군요." 피슈토라 씨가 갑자기 활기를 띠며 빙그레 웃었다.

"자, 안녕히 가세요, 형사님." 퉁명스럽게 대령이 말했다.

"실례지만……." 미심쩍은 미소를 띠며 피슈토라 씨가 말했다. "그 저장고를 먼저 살펴보았으면 하는데요."

대령은 화를 터뜨리고 싶었지만 자신의 불행에 굴복했다. "그럼 이리 오세요." 그는 마지못해 말하고 키 작은 사나이를 저장고로 데려갔다.

피슈토라 형사는 열정적으로 좁은 지하실을 살펴보았다. "예, 좋아요." 그가 기쁜 듯이 말했다.

"쇠지레로 창문을 열었군요. 이건 틀림없이 페페크나 안드를리크 짓입니다."

"뭐라고요?" 대령은 신경을 곤두세우며 말했다.

"이런 방법은 페페크 아니면 안드를리크가 했을 것입니다. 하지만 페페크는 아직 감옥에 있어요. 만일 그저 창문을 깨뜨렸다면 그건 둔드르, 로이자, 노바크, 호시치카 아니면 클리멘트일 것입니다. 하지만 이건 분명 안드를리크 짓일 것입니다."

"당신은 틀림없겠지요." 대령은 중얼거렸다.

"또 다른 새로운 놈이 저장고를 털었다고 생각하십니까?" 피슈토라 씨는 갑자기 심각해졌다.

"그렇지 않아요. 다시 말해 메르틀 그 녀석도 쇠지레로 창문을 따지만 그는 저장고엔 가지 않아요, 절대 안 가요, 대령님, 그는 화장실을 통해 집 안으로 들어가서 빨랫감을 훔쳐 갑니다." 피슈토라 씨가 다람쥐 이빨을 드러내며 미소를 지었다. "예, 저는 안드를리크를 수배하러 가겠습니다."

"그 녀석에게 안부나 전해 주세요." 대령은 투덜거렸다. 이건 믿을 수 없어. 그가 다시 혼자서 멜랑콜리한 생각에 잠겼을 때, 그는 이 형사가 어쩌면 그리 무능할까라는 생각이 들었다.

만일 그들이 적어도 지문이나 발자국을 찾아본다면, 그건 좋아, 그게 전문가다운 방식이니까. 하지만 그냥 그렇게 멍청하게 가 본다는 것은……. 경찰이 국제 스파이를 그런 식으로 찾다니.

브르잘이 무엇을 하고 있는지 궁금하군.

대령은 유혹을 떨쳐 버릴 수 없어 브르잘 중령에게 전화를 걸었다. 30분 동안 화를 낸 후에야 겨우 통화가 연결되었다. "여보세요." 그는 상냥하게 불렀다. "함플이오. 실례하오만, 얼마나 오랫동안, 나는 당신이 아직 아무 말도 할 수 없다는 것을 알고 있소. 그러나 오직, 알겠소. 만일 나에게 어떻게 되어 가는지 친절하게 보고라도 해 주었으면. 하느님 맙소사, 아직 아무 진전도? 사건이 어렵다는 건 나도 알고 있소. 하지만 잠깐, 브르잘, 제발. 갑자기 생각이 하나 떠올랐는데 말요, 내 자금으로, 알겠지, 그 도둑을 잡는 자에게 1만 코루나를 지불하겠소. 알다시피 난 더 이상의 자금은 없소. 그것이 충분하지 않다는 것을 나도 알고 있소. 하지만 그건 순전히 내가 개인적으로, 그래, 그건 내 개인적인 일이야, 전혀 공적인 게 아니지. 아니면 그 민간 탐정들과 나눌 수도 있지, 어떻게 생각하는가? 하지만 물론 자네는 그것에 대해 모르는 게 당연하지. 그러나 그들에게 함플 대령이 1만 코루나를 약속했다고 암시하게. 그래, 좋아, 자네 부하 경사를 시켜서 전하라고 하게, 제발, 친구여! 미안하오. 그리고 감사하오."

함플 대령은 그런 관대한 결단으로 어느 정도 마음이 놓였다. 그는 자신도 이제 그 저주받은 도둑 스파이를 추적하는 데 뭔가 한몫을 했다고 생각했다. 그는 이런 혼란 때문에 피곤해서 소파에 누웠다. 그리고 1백 명, 2백 명, 3백 명의 사나이들이(모두 피슈토라 씨처럼 붉은 머리털의 사나이들이고 다람쥐 이빨을 드러내고 있었다) 열차를 수색하고, 국경으로 도망가는 자동차들을 세우고, 길모퉁이에서 자신들의 먹잇감을 기다리면서 갑자기 이렇게 외치는 것을 그려 봤다. "법의 이름으로 나를 따라오세요. 그리고 입은 꽉 다물고." 그런 다음 그는 군 아카데미에서 미사일 탄도학 시험 치는 꿈을 꾸고, 지독하게 신음을 하다 땀에 젖어 깨어났다. 누군가가 초인종을 눌렀다.

함플 대령은 벌떡 일어나 생각을 가다듬으려고 노력했다. 문간에 다람쥐 이빨을 한 피슈토라 씨가 나타났다. "제가 돌아왔습니다." 다람쥐 이빨이 말했다. "예, 제 생각대로 바로 그자였습니다."

"누구 말이오?" 대령은 이해하려고 했다.

"예, 그 안드를리크입니다." 다람쥐 이빨을 드러내는 것을 멈추면서 피슈토라 씨는 어리둥절해했다.

"다른 자는 있을 수 없어요. 페페크는 아직 판크라츠 감옥에 있으니까요."

"하지만 그 안드를리크가 무슨 상관이란 말이오." 대령은 참을 수 없다는 듯 화를 냈다.

그러자 피슈토라 씨는 반짝이는 작은 두 눈을 굴렸다. "하지만 그자가 당신 저장고의 마카로니를 훔쳤습니다." 그는 단호하게 말했다. "이미 그자를 경찰서로 호송했습니다. 하지만 저는 그저 한 가지 물어보러 왔습니다. 실례지만, 안드를리크가 말하기를 그 통조림통에 마카로니는 없고, 종이 뭉치만 잔뜩 있었다던데 그게 사실인지요?"

"여보세요." 대령은 숨도 쉬지 않고 외쳤다. "그 종이 뭉치 어디 있습니까?"

"주머니에." 피슈토라 씨가 이빨을 드러냈다. "어디에 넣었더라……"라고 말하면서 그는 주머니가 달린 재킷을 더듬었다. "아하, 이게 당신 것입니까?"

대령은 그의 손에서 귀중한, 139/VII, odd. C라고 찍힌 서류를 낚아챘다. 그의 두 눈에 안도의 눈물이 흘러내렸다. "소중한 친구여." 그는 숨을 몰아쉬었다. "제가 당신에게 이 대가로 무엇을 드려야 할지. 여보, 마누라. 이리 와 봐요. 이분이 경찰, 수사관님이오."

"피슈토라 형사입니다." 키 작은 사나이가 매우 기쁘다는 듯이 이빨을 드러내 보이며 말했다.

"이분이 잃어버린 그 서류를 찾았어요." 대령은 환성을 질렀다. "여보 마누라, 가서 코냑과 잔을 가져와요. 피슈토라 씨, 저는…… 당신이 어떻게 그걸 알아낼 수 있었는지……. 피슈토라 씨, 한잔 드세요."

"하지만 그건 별거 아니었어요." 피슈토라 씨는 이빨을 드러내 보였다. "이거 진짜 독하네요! 예, 그 통조림통, 사모님, 경찰서에 있어요."

"그 깡통, 악마한테나 줘 버리세요." 대령은 기쁨에 차서 소리쳤다. "하지만 소중하신 피슈토라 씨, 당신은 어떻게 그렇게 빨리 그 서류를 찾았어요? 피슈토라 씨, 건배!"

"대령님도 건배." 피슈토라 씨는 공손하게 말했다. "하느님 맙소사, 그건 아무것도 아닙니다. 저장고가 털리면, 우리는 안드를리크나 페페크를 수배합니다. 하지만 페페크는 지금 두 달째 판크라츠 감옥에 있습니다. 만일 다락이라면, 우리는 피세츠키, 절름발이 톤데라, 카네르, 지마 그리고 호우스카를 수배하지요."

"하지만, 하지만." 대령은 경탄을 금치 못했다. "잠깐 제 말 좀 들어 보세요, 스파이의 경우는 어떻게 됩니까? 제발 부탁합니다, 피슈토라 씨!"

"정말로 감사합니다만 스파이는 우리가 취급하지 않습니다. 놋쇠 문손잡이의 경우, 그건 체네크와 핀쿠스입니다. 구리로 만든 전선의 경우, 지금 한 녀석뿐인데, 호우스카뿐입니다. 1층 파이프라면 그건 틀림없이 하노우세크, 부흐타 아니면 슐레신게르입니다. 우리는 확실하게 근원을 찾습니다. 금고털이범이라면 공화국 전체를 찾아다닙니다. 그들은 수도 없이 많지요. 딸꾹! 현재 그들은 27명인데, 6명이 수감 중입니다."

"그 녀석들은 그런 대접을 받아 마땅하지요." 대령은 잔인하게 선언했다. "피슈토라 씨, 자, 마셔요!"

"정말 감사합니다." 피슈토라 씨는 말했다. "하지만 전 많이 마시지 못합니다. 자, 대령님의 건강을 위해서. 이 녀석들은, 딸꾹! 이 악당들은 전혀 영리하지 못해요, 대령님, 그들은 모두 다시 일에서 손을 뗄 때까지 한 가지밖에 할 줄 모릅니다. 안드를리크처럼. 그 작자는, 내가 그를 잡으러 가자, 이렇게 말했어요, '오오, 저장고에 관해서라면 피슈토라 씨야. 피슈토라 씨, 이거 아무 가치도 없어요. 왜냐하면 그 깡통에서 제가 본 것은 종이 뭉치뿐이었어요. 왜냐하면 뭔가 훔치기 전에 저는 철수했어야 했거든요.' 그래서 저는 그에게 말했지요. '그래, 자, 가자, 이 멍청아, 넌 이것으로 1년은 족히 선고받을 거야.'"

"1년이나 가둔다고요?" 함플 대령은 좀 동정적으로 말했다. "그건 좀 너무한 거 아니오?"

"하지만 이건 가택 침입이에요." 피슈토라 씨는 이빨을 내보였다.

"저, 진심으로 감사드립니다, 대령님, 전 또 진열장 사건이 기다리고 있어서요. 이건 클레츠카 아니면 루들입니다. 만일 뭐든 더 필요한 것이 있으시면 경찰서에 문의만 하십시오. 피슈토라라고만 하면 충분합니다."

"제발, 형사님." 대령이 말했다. "이 일을 한, 흠, 보답으로 이 서류 뭉치가…… 뭐 그리 중요한 것은 아니지만…… 저는 그걸 잃고 싶지 않았거든요, 아시겠어요? 여기 당신의 수고에 대한 대가로 이걸 좀 받아 주시면." 그는 재빨리 말하고 피슈토라 씨의 손에 50코루나를 찔러 줬다.

피슈토라 씨는 놀라면서 감동을 받았다. "하지만 이럴 필요 없어요"라고 말하고 그는 지폐 쥔 손을 재빨리 주머니 속에 넣었다.
"이거 별거 아니었는데……. 정말 감사합니다, 대령님, 만일 또다
시 필요하시다면……."

"난 말이야, 그에게 50코루나를 주었어." 함플 대령은 행복에 겨
워 그의 부인에게 말했다.

"그런 튤립 같은 사나이에게는 20코루나도 충분했지만, 그러
나……." 대령님은 관대하게 손을 흔들었다. "적어도 그자는 잃어
버린 서류를 찾아냈거든."

마음에 들지 않은 남자

"콜다 씨." 파초프스키 씨는 콜다 경사에게 말했다. "여기 당신에게 특별히 말할 게 있습니다." 말하자면 파초프스키 씨는 오스트리아 제국 시대에 경찰관이었다, 실제로 그는 기동 순찰 경찰이었다. 그러나 그는 전후(戰後)의 새로운 환경에 적응할 수 없어 은퇴한 후, 세상 구경을 조금 하고는 마침내 나비흘리트체 여관의 관리자로 정착했다. 거기는 매우 외딴 지역이었으나, 오늘날에는 여행, 관광, 연못에서 수영하기 등등의 일들로 사람들이 좋아하기 시작한 곳이었다. "콜다 경사님." 그때 파초프스키 씨는 말했다. "저는 그자를 잘 모릅니다. 여기 벌써 14일 동안 지내는 손님이 있어요. 로에들이라는 사람입니다. 그는 방세를 제때 지불하며, 술도 안 마시고 노름도 안 합니다만, 그러나…… 아시겠지만." 파초프스키는 불쑥 말했다. "그자를 한번 살펴보러 오십시오."

"그자, 무슨 문제라도 있나요?" 콜다 씨가 물었다.

"바로 그거예요." 파초프스키 씨가 짜증을 내며 말했다. "나도 몰라요. 특별히 뭐 당신에게 보고할 거리는 없지만요. 그러나 어떻게 말하면 좋을까요? 난 그저 그자가 맘에 들지 않아요. 예, 바로 그거예요."

"로에들, 로에들." 콜다 경사는 생각에 잠겼다. "그 이름은 정말 생소한데, 무슨 일을 하는 자입니까?"

"저는 모릅니다." 파초프스키 씨는 말했다. "은행원이었다고 말했어요. 하지만 어느 은행인지 알아낼 수 없었어요. 그자가 맘에 들지 않아요. 그러나 아주 공손한 사람이에요. 하지만 그에게 오는 우편물도 없어요. 사람들을 피하는 인상을 줘요. 그것 또한 맘에 들지 않아요."

"어떻게 사람들을 피한단 말입니까?" 콜다 경사가 물었다.

"그가 정확히 피하는 건 아닙니다." 파초프스키 씨는 불확실하게 말했다. "하지만…… 누가 이 9월 달에 시골에 옵니까? 그리고 여관 앞에 자동차가 한 대 서면 그는 먹던 음식을 들고 자기 방으로 들어가 버립니다. 따라서 이런 겁니다. 당신에게 감히 말하건대 로에들을 좋아하고 싶지 않아요."

콜다 씨는 잠시 생각에 잠겼다. "자, 파초프스키, 이렇게 합시다." 그는 현명하게 말했다. "가을에 여관 문을 닫는다고 말해 보세요. 프라하나 다른 지역으로 가도록 말입니다, 그렇게 해 봐요! 왜 우리가 그를 여기 묶어 두어야 합니까? 바로 그거예요."

다음 날 일요일, 마리아 혹은 동정녀라는 별명을 가진 젊은 순찰 경찰 후리흐가 순찰을 끝내고 집으로 돌아가는 길에, 여관에 들러 보자는 생각을 했다. 그러고는 곧바로 숲을 지나 나비홀리트체 여관 후문을 향했다. 후문에 도착해서 파이프의 재를 털기 위해 발걸음을 멈추었다. 그때 그는 뒤뜰로 향한 2층 창문에서 덜거덕거리는 소리를 들었고 그의 뒤로 뭔가 쿵 하고 땅에 떨어지는 소리를 들었다. 동정녀는 뒤뜰로 달려가 아무 이유 없이 창문에서 뛰어내린 남자의 어깨를 잡았다. "선생." 그는 책망하듯이 말했다. "여기서 뭘 하십니까?"

어깨를 잡힌 사나이는 창백하고 멍한 눈초리였다. "왜 뛰어내리면 안 됩니까?" 그는 힘없이 반응했다. "저는 이곳에 머물고 있습니다."

순찰 경찰 동정녀는 이 상황을 잠시 숙고해 보았다. "가능한 일입니다." 그는 말했다. "그러나 창문에서 뛰어내리는 게 제 맘에 들지 않습니다."

"저는 그것이 금지되어 있는 줄 몰랐습니다." 무표정한 사나이가 말했다. "제가 여기 머물고 있는지 파초프스키 씨에게 물어보십시오. 저는 로에들입니다."

"가능한 일입니다." 순찰 경찰 동정녀가 말했다. "신분증을 좀 보여 주십시오."

"신분증이라고요?" 로에들이 머뭇거리며 말했다. "지금 신분증을 가지고 있지 않습니다. 제 신분에 대해 뭘 좀 써 드리겠습니다."

"그건 우리가 기록할 겁니다." 동정녀는 기꺼이 말했다. "로에들씨, 저를 따라오십시오."

"어디로요?" 로에들 씨는 잿빛 얼굴이 되어 자신을 방어했다. "무슨 권리로…… 무슨 권리로 저를 데려가십니까?"

"왜냐하면 당신이 맘에 들지 않기 때문입니다." 동정녀는 말했다. "입 다물고 따라오세요."

경찰서에서 콜다 경사는 슬리퍼를 신고 앉아서 긴 파이프를 문 채 정부 신문을 읽고 있었다.

그는 로에들과 함께 온 동정녀를 보자 큰 소리로 호통을 쳤다. "하느님 맙소사, 마린카, 무슨 일을 벌이는 거요? 난 일요일도 쉬지 말란 말이오? 도대체 왜 일요일에도 사람들을 이리로 데려오는 거요?"

"경사님." 동정녀는 보고했다. "이자가 마음에 들지 않아요. 제가 여관으로 들어가는 것을 보고 이자는 뒤쪽 정원으로 향한 창문에서 뛰어내려 숲 속으로 도망을 치려 했어요. 신분증도 없어요. 그래서 제가 그를 잡았습니다. 로에들이라고 합니다."

"아하." 콜다 경사는 흥미를 갖고 말했다. "로에들 씨라……. 으흠, 로에들 씨, 드디어 우리가 당신을 잡았네요."

"저를 구속할 순 없습니다." 로에들 씨가 불안에 젖어 말했다.

"그래요, 우리는 할 수 없어요." 콜다 씨는 동의했다. "하지만 당신을 잠시 붙잡아 둘 수는 있습니다. 그렇지요! 마린카, 그 여관에 들러 로에들 씨 방을 살펴보고, 그의 물건들을 이리로 가져오게. 로에들 씨, 앉으십시오."

"저는…… 저는 어떤 진술도 하지 않을 것입니다." 로에들 씨가 격노하여 말을 더듬었다. "저는 불만을 제기할 것입니다…… 저는 항의하는 바입니다."

"하느님 맙소사, 로에들 씨." 콜다 씨는 한숨을 내쉬었다. "당신이 맘에 들지 않아요! 당신과 논쟁하고 싶지 않아요. 그러니 저기서 입 다물고 앉아 계세요."

그리고 나서는 신문을 들고 계속 읽기 시작했다.

"로에들 씨, 잠깐만 기다려요." 잠시 후 그가 말했다. "당신에게 문제가 있다는 것은 누가 봐도 알 수 있어요. 내가 만일 당신이라면 모두 털어놓을 겁니다. 그러면 당신은 편안해질 겁니다. 하지만 당신이 원하지 않는다면 그것 또한 좋아요."

로에들 씨는 땀에 흠뻑 젖어 창백한 모습으로 앉아 있었다. 콜다 씨는 불쾌감으로 콧김을 내뿜으며 그를 주시하다가 난로 위에서 말리던 버섯들을 펼치러 갔다.

"로에들 씨, 이것 보세요." 잠시 후, 또다시 그가 시작했다. "우리는 당신의 신분을 확인할 겁니다. 그동안 당신은 유치장에 앉아 있을 겁니다. 아무도 당신에게 말하지 않을 겁니다. 그러니 반감을 가지지 마세요."

로에들 씨는 고집스러운 침묵을 지키고 있었고, 콜다 씨는 싫증이 난 듯 중얼거리며 파이프를 청소했다. "좋아요." 그는 말했다. "자, 보십시오, 로에들 씨, 우리가 당신의 신분을 알아내는 데 아마 한 달은 걸릴 겁니다. 하지만 로에들 씨, 그 한 달은 징역형으로 계산되지 않습니다. 좌우간 그 한 달간의 징역형을 잃어버린다는 것은 안타깝습니다!"

"제가 만일 고백한다면." 로에들 씨가 망설이며 말했다. "그렇게 한다면……."

"그렇게 한다면 당신을 구금할 겁니다, 예, 바로 그거예요." 콜다 씨가 설명하기 시작했다. "그러면 그 기간을 계산에 넣을 겁니다. 원하시는 대로 하세요. 당신은 제 마음에 들지 않아요. 그들이 당신을 지방 법원으로 데려가는 것이 저에게도 좋아요. 예, 바로 그거예요."

로에들 씨는 한숨을 내쉬었다. 그의 눈물 고인 두 눈에는 슬픔과 피로가 역력했다. "왜." 그는 겨우 말문을 열었다. "왜 다들 제가 마음에 들지 않는다고 합니까?"

"왜냐하면 당신은 좀 무서워요." 콜다 씨가 상냥하게 말했다. "로에들 씨, 당신은 뭔가를 숨기고 있어요. 그게 마음에 들지 않아요. 왜 당신은 사람들의 시선을 피하는 거죠? 당신은 안절부절못해요. 바로 그겁니다. 로에들 씨."

"로스네르." 창백한 사나이가 의기소침해서 말했다.

콜다 씨는 생각에 잠겼다. "로스네르, 로스네르, 잠깐, 어떤 로스네르? 이건 들어 본 이름인데요."

"예, 로스네르 페르디난트입니다." 사나이는 무심결에 말했다.

"로스네르 페르디난트." 콜다 씨는 반복했다. "이거 뭔가 짚이는 게 있는데. 로스네르 페르디난트⋯⋯."

"빈의 예금 은행." 창백한 사나이가 도왔다.

"아하!" 콜다 씨는 기쁨에 젖어 외쳤다. "횡령. 이제 잡았군. 자, 좋아요. 로스네르! 소중한 사람이여, 우리는 3년 동안 당신에 대한 구속 영장을 가지고 있어요! 예, 바로 당신이 로스네르군요." 그는 기쁨에 넘쳐 반복했다. "그런데 왜 당신은 즉각 말하지 않았나요? 잠깐, 내가 당신을 문밖으로 내쫓을 뻔했잖아. 당신이 로스네르군요! 마린카." 그는 때마침 들어오는 순찰 경찰 후리흐에게 승리에 찬 듯 소리쳤다. "이자가 바로 그 횡령범 로스네르야!"

"그렇습니다." 로스네르는 비통스럽게 자신을 인정했다.

"하지만 로스네르." 콜다 씨가 그를 위로했다. "당신은 그것에 익숙해질 것입니다. 이제 다 털어놨으니 행복하십시오. 그렇지만 제발 말 좀 해 보세요, 이 귀하신 양반, 그 3년 동안 어디서 숨어 지냈습니까?"

"숨어 지냈다……." 로스네르는 쓸쓸하게 말했다. "열차 침대칸이나 가장 비싼 호텔에 머물러 보세요. 거기서는 어디에서 왔는지 누구인지 아무도 묻지 않아요."

"오, 맙소사." 콜다 씨는 동정적으로 말했다. "그러려면 당신의 지출이 어마어마했겠네요, 그렇지요!"

"예, 그렇고말고요." 로스네르는 안심했다. "하지만 왜 제가 순경들이 불심 검문 오는 여관에 가겠습니까? 경사님, 저는 계속해서 제 분수보다 더 좋게 살아가야 했어요! 저는 여기서 당신들이 저를 체포할 때까지는, 3일 이상 머문 곳이 없어요."

"예, 그렇군요." 콜다 씨는 기쁘게 말했다. "하지만 이제 현금이 동났군요! 그렇지요, 로스네르? 결국 똑같은 끝장이군요."

"그렇습니다." 로스네르는 동의했다. "하지만 당신에게 고백하건대, 저는 더 이상 지속할 수 없었어요. 하느님 맙소사, 좌우간 지금까지 저는 3년 동안 어느 누구와도 허심탄회하게 터놓고 말해 본 적이 없어요! 마음 놓고 실컷 먹을 수도 없었어요! 누군가 저를 보면 저는 숨을 곳부터 찾았어요……. 모두들 저를 빤히 쳐다봤어요." 로스네르는 괴로워했다. "모두들 제게는 경찰서에서 온 것 같았어요. 상상해 보세요, 심지어 파초프스키조차."

"그 점에 대해서는 너무 염려 마십시오." 콜다 씨가 말했다. "사실 파초프스키도 옛날에 경찰이었으니까요."

"예, 그랬었군요." 로스네르는 중얼거렸다. "그래서 우리 같은 사람은 늘 어딘가에 숨어 지내야지요! 왜 모든 사람들이 저를 그렇게 감시하나요? 제가 정말 범죄자처럼 보이나요?"

콜다 씨는 그를 주의 깊게 살펴보았다. "로스네르, 당신에게 말해 줄 게 있소." 그는 말했다. "이제는 더 이상 아니오. 이제 당신은 평범한 사람처럼 보입니다. 그러나 이전에는 당신이 마음에 들지 않았어요. 이 친구야, 무엇이 당신을 이상하게 보이도록 했는지 나도 모르지만…… 자, 좋아." 그는 결단을 내렸다. "이제 마린카가 당신을 법정으로 데려갈 겁니다. 아직 6시가 안 되었으니 오늘도 형기로 칠 것입니다. 오늘이 일요일이 아니었다면, 제가 당신에 대해 반감을 가지고 있지 않다는 것을 알도록 내가 직접 데려갔을 텐데요. 로스네르, 오직 당신의 그 이상함 때문이오. 로스네르, 하지만 이제 모든 게 정상이오. 마린카, 그를 유치장에 넣게."

*

"마린카, 자네도 알다시피……." 그날 저녁 콜다 씨는 말했다. "나는 로스네르가 무척 마음에 들어. 그는 아주 착한 사람이야, 그렇지 않은가! 내 생각인데, 그에게 1년 이상 선고를 내리지 않아야 할 텐데."

"제가 그에게 담요를 두 장 주라고 잘 말씀드렸어요." 순찰 경찰 동정녀가 얼굴이 빨개지면서 말했다. "그는 딱딱한 침대에 자는 것이 습관이 안 되어서요……."

"그것 잘됐군." 콜다 씨는 언급했다. "내가 보초한테 가끔 그와 몇 마디 주고받으라고 부탁하겠네. 그 로스네르가 이제 사람들 사이에 있다는 것을 깨닫도록."

시인

그것은 흔한 뺑소니 사건이었다. 새벽 4시에, 지트나 거리에서 어떤 자동차가 술 취한 노파를 친 뒤 최고 속도로 도망을 쳤다. 이제 젊은 형사 메이즐리크는 어느 자동차인지를 밝혀내야 했다. 대개 이런 일은 젊은 형사가 떠맡았다.

"흠." 메이즐리크 형사는 141번 순찰 경찰에게 물었다. "약 30보 거리에서 빠른 속도로 달리는 자동차와 땅바닥에 쓰러진 사람을 보았다고 했지? 제일 먼저 어떻게 했는가?"

"응급조치를 취하기 위해 희생자에게 달려갔습니다." 순찰 경찰이 보고했다.

"먼저 그 차를 확인했어야 했는데……." 메이즐리크 형사는 중얼거렸다. "그다음 노파를 걱정했어야 했는데." 그는 연필로 머리를 긁으며 덧붙였다. "하지만 나라도 아마 그렇게 했을 거야. 어쨌든 차 번호판을 보지 못했구나. 차에 대해 뭐 생각나는 것이라도 있는가?"

"제 생각인데 짙은 색이었던 것 같아요." 141번 순찰 경찰이 머뭇거리며 말했다. "푸른색이나 붉은색 같은 것 말입니다. 너무 갑작스러워서 차를 보는 것이 쉽지 않았어요."

"아, 큰일 났군." 메이즐리크 형사는 소리쳤다. "그러면 그 차가 어떤 종류인지 어떻게 알아낸담? 모든 운전사를 추적해 노파를 치었는지 물어볼 수도 없고…… 자네는 내가 어떻게 했으면 좋겠나?"

순찰 경찰은 어쩔 수 없다는 듯이 어깨를 들썩거리며 말했다. "저……." 그는 말했다.

"저, 목격자 한 사람이 신고해 왔습니다만 그 사람 역시 아무것도 모르죠. 지금 옆방에서 기다리고 있습니다."

"그를 들여보내게." 메이즐리크 형사는 말했다. 그는 초라한 사고 조사서에서 뭔가 실마리를 찾으려 했으나 소용이 없었다. "죄송하지만, 이름과 주소를 말씀해 주실 수 있습니까?" 그는 목격자를 쳐다보지도 않으면서 기계적으로 말했다.

"공과 대학생 크랄리크 얀입니다." 목격자는 다소 굳은 목소리로 말했다.

"자, 그럼 학생이 오늘 새벽 4시에 어떤 차가 보제나 마하츠코바를 치었던 곳에 있었습니까?"

"예, 그건 운전자의 잘못이라고 감히 말할 수 있어요, 형사님. 도로는 텅 비어 있었어요. 운전자가 교차로에서 속도만 늦추었더라도……."

"얼마나 멀리 떨어져 있었습니까?" 메이즐리크 형사가 그의 말 중간에 끼어들었다.

"열 발짝 정도였어요. 저는 커피숍에서 집으로 가는 친구를 배웅하고 있었어요. ……우리가 지트나 거리를 걷고 있을 때……"

"당신 친구 누굽니까?" 형사가 다시 끼어들었다. "여기 보고서에는 그의 이름이 적혀 있지 않은데요."

"시인 야로슬라프 네라트입니다." 목격자는 자랑스럽게 말했다. "하지만 그도 형사님께 할 말이 별로 없을 거예요."

"왜 없을까?" 지푸라기라도 잡으려는 듯 형사는 중얼거렸다.

"왜냐하면…… 그는 그런 시인이라, 좋지 않은 일이 일어나면 어린애처럼 울음을 터뜨리며 집으로 가 버리거든요. 좌우간 우리가 지트나 거리를 따라 가고 있는데 갑자기 우리 뒤에서 차가 미친 속도로……"

"어떤 번호판이었지요?"

"죄송하지만 모르겠어요. 알아채지 못했어요. 놀라운 속도를 보고 나는 곧바로 이렇게 중얼거렸는데……"

"차종은 어떤 것이었습니까?" 메이즐리크 형사가 또다시 끼어들었다.

"4실린더 내부 연소 엔진." 목격자의 대답이었다. "자동차 종류는 잘 모르고요."

"어떤 색깔이었습니까? 누가 안에 타고 있었습니까? 스포츠카였습니까? 아니면 세단이었습니까?"

"모르겠어요." 목격자는 혼란에 빠졌다. "제 생각엔 검은색 같았는데, 가까이서는 못 봤어요. 사고가 일어났을 때 나는 네라트에게 '저 봐, 저 자식들 사람을 치어 놓고 서지도 않네!'라고 말하느라 자세히 보지 못했어요."

"흠." 메이즐리크 형사는 만족스럽지 못한 듯 중얼거렸다. "그건 분명 올바르고 당연한 도덕적인 반응입니다. 하지만 당신이 번호판을 보았으면 더 좋았을 텐데…… 사람들이 어떻게 그렇게도 간단한 관찰을 못하는지 놀랍습니다. 운전자의 잘못이라는 것도 알고, 그런 자들은 망나니 같은 놈들이라고 확신하지만, 번호판을 보지 못하다니…… 감사합니다, 크랄리크 씨. 더 이상 지체하지 않을 겁니다."

한 시간이 채 지나지 않아서 141번 순찰 경찰은 시인 야로슬라프 네라트의 집 초인종을 눌렀다. 시인은 집에 있었지만 자고 있었다. 잠시 후 시인이 현관으로 나왔다. 시인의 작은 눈이 경찰을 보자 놀라움으로 커졌다. 그는 자신이 실제로 무슨 잘못을 했는지 기억해 내지 못하고 있었다. 그러나 드디어 그는 왜 경찰서에 가야 하는지 알게 되었다. "꼭 가야 합니까?" 그가 의심스럽게 물었다. "사실 전 아무것도 기억나지 않아요. 저는 그날 밤 약간……"

"취하셨겠죠." 경관은 이해한다는 듯 말했다. "선생님, 저도 아는 시인이 꽤 있습니다. 자, 선생님, 옷을 입으시죠. 기다릴까요?"

그러고 나서 경관과 시인은 근처 술집들과 이웃 사람들 이야기와 하늘의 특별한 천체 현상과 다른 많은 문제에 대해 이야기를 나누었다. 단, 정치만은 둘 다 관심이 없었다. 그렇게 다정스럽고 유익한 얘기를 주고받으며 어느새 시인은 경찰서에 도착했다.

"당신이 시인 야로슬라프 네라트 씨입니까?" 메이즐리크 형사가 물었다. "그리고 뺑소니 사건의 목격자이기도 하지요. 당신은 그때 어떤 차가 보제나 마하츠코바를 친 곳에 있었지요."

"예." 시인은 한숨을 내쉬었다.

"어떤 종류의 차였는지 말할 수 있겠습니까? 스포츠카인지 세 단인지? 무슨 색깔이었는지, 그 차 안에 누가 있었는지, 그리고 번호판을 보셨는지요?"

시인은 생각에 잠겼다. "저는……." 그는 말했다. "모르겠어요. 알아채지 못했어요!"

"어떤 단서가 될 만한 것도 기억나는 것이 없습니까?" 형사는 말했다.

"전혀." 시인은 단호하게 말했다. "저는 그런 것에 주의를 기울이지 않아요."

"그렇군요." 메이즐리크 형사는 빈정거리듯이 말했다. "그러면 무엇에 주의를 기울이고 있었습니까?"

"전반적인 분위기입니다." 시인은 모호하게 대답했다. "길고 텅 빈 거리…… 새벽녘에…… 그리고 길에 쓰러진 노파의 모습……." 시인은 갑자기 벌떡 일어섰다. "집에 돌아와서 뭔가 써 놓은 것이 있어요!" 그는 주머니를 뒤지더니 많은 종이봉투와 영수증들과 다른 종이 뭉치들을 꺼냈다. "아니야, 이건 아니야." 그는 중얼거렸다. "이것도 아니야. 잠깐…… 아마 이것일 거야." 그는 종이봉투를 확인하느라 정신이 없었다.

"제게 보여 주세요." 메이즐리크 형사가 부드럽게 말했다.

"별것 아닙니다." 시인은 방어하듯이 말했다. "하지만 원하시면 읽어 드리겠어요." 말하는 그의 눈이 강렬하게 빛났다. 그는 모음을 길게 발음하면서 노래하는 것처럼 읽었다.

> 3월의 검은 집들이 한두 채 서 있었고
> 석양은 만돌린을 연주하는구나
> 소녀야, 왜 넌 얼굴을 붉히느냐
> 120마력의 차는 세상 끝을 향해 달리고
> 혹은 싱가포르를 향해
> 멈춰라, 멈춰라 질주하는 차들이여
> 우리의 위대한 사랑은 먼지 속에 쓰러지고
> 소녀는 꺾여진 한 송이의 꽃
> 백조의 목 젖가슴 작은북 그리고 심벌즈
> 왜 나는 그렇게 울어야 했는지

"이게 전부죠." 야로슬라프 네라트는 말했다.

"실례입니다만……." 메이즐리크 형사가 물었다. "그 시는 무슨 의미인지요?"

"물론 자동차 사고에 관한 것이죠." 시인은 말했다. "이해하지 못하겠다는 뜻인가요?"

"내 생각에는 그렇소." 형사는 비판적으로 말했다. "내가 그 시로 뺑소니 사고를 어떻게 이해할 수 있겠습니까? 7월 15일 새벽 4시에 지트나 거리에서 식별할 수 없는 번호판을 단 자동차가 보제나 마하츠코바라는 60대의 술 취한 거지 노파를 치었고, 병원 응급실로 실려 간 그녀는 지금 거의 죽어 가고 있소. 내가 보건대 당신의 시는 이러한 점들에 관해 말하고 있지 않는 것 같은데요. 그렇지 않아요?"

"형사님, 하지만 그것은 피상적인 사실에 불과합니다." 시인이 코를 문지르면서 말했다. "시는 내면적인 사실입니다. 시는 자유롭고, 시인의 잠재의식 속에서 사실을 일깨우는 초현실적인 이미지라는 것을 아시겠어요? 그건 시각적이고 청각적인 연상입니다. 독자들은 시에 자신을 맡겨야죠." 훈계하듯이 야로슬라프 네라트는 말했다. "이제 이해할 수 있겠지요."

"실례지만……." 메이즐리크 형사가 말했다. "당신 작품을 좀 봅시다. 감사합니다. 흠, '3월의 검은 집들이 한두 채 서 있다' 이것이 무슨 뜻인지 제게 설명 좀 해 주시겠어요."

"바로 지트나 거리입니다." 시인은 침착하게 말했다. "양쪽에 늘어선 빌딩을 뜻하지요, 아시겠어요?"

"왜 나로드니 거리는 아니오?" 메이즐리크 형사는 의아한 듯이 물었다.

"곧은 길이 아니기 때문이죠." 자신만만한 대답이 돌아왔다.

"자, 계속하죠, '석양은 만돌린을 연주하고' — 좋소, 이것은 인정하기로 하고. '소녀야, 왜 넌 얼굴을 붉히느냐' — 왜 갑자기 소녀가 등장하지요?"

"붉은 여명이지요." 시인은 함축적으로 대답했다.

"아, 미안하오. '120마력의 차는 세상 끝을 향해 달린다'는 무슨 뜻이지요?"

"아마 차가 도착할 때였을 겁니다." 시인이 설명했다.

"120마력이었습니까?"

"저도 모르겠어요. 그건 매우 빠르게 왔다는 뜻입니다. 마치 세상 끝을 향해 날아오르려는 듯이."

"아, 그래요. '혹은 싱가포르를 향해' — 맙소사, 왜 하필 싱가포르입니까?"

시인은 어깨를 들썩했다. "저도 모르겠지만, 아마 말레이시아 사람들이 타고 있었던 것 같아요."

"그 차와 말레이시아 사람들이 무슨 관계가 있죠?"

시인은 안절부절못했다. "아마 차가 갈색이었던 것 같아요. 그럴수도 있겠지요?" 그는 생각에 잠겼다. "분명히 갈색이었던 것 같아요. 그렇지 않고서야 왜 싱가포르라고 했겠어요?"

"아시다시피……." 메이즐리크 형사는 말했다. "그 차는 붉은색, 푸른색, 검은색이라고도 하니 그중 무슨 색을 골라야 하지요?"

"갈색을 고르세요." 시인은 침착하게 대답했다. "좋은 색깔이잖아요."

"우리의 위대한 사랑은 먼지 속에 쓰러지고, 소녀는 꺾여진 한 송이의 꽃." 메이즐리크 형사는 계속 읽어 나갔다. "꺾여진 한 송이의 꽃은 술 취한 거지 노파를 말합니까?"

"저는 술 취한 거지 노파에 관해 쓰려 하지 않았어요." 화가 난 듯이 시인은 말했다. "그것은 단지 한 여인이었어요. 아시겠어요?"

"아, 그렇군요. 그럼 이것은 무엇이오. '백조의 목 젖가슴 작은북 그리고 심벌즈' 이건 자유로운 연상인가요?"

"보여 주세요." 시인은 혼란스러워하며 종이를 향해 머리를 숙였다. "백조의 목 젖가슴 작은북 그리고 심벌즈 ─ 이게 뭐이더라?"

"그게 바로 내가 묻고 있는 것이오." 메이즐리크 형사가 조바심을 드러냈다.

"잠깐 기다려 봐요." 시인은 생각에 잠겼다. "아마 뭔가 생각나는 게 있을 거예요. 잠깐, 혹시 백조의 목이 2와 비슷하다고 생각하지 않으세요? 잠깐만 기다리세요." 그러고는 연필로 2라고 썼다.

"그렇군요." 메이즐리크가 말했다. "그럼 젖가슴은 무엇입니까?"

"물론 3이지요, 두 개의 곡선이 있으니까. 그렇지 않아요?" 시인 자신도 놀랐다.

"이제 작은북과 심벌즈가 남았습니다." 메이즐리크 형사는 불안에 찬 목소리로 말했다.

"작은북과 심벌즈는……." 시인 네라트는 신중하게 말했다. "작은북과 심벌즈는…… 5라는 숫자가 아닐까요? 그렇지 않아요? 보세요"라고 말하면서 그는 5를 그려 보였다. "작은 배처럼 나온 것이 작은북 같지요. 그리고 위에는 심벌즈……."

"잠깐 기다려요." 메이즐리크 형사는 말하고 종이 위에 235라고 썼다. "차가 235라는 번호를 달고 있었던 것을 확신하시오?"

"전 번호 같은 것은 신경 쓰지 않았어요." 야로슬라프 네라트는 단호하게 말했다. "하지만 그와 비슷한 것이 사고 현장에 있었던 게 틀림없어요. 그렇지 않으면 왜 여기 있겠어요?" 그는 자신의 소지품을 들여다보며 신기해했다. "아시다시피 그건 시 전체에서 제일 중요한 부분이죠."

이틀 후 메이즐리크 형사는 시인을 찾아갔다. 시인은 이번에는 자고 있지 않았다. 그의 여자 친구가 와 있었기 때문이었다. 그는 빈 의자를 형사에게 권하려 했으나 그럴 필요가 없었다.

"저는 또 달려가야 합니다." 메이즐리크 형사는 말했다. "난 단지 차 번호가 235였다는 걸 알려 주기 위해 들렀습니다."

"어떤 차 말씀이죠?" 시인은 놀랐다.

"백조의 목 젖가슴 작은북 그리고 심벌즈." 형사는 단숨에 말했다. "그리고 싱가포르 역시."

"아, 이제 알겠어요." 시인은 말했다. "당신은 내면의 사실을 보셨군요. 시 한두 편 더 읽어 드릴까요? 이제는 이해하시게 될 거예요."

"그건 다음에 합시다." 형사는 즉각 대답했다. "다음 사건을 맡는다면."

야니크 씨의 사건

여기에 등장하는 야니크 씨는 정부 부서의 야니크 박사도 아니고, 농장주 이르사를 쏴 죽인 야니크도 아니고, 한 번에 당구 326점을 기록한 증권 브로커 야니크도 아니며, 종이와 펄프 도매상인 '야니크와 홀레체크' 회사의 사장이다. 그는 착하고 키가 작은 사람으로 세베로바 양의 꽁무니를 따라다니다 실연하여 결혼도 못했다. 간단히 말해 그는 실수하지 않으려고 애쓰는 종이 도매상인 야니크다.

바로 이 야니크 씨가 아주 우연히 사건에 휘말리게 되었다. 그곳은 그가 여름 별장으로 이용하곤 하던 사자바의 어느 지역이었다. 마침 그때 루제나 레그네로바 양의 시체를 찾을 때였다. 그녀의 애인 인드르지흐 바슈타가 그녀의 시체에 휘발유를 끼얹고, 불을 지른 다음 숲 속 어딘가에 파묻었다. 바슈타는 그녀를 살해했다고 자백했으나 그녀의 시체는 찾을 수 없었다. 벌써 경찰들이 9일간이나 바슈타가 가리키는 대로 숲 속을 헤매 다녔다. 경찰들은 여기저기 샅샅이 뒤지며 파 보았으나 아무것도 찾지 못했다. 피로에 지친 바슈타가 그들에게 헛된 시도를 하도록 하고 있거나 아니면 시간을 끌고 있는 것이 분명했다.

인드르지흐 바슈타는 점잖고 여유 있는 집안 출신이었다. 하지만 그가 태어날 때 아마 의사가 집게로 너무 세게 그의 머리를 집어서인지 한동안 정상이 아니었다. 그는 약간 퇴보된 이상한 사람이었다. 그러니까 그는 9일 동안 경찰들을 안내하며 숲을 쏘다녀서인지, 공포로 인한 안진증(眼震症)으로 두 눈을 두리번거렸고, 유령처럼 창백해졌다. 이런 그를 바라보는 것은 고통스러웠다.

경찰들은 그와 함께 월귤나무 숲과 습지를 쏘다녔다. 경찰들이 너무 화가 나서 그 작자를 물어뜯지 않은 게 이상할 정도였다. 그들은, '이 짐승 같은 놈, 우리는 네놈이 우리들을 그 장소로 스스로 데려갈 때까지 네놈을 기진맥진하게 할 거야!'라는 생각을 했다. 기운이 빠질 대로 빠진 바슈타는 땅바닥에 주저앉아 거친 소리를 내뱉었다. "여기, 여기에 제가 그녀를 파묻었습니다!"

"바슈타, 일어나." 경찰이 그에게 소리쳤다. "여기가 아니야! 계속 걸어가!"

바슈타는 휘청거리며 일어서서, 두 발로 비틀비틀 조금 더 걸어가다가 또다시 피로에 지쳐 넘어졌다. 그래서 다음과 같은 행렬이 생겨났다. 즉 네 명의 경찰관, 두 명의 사복 입은 요원, 두 명의 사냥꾼과 삽을 든 영감태기 몇 명, 그리고 경련을 일으키며 겨우 움직이는 시커멓게 엉망진창이 된 인드르지흐 바슈타.

야니크 씨는 여관에서부터 경찰관들을 알고 지냈다. 그래서 이

비극적인 행렬을 따라 숲으로 갔지만, 어느 누구도 그가 무엇을 하든 그에게 화를 내지 않았다. 게다가 그는 이 사람들에게 꼭 필요한 정어리 통조림, 소시지, 코냑 그리고 다른 비슷한 것들을 가져갔다. 9일째 날이 그렇게 잔인하게 지나갔다. 야니크 씨는 더 이상 그들과 함께 가지 않겠다고 결단을 내렸다. 경찰들은 이제 직설적으로 짜증 섞인 분노를 드러냈고, 사냥터지기들은 이제 할 만큼 충분히 했으며, 다른 해야 할 일들이 있다고 선언했다. 삽을 든 영감태기들도 이런 힘든 일에 하루 20코루나는 너무 적다고 투덜댔다. 인드르지호 바슈타는 발작적인 경련으로 땅바닥에 무너져서 경찰들의 외침과 호통에 아무 반응도 하지 않았다.

이러한 속수무책의 공허한 순간에 야니크 씨가 계획에 없던 일을 해냈다. 그는 바슈타 씨에게 무릎을 꿇고 그의 손에 빵과 살라미를 쥐여 주면서 동정적으로 말했다. "이것 보세요, 바슈타 씨, 자, 어서요, 바슈타 씨, 제 말 들려요?" 바슈타는 울부짖으며 울음을 터뜨렸다. "제가 찾을 거예요…… 제가 그것을 찾을 거예요, 선생님." 그는 흐느껴 울며 일어나려고 애썼다. 그 순간 사복을 입은 요원들 중 한 사람이 그에게 다가와 아주 조심스럽게 그를 일으켜 세웠다. "제게 기대기만 하세요, 바슈타 씨." 그는 격려했다. "야니크 씨가 다른 쪽에서 당신을 부축할 거예요, 자, 좋아요. 예, 좋아요, 바슈타 씨, 이제 야니크 씨에게 거기가 어딘지 알려 주실 거죠, 그렇지요?"

그 후 한 시간쯤 지나서 바슈타 씨는 담배를 피우며 넓적다리뼈가 불거져 나온 좁은 구멍 위에 서 있었다.

"이것이 루제나 레그네로바 양의 시체인가?" 경찰관 트른카가 단호하게 물었다.

"예." 인드르지흐 바슈타는 조용히 말하고 손가락으로 담뱃재를 구덩이에 털었다. "여러분, 뭐 필요한 게 또 있으십니까?"

"아시다시피, 선생님." 저녁에 여관에서 경찰 트른카가 야니크 씨에게 말했다. "당신은 심리학자입니다. 모든 것을 당신에게 맡기겠습니다. 건배, 선생님을 위하여! 당신이 그에게 '바슈타 씨'라고 말하자 그는 부드러워졌습니다. 그는 자존심을 지키려 한 거예요. 망할 놈 같으니라고! 우리들은, 우리들은 그와 온갖 고생을……. 그런데 말씀 좀 해 보십시오, 당신은 그에게 친절을 베푸는 것이 먹혀들 거라는 것을 어떻게 알았습니까?"

"아." 오늘의 주인공은 얼굴을 붉히며 겸손하게 말했다. "그건 그저, 아시겠어요? 저는 아시다시피 모든 사람들에게 '씨'라고 존칭으로 대합니다. 즉 그가, 그 바슈타 씨가 불쌍해 보였어요. 그래서 그저 그에게 빵을 주고 싶었어요."

"본능이군요." 경찰 트른카는 선언했다. "제가 감히 말하건대, 그건 센스와 심리학이에요. 자, 건배, 야니크 씨! 당신이 우리 경찰에서 일하지 않은 것이 유감이군요."

*

그러고 나서 얼마 후 야니크 씨는 브라티슬라바행 야간열차를 탔다. 거기서 슬로바키아 제지 공장 주주 회의가 열렸다. 야니크 씨는 그 제지 공장에 깊이 관여하고 있었으므로 꼭 참석하고 싶었다. "국경을 넘어가지 않도록 브라티슬라바에 도착하기 전에 저를 꼭 깨워 줘야 합니다." 그는 차장에게 부탁했다. 그러고 나서 침대칸으로 들어갔고 쿠페에 혼자 있게 된 것이 기뻤다. 그는 시체처럼 편안하게 자리를 잡았다. 잠시 사업에 대한 생각을 하다가 잠이 들었다. 그는 차장이 한 승객에게 쿠페 문을 열어 주었을 때가 언제인지조차 몰랐다. 그 사람은 옷을 벗고 침대 위 칸으로 기어 올라갔다. 야니크 씨는 비몽사몽간에 바짓가랑이 둘과 지독하게 털이 많은 두 다리를 보았고, 담요를 끌어안은 남자의 신음 소리와 이어 스위치 끄는 소리를 들었다. 그리고 다시 덜거덕거리는 어둠이 찾아들었다. 야니크는 그 이상한 털북숭이 다리의 추적을 당하고 오랫동안 지속된 고요함과 바깥에서 "질리나에서 다시 만나!"라는 외침 소리 때문에 깨어난 것처럼 느껴졌다.

그는 침대에서 일어나 창밖을 바라보았다. 그는 바깥에는 동이 트고 있고, 기차가 벌써 브라티슬라바 역에 정거해 있고, 차장이 자기를 깨우는 것을 잊어버렸다는 것을 알았다. 그는 공포에 사로잡혀 저주를 퍼붓는 것도 잊은 채 정신없이 빨리빨리 서둘러 파자마 위에 바지와 윗옷을 걸치고 잡동사니들을 주머니에 쑤셔 넣고, 역무원이 열차의 출발을 알리는 손을 들어 올리는 그 순간, 플랫폼에 뛰어내렸다.

야니크 씨는 '캭' 하고 침을 내뱉으며 주먹으로 떠나가는 급행열차 뒤로 위협을 하고 옷을 가다듬기 위해 화장실로 갔다. 그는 주머니에 든 잡동사니들을 정리하다 공포에 사로잡혔다. 조끼 주머니에 지갑이 두 개가 있었던 것이다. 그중 두툼한 지갑은 그의 것이 아니었고, 거기에는 체코슬로바키아 5백 코루나 새 지폐가 60장이나 들어 있었다. 아마도 어젯밤에 함께 여행한 사람의 돈지갑이었을 것이다. 하지만 어떻게 그것이 자기 주머니에 있단 말인가. 야니크 씨는 꿈에서조차 생각할 수 없었다. 그렇다, 맨 먼저 해야 할 일은, 이 다른 사람의 지갑을 전해 주기 위해 경찰서에 가서 주인을 찾아 달라고 부탁해야 한다. 야니크 씨를 굶주린 채 남겨 두고 경찰은 갈란타 역으로 전화를 걸어 14호실 열차 승객의 돈지갑이 브라티슬라바 경찰서에 있으니 그 승객을 확인하라고 했다. 그러고 나서 야니크 씨는 자신의 신상 기록을 진술한 뒤에야 아침을 먹으러 갔다. 그 후 경찰이 야니크 씨를 찾아와 그것이 혹 실수가 아닌지 물었다. 왜냐하면 14호실 승객이 지갑을 잃어버리지 않았다고 알려 왔기 때문이다. 야니크 씨는 다시 경찰서로 가서 두 번째로 그 지갑이 자기 손에 들어온 사연을 이야기해야 했다.

그동안 사복을 입은 두 요원이 지폐 60장을 어딘가로 가져갔다. 야니크 씨는 두 요원 사이에서 반 시간을 기다려야 했다. 그러고 나서 그들은 경찰서 상관에게 그를 데려갔다.

"선생님." 상관이 말했다. "바로 지금 우리는 14호실 승객을 붙잡아 두도록 파르칸-나나 역에 전신을 보냈습니다. 우리에게 그의 인상착의에 대해 정확히 기술할 수 있습니까?"

야니크 씨는 그 승객이 다리에 엄청난 털을 가지고 있는 것 외에 더 이상 말할 게 없었다. 그 때문에 상관은 충분히 만족하지 못했다.

"이 지폐들은 위조지폐입니다." 그는 갑자기 말했다. "우리가 그 승객과 당신을 대면 조사 할 때까지 여기 머물러 있어야 합니다."

야니크 씨는 마음속으로 자기를 제때 깨우지 않아, 그만 서두르는 바람에 그 저주받을 지갑이 자기 주머니에 들어온 책임을 지게 한 차장에게 저주를 퍼부었다. 약 한 시간 후 파르칸-나나 역에서 연락이 왔다. 14호실 승객이 벌써 노베잠키 역에서 내려 사라졌다는 내용이었다. 그가 걸어서 또는 차로 갔는지도 현재로선 알 수 없었다.

"야니크 씨." 마침내 고위 경찰이 말했다. "우리는 당신을 오랫동안 기다리게 하진 않을 겁니다. 우리는 이 사건을 프라하 위조범 전문 수사관 흐루슈카한테 보낼 겁니다. 그러나 먼저 당신에게 말하건대, 이건 매우 중대한 사건입니다. 가능한 한 빨리 프라하로 돌아가십시오. 거기서 담당자가 당신에게 전화할 겁니다. 당신이 이렇듯 운 좋게 위조 사건을 알아내어 감사를 드립니다. 선생님, 이는 결코 우연이 아닙니다."

야니크 씨가 프라하로 돌아오자마자 경찰 본부에서 그에게 전화를 걸어왔다. 거기서 모두들 서장님이라고 부르는 거대한 체구에 땅딸막한 신사와 창백하고 삐쩍 마른 조사관 흐루슈카가 그를 맞이했다. "여기 앉으십시오, 야니크 씨." 땅딸막한 신사가 말하고 밀봉된 작은 봉투를 뜯었다.

"이 지갑이, 당신이…… 으흠, 당신이 브라티슬라바 역에서 당신 주머니에서 발견한 것 맞습니까?"

"예, 그렇습니다만." 야니크 씨는 숨을 몰아쉬었다.

땅딸막한 신사가 지갑 안에 든 새 지폐들을 헤아렸다.

"60장이군요." 그가 말했다. "모두 일련번호 27 451입니다. 우리는 이 번호를 헤프 시(市)로부터 받았습니다." 삐쩍 마른 사나이가 지폐 한 장을 손으로 잡더니 눈을 감고 손가락으로 문질러 봤다. 그러고 나서 냄새를 맡았다. "예, 이것들은 슈티르스키흐라데츠에서 만든 겁니다." 그는 말했다.

"제네바에서 만든 것들은 끈적거리지 않거든요."

"슈티르스키흐라데츠." 땅딸막한 신사가 생각에 잠긴 듯 말했다. "거기선 부다페스트에서 사용하려고 만들지, 그렇지 않은가?"

삐쩍 마른 사나이는 눈을 깜빡거릴 뿐이었다. "제가 빈에 갈 수도 있습니다." 그는 말했다.

"그러나 빈 경찰은 그 녀석을 우리에게 넘겨주지 않을 거예요."

"으흠." 땅딸막한 신사가 중얼거렸다. "그럼 그자를 다른 방법으로 찾아보게. 그것도 안 되면 그들에게 레베르하르트와 교환하자고 제의해 보게나. 잘 갔다 오게, 흐루슈카. 그리고 선생님도." 그는 말하고 야니크에게 얼굴을 돌렸다.

"우리가 당신에게 어떻게 감사해야 할지 모르겠군요. 당신이 인드르지흐 바슈타의 여자를 발견하셨다지요, 그렇지요?"

야니크 씨는 얼굴이 빨개졌다. "그건 정말 우연이었어요." 그는 재빨리 말했다. "저는 실제로…… 그저 아무 생각 없이……."

"당신은 행운의 재능을 가지고 있어요." 땅딸막한 신사가 인정한다는 듯이 말했다. "야니크 씨, 그건 하느님이 내린 재능입니다. 어떤 자는 일생 동안 아무것도 발견하지 못하고, 또 어떤 자들은 절호의 기회를 놓칩니다. 야니크 씨, 당신이 우리와 함께 일하면 좋을 듯합니다."

"그건 아닙니다." 야니크 씨는 자신을 방어했다. "저는…… 저는 제 사업이 있습니다. 아주 잘되고…… 할아버지한테 물려받은……."

"좋을 대로 하십시오." 거대한 남자는 한숨을 내뱉었다. "그러나 유감입니다. 그런 저주받을 재능은 아무나 가지고 있지 않아요. 야니크 씨, 그럼 또 봅시다."

*

그러고 나서 한 달 후, 야니크 씨는 라이프치히에서 온 동료 상인과 저녁을 먹었다. 그런 비즈니스 디너가 어떨지는 쉽게 상상할 수 있다. 즉 고급 코냑은 특별히 좋았다. 간단히 말해 야니크는 걸어서 집에 갈 마음이 없었다. 그는 레스토랑 주인에게 손짓을 하고 말했다. "자동차를!" 그가 호텔을 나서자 자동차 한 대가 입구에 서 있었다. 그는 차 안으로 들어가 문을 닫고는 기분이 좋아 운전사에게 주소를 말하는 것을 잊어버렸다. 어쨌거나 자동차는 출발했고, 야니크 씨는 자동차 한구석에 자리 잡고 그만 잠이 들어버렸다.

얼마나 오래 달렸는지 그는 알 수 없었다. 그러나 자동차가 멈추고 운전사가 문을 열면서 이렇게 말했을 때 그는 깨어났다. "자, 다 도착했습니다. 사장님, 저 위로 올라가십시오." 야니크 씨는 자신이 어디에 있는지 어리둥절했으나, 코냑 때문에 모든 것이 매한

가지였다,

그래서 계단을 따라 위로 올라가 문을 열었다. 거기서 그는 시끄러운 소리를 들었다. 거기에는 열두 명의 사람이 있었다. 그들은 문을 향해 불안하게 바라보았다. 갑자기 이상한 침묵이 흘렀다. 그중 한 사람이 일어나 야니크 씨에게 왔다.

"뭘 원하십니까? 당신 누구요?"

야니크 씨는 놀라서 둘러보았다. 그중 대여섯 명은 낯이 익었다. 그들은 부자들이었고, 그들에 대해서는 특별히 정치에 관심을 가지고 있다는 소문이 있었다. 그러나 야니크 씨는 정치에 전혀 관여하지 않았다. "안녕들 하십니까?" 그는 상냥하게 말했다. "저분은 코우베크 씨와 헬레르 씨 아닙니까. 그리고 너 페리! 친구들, 한잔 마시고 싶어서."

"저 녀석, 여기서 뭘 하는 거냐?" 참석자들 중 한 명이 분노했다. "그 작자, 우리 회원이냐?"

두 사람이 야니크 씨를 복도로 내몰았다. "여긴 어떻게 온 거요?" 그중 한 명이 날카롭게 물었다. "누가 당신을 초대했단 말이오?"

야니크 씨는 이 같은 불친절한 소리에 술이 확 깼다. "여기가 어디지요?" 그는 분개하여 말했다. "망할 놈 같으니라고, 날 왜 이리로 데려온 거야?"

그중 한 명이 계단을 내려가 운전사에게 돌진했다. "야, 이 바보야." 그는 고함을 질렀다.

"이 사람을 어디서 데려온 거야?"

"예, 호텔 앞에서요." 운전사는 자신을 옹호했다. "오후에 제게 호텔 앞에서 기다리다가 밤 10시에 한 신사가 나오면 태워 오라고 해서 이리로 태워 왔습니다. 이 신사가 10시에 차 안으로 들어와서 제게 아무 말씀도 하지 않았습니다. 그래서 저는 이리로 직행했습니다."

"하느님 맙소사." 신사가 소리쳤다. "그자는 다른 사람이라고! 이 인간아, 당신이 우리를 난처하게 만들었잖아!"

야니크 씨는 체념한 듯 계단에 앉아 있었다. "아하." 그는 만족스럽게 말했다. "이건 비밀 모임이구나, 그렇지? 이제 당신들은 내 목을 조르고 파묻어 버리겠지요. 물 한 잔!"

"선생님." 둘 중 한 사람이 말했다. "당신은 실수하셨습니다. 저 안에는 코우베크 씨도 헬레르 씨도 없습니다, 아시겠어요? 그건 실수예요. 우리가 당신을 프라하로 데려다 드리겠습니다. 오해가 있어서 죄송합니다."

"아무것도 아닙니다." 야니크 씨는 관대하게 말했다. "저는 프라하로 가는 길에 그 운전사가 저를 죽여서 숲 속에 묻어 버리리라는 것을 알고 있어요. 그건 마찬가지입니다. 바보 같은 저는 그에게 제 주소 말하는 것을 잊어버렸습니다. 그 대가를 치르는 것은 당연하지요."

"당신 취했군요, 그렇지요?" 이름 모를 신사가 안심하며 물었다.

"어느 정도는요." 야니크 씨는 동의했다. "아시다시피 저는 드레스덴에서 온 메이에르와 저녁을 함께 먹었어요. 아시다시피 저는 야니크입니다. 종이와 펄프 도매상." 그는 계단에 앉은 채 자신을 소개했다. "할아버지한테 물려받은 오래된 회사지요."

"주무시러 가시지요." 이름 모를 신사가 그에게 권했다. "한잠 푹 주무시고 나면, 저, 으흠, 우리들이 당신을 방해한 것을 잊어버릴 겁니다."

"아주 좋아요." 야니크 씨는 정중하게 말했다. "당신도 잠을 자러 가셔야죠. 선생님, 어디에 침대가 있습니까?"

"집에요." 신사가 말했다. "운전사가 당신을 댁으로 모실 겁니다. 실례지만, 제가 일어서도록 도와 드릴게요."

"그럴 필요 없어요." 야니크 씨는 거절했다. "나는 당신처럼 많이 취한 게 아닙니다. 당신도 자러 가셔야죠. 기사, 부베네츠로!"

자동차는 되돌아가기 시작했다. 야니크 씨는 교활하게 눈을 깜박이며 차가 그를 어디로 데려가는지 주의 깊게 보았다.

*

이튿날 아침 그는 경찰서로 전화해서 어젯밤의 사건을 이야기했다. "야니크 씨." 잠시 침묵이 흐른 뒤 한 목소리가 대답했다. "이 사건은 우리에게 매우 흥미롭습니다. 제발, 긴급히 청컨대, 즉시 이리 오시기 바랍니다."

야니크 씨가 경찰서에 도착하자, 거대하고 땅딸막한 신사가 단장이 된 네 명의 요원이 그를 기다렸다. 야니크 씨는 다시 한 번 무슨 일이 일어났는지를, 누구를 보았는지를 설명해야 했다.

"자동차 번호는 N XX 705였습니다." 땅딸막한 신사가 덧붙였다. "자가용이었고요. 야니크 씨가 알고 있는 여섯 명 중 세 명은 내가 모르는 사람들이오. 여러분, 지금 나는 여러분을 남겨 둘 겁니다. 야니크 씨는 저와 함께 갑시다."

야니크 씨는 생각에 잠겨 이리저리 왔다 갔다 하는 땅딸막한 신사의 커다란 사무실에서 마치 꼬마 아이처럼 앉아 있었다. "야니크 씨." 드디어 그가 입을 열었다. "무엇보다도 먼저 당신에게 부탁하건대 누구에게도 이 일을 이야기하지 마십시오. 국가적인 기밀로, 아시겠어요?"

야니크 씨는 고개를 끄덕였다. 하느님 맙소사, 내가 또다시 사건에 휘말리게 되었구나 하며 그는 생각에 잠겼다.

"야니크 씨." 땅딸막한 신사가 갑자기 말했다. "저는 당신에게 아첨하고 싶진 않습니다. 그러나 우리는 당신을 필요로 합니다. 당신은 그런 행운을 가지고 있습니다. 그게 방법이라는 것입니다. 그러나 단서 하나 가지고 있지 않은 탐정은 아무 소용이 없습니다. 우리는 행운을 가지고 있는 사람들을 필요로 합니다. 우리는 이성은 충분히 가지고 있습니다. 그러나 우리는 행복한 우연이 간절히 필요합니다. 아시겠지요, 우리와 함께 일합시다."

"제 사업은 어떻게 하고요?" 야니크 씨는 낙담하여 속삭이듯 말했다.

"그건 당신의 동료가 해낼 겁니다. 당신의 재주를 썩히기엔 아깝습니다. 자, 어떻게 하시겠습니까?"

"저는…… 저는 생각 좀 해 봐야겠습니다." 불행한 야니크는 말을 더듬었다. "일주일 내로 다시 오겠습니다. 그러나 그것은 반드시…… 제가 그런 능력을 가지고 있어야지요……. 저는 아직 모르겠어요. 하지만 오기는 하겠습니다."

"좋아요." 땅딸막한 신사가 갑자기 말하며 그의 손을 꽉 잡았다. "자신의 능력을 의심하지 마십시오. 또 봅시다."

*

일주일도 안 되어 야니크 씨는 다시 신고했다. "자, 제가 여기 왔습니다." 희색이 만연한 얼굴로 그는 소리쳤다.

"결단을 내렸습니까?" 땅딸막한 신사가 물었다.

"하느님 맙소사." 야니크 씨는 한숨을 쉬었다. "저는 이 일에 적당하지 않다고 말씀드리러 왔습니다."

"아니! 왜 안 된단 말입니까?"

"이것 좀 상상해 보세요." 야니크 씨는 선언하듯 말했다. "지난 5년간 제 파트너가 저를 속였습니다. 저는 그것을 전혀 상상도 못 했습니다! 저는 바보였어요! 자, 그러니 서장님, 제가 어떻게 경찰이 될 수 있는지 한번 스스로 말해 보시겠습니까? 하느님 맙소사! 5년간 그 도둑놈과 나란히 앉아서 일했는데, 아무것도 모르다니! 그러니 아시겠지요, 저는 아무것도 아닙니다! 저는 무척 두렵습니다! 하느님 맙소사, 아무것도 일어나지 않아 다행입니다. 이제 저는 해방되었습니다, 그렇지요? 대단히 감사합니다."

보티츠키 가문의 몰락

어느 날 금테 안경을 쓰고 근심 어린 얼굴을 한 키 작은 사람이 메이즐리크 수사관의 사무실에 왔다. "고문서 전문가 디비셰크입니다." 그는 중얼거렸다. "수사관님, 저는 유명한 범죄 전문가이신 당신에게 조언을 부탁하러 왔습니다. 사람들이 제게 말하길…… 당신은 복잡한 문제를 잘 다룬다고 했습니다. 즉 말하자면…… 이것은 아주 예외적인 수수께끼 같은 사건입니다." 그는 강조하며 선언 조로 말했다.

"무엇인지 말씀만 하십시오." 메이즐리크 수사관이 연필과 메모장을 집으면서 말했다.

"이것은 반드시 조사해야 합니다." 고문서 전문가 디비셰크가 불쑥 말했다. "누가 페트르 베르코베츠를 살해하였고, 그의 동생 인드르지흐는 어떻게 죽었으며, 그의 부인 카테르지나에게는 무슨 일이 일어났는지."

"페트르 베르코베츠." 메이즐리크 수사관은 상기했다. "제가 아는 한 아직까지 그의 죽음에 대한 아무런 보고서도 없습니다. 당신이 진술하시겠습니까?"

"아니요." 고문서 전문가는 말했다. "저는 이 문제에 대해 당신의 조언만을 부탁드리러 왔습니다. 아시겠습니까? 이것은 뭔가 무서운 사건입니다."

"언제였습니까?" 메이즐리크 수사관이 물었다. "실례지만, 몇 년 몇 일이지요?"

"저, 그러니까 연도는 1465년입니다." 디비셰크 씨가 안경 너머로 형사를 질책하듯이 바라보며 말했다. "당신은 그것이 이르지 포데브라디 왕의 축복받은 시대라는 것을 알아야 합니다."

"아하." 메이즐리크 수사관이 말하고는 메모지와 연필을 치웠다. "자, 친애하는 선생님." 그는 아주 상냥하게 말했다. "이런 경우는 크노블로흐 박사가 맡는 게 더 좋겠습니다." 그는 경찰 전문 의사를 암시했다. "그에게 전화를 걸어 드리겠습니다, 괜찮겠죠?"

문서 기록자는 침울해졌다. "그거 정말 유감인데요." 그는 말했다. "그들이 당신을 적극 추천했는데요. 아시다시피, 저는 이르지 포데브라디 통치에 대한 역사책을 준비하고 있습니다. 그런데 문제가 생겼습니다. 예, 저는 어디에서 조언을 구해야 할지 모르겠습니다."

악의 없는 메이즐리크 수사관은 결단을 내렸다. "친애하는 선생님." 그가 갑자기 말했다. "저는 제가 당신에게 아무 쓸모 없을까 봐 걱정됩니다. 고백하건대 저는 역사에 대해 아는 게 너무 없습니다."

"그것은 실수입니다." 그는 단호하게 언급했다. "역사는 알고 있어야 합니다. 그러나 당신이 일차적인 역사적 자료를 모르고 있더라도 제가 모든 확실한 사항들을 당신에게 알려 줄 겁니다. 유감스럽게도 그것들은 많지 않습니다만. 첫 번째로 라디슬라프 프하치 오레슈네 씨가 얀 보르쇼프스키 체르차니 씨에게 보낸 편지입니다. 그 편지는 당신도 알고 있겠지요."

"죄송합니다만, 모릅니다." 후회하는 불량 학생처럼 메이즐리크가 말했다.

"하지만 수사관님." 디비셰크 씨는 무례하게 폭발했다. "그 편지는 벌써 70년 전에 역사학자 셰베크가 자신의 『레게스타』에 실었습니다. 적어도 그건 알고 있겠지요! 하지만." 그는 안경을 고쳐 쓰며 덧붙였다. "그러나 셰베크도, 페카르시도, 노보트니도, 어느 누구도 그 편지에 대해 적절한 주의를 기울이지 않았습니다. 물론 당신이 알아야 하는 바로 그 편지가 이 사건의 실마리를 주었습니다."

"아하." 메이즐리크 수사관이 말했다. "계속하시죠."

"맨 먼저 그 편지가……." 고문서 전문가가 언급했다. "유감스럽게도 저는 여기에 그 편지를 가지고 있지 않습니다만, 그가 언급한 것이 우리의 사건과 관련이 있습니다. 그는, 즉 라디슬라프 프하치 씨는 보르쇼프스키 씨에게 다음과 같이 쓰고 있습니다. 그의 삼촌, 즉 얀 씨의 삼촌 예셰크 스칼리츠키 스칼리체 씨는 우리의 군주 통치 시대인 1465년 더 이상 프라하 궁정에 근무하는 것이 허락되지 않았습니다. 왜냐하면 제왕 전하께서 직접 예셰크 씨에게, 편지의 작가가 언급하듯이, '보티체 벨레노바에서의 올바르지 못한 행동들' 때문에 더 이상 궁정 출입을 하지 말고, 또 그의 성마른 성질에 대해 주 하느님에게 회개하고 하느님의 정의를 기다리라고 명령했기 때문입니다. 이제 이해하시겠습니까?" 고문서 전문가가 설명했다. "우리는 제왕 전하께서 예셰크를 그의 사유지와 영지 내에만 거주하도록 국한시켰다고 말할 수 있습니다. 선생님, 이제 이해됐나요?"

"아직 모르겠는데요." 메이즐리크 수사관은 종이에 소용돌이선을 그리며 말했다.

"아하." 디비셰크 씨가 승리감에 젖어 말했다. "아시다시피, 셰베크는 그것 또한 알지 못했습니다. 따라서 선생님, 그 사실은 매우 분명합니다. 제왕 전하께서는 예셰크 씨를 ― 이제 그 올바르지 못한 행동들이 어떠하든 ― 세상의 심판에 세우지 않고 하느님의 정의를 받도록 한 것입니다. 제왕 전하께서는 이러한 올바르지 못한 행동들이 너무나 충격적이어서 통치자 자신은 세상의 정의로부터 그것들을 제외시킨다는 것을 분명히 밝힌 것입니다." 고문서 전문가는 분명한 존경심을 가지고 말했다. "만일 당신이 전하를 아신다면, 선생님, 이것은 아주 비범한 경우임을 알게 될 것입니다. 즉신성한 기억 속에 남아 있는 이르지 왕은 정직하고 정확한 정의를 실천했습니다."

"아마도 왕은 예셰크 씨를 두려워했겠지요." 메이즐리크 수사관이 말했다. "그의 통치 기간 동안에……."

고문서 전문가 디비셰크가 분노하며 소리쳤다. "선생님." 그는 말을 더듬었다. "무슨 말씀을 하십니까? 이르지 왕이 누굴 두려워한 적이 있단 말입니까? 특히 그따위 기사를?"

"그럼 거기에는 어떤 편애가 있었겠지요." 메이즐리크 수사관이 말했다. "아시다시피, 우리 나라에서는……."

"아무런 편애도 없었어요." 디비셰크 씨는 얼굴을 붉히고 소리쳤다. "블라디슬라프 통치 시기에는 편애를 이야기할 수 있을지 몰라도 이르지 왕 시대에는 아닙니다. 선생님, 어떻게 그런 생각을 할 수 있단 말입니까! 그는 이런 당신을 추방했을지도 모릅니다!" 드디어 고문서 전문가는 어느 정도 진정했다.

"아무런 편애도 없었어요. 선생님, 여기에는 틀림없이 비참한 행동들에 대해 뭔가 특별한 게 있었을 겁니다. 왜냐하면 제왕 전하께선 예세크 씨에게 신성한 정의의 심판을 받게 했기 때문입니다."

"그것은 어떤 행동들이었습니까?" 메이즐리크 수사관이 한숨을 내쉬며 말했다.

고문서 전문가 디비셰크 씨는 놀라운 눈초리로 바라보았다. "당신이 바로 그것을 제게 알려 줘야 합니다." 그는 놀란 모습으로 말했다. "당신은 범죄 전문가이잖습니까? 그래서 제가 당신을 찾아왔고요!"

"오, 하느님 맙소사." 메이즐리크 수사관은 자신을 방어했다. 그러나 고문서 전문가는 그가 더 이상 말을 하지 못하게 했다. "우선 당신은 사실을 알아야 합니다." 고문서 전문가가 충고하듯 말했다. "제가 그런 모호한 암시들을 알게 되었을 때 저는 보티체 벨레노바에서의 비참한 행동들을 조사하기 시작했습니다. 불행히 아무런 기록도 남아 있지 않았습니다. 그러나 보티체 벨레노바 교회에서 저는 페트르 베르코베츠 씨의 묘비석을 발견했습니다. 그 돌에는 1465년도가 새겨져 있었습니다! 아시겠지만 페트르 베르코베츠 씨는 예셰크 스칼리츠키 씨의 사위입니다. 즉 그는 스칼리츠키의 딸 카테르지나를 아내로 맞이했지요. 여기 묘비석 사진이 있습니다. 뭔가 주목할 만한 것을 발견하지 못하시겠습니까?"

"아닙니다." 메이즐리크 수사관이 묘비석 양면을 살펴보며 말했다. 거기에는 고딕체 글씨가 주위를 싸고 있는 가운데 두 손을 가슴에 포개 얹은 기사가 새겨져 있었다. "잠깐, 여기 한쪽 귀퉁이에 지문이 있습니다."

"그건 제 지문일 겁니다." 고문서 전문가가 말했다. "그러나 여기 새겨진 글씨를 살펴보십시오."

"예, Domini MCCCCLXV입니다." 메이즐리크 수사관은 겨우 읽었다. "군주 통치 시대인 1465년. 이 귀족의 사망 연도군요, 그렇지요?"

"물론입니다. 그러나 다른 것을 알아차리지 못하겠습니까? 몇몇 글씨들은 분명히 더 큽니다. 잘 살펴보십시오!" 그러고는 재빨리 연필로 썼다. 'ANNO DOMINI MCCCCLXV.' "그 조각가는 의도적으로 글씨 O, C 그리고 A를 더 크게 새겼습니다. 이건 암호입니다. 아시겠어요? 글씨 O, C 그리고 A를 쓰세요, 이것들이 당신에게 뭔가를 상기시키지 않으십니까?"

"OCC, OCC." 메이즐리크 수사관은 중얼거렸다. "아, 예, 그것은 OCCISUS의 줄인 말이지요, 그렇지요? 그건 살해당했다는 뜻이지요!"

"예." 고문서 전문가는 엄숙하게 선언했다. "조각가는 그것으로 후손에게 귀족으로 태어난 페트르 베르코베츠 데 보티체 벨레노바 씨는 계획적으로 살해되었다는 것을 암시했습니다. 여기 우리가 그것을 가지고 있습니다!"

"그의 장인 예셰크 스칼리츠키가 그를 살해했습니다." 메이즐리크 수사관이 갑작스러운 역사적 안목으로 선언했다.

"말도 안 돼요." 디비셰크 씨는 경멸 조로 말했다. "만일 예셰크 씨가 베르코베츠 씨를 살해했다면 제왕 전하께서는 그에게 사형 선고를 내렸을 겁니다. 그러나 그것이 전부가 아닙니다, 선생님. 그 묘지 바로 옆에 또 다른 묘지가 있습니다. 거기에는 페트르의 형제 헨리쿠스 베르코베츠 데 보티체 벨레노바가 안식을 취하고 있습니다. 그리고 그 묘비석에는 1465년이란 연도가 새겨져 있습니다. 암호도 없이 말입니다! 그 묘비석에 새겨진 인드르지흐 씨는 손에 검을 들고 있습니다. 이는 분명 조각가가 그가 영광스러운 전투에서 사망했음을 의미했을 것입니다. 자, 제발 이제 제게 이 두 죽음이 어떻게 연관되어 있는지 이야기 좀 해 주십시오."

"이 인드르지흐가 그해에 사망했다는 것은 아마 우연일 것입니다." 메이즐리크 수사관이 자신 없는 목소리로 말했다.

"우연이라고요." 고문서 전문가는 신경질적으로 말했다. "우리 역사학자들은 우연을 인정하지 않습니다! 만일 우연에 의해 어떤 일이 발생한다면 우리는 도대체 어디로 간단 말입니까? 여기에는 틀림없이 뭔가 인과 관계가 있을 것입니다! 하지만 이 또한 전부가 아닙니다. 그러고 나서 1년 후인 1466년 예셰크 스칼리츠키 씨가 죽었습니다. 그리고 저, 그의 스칼리체와 흐라데크 유산은 이전에 언급했던 사촌 얀 보르쇼프스키 체르차니에게 계승되었습니다. 이게 무엇을 의미하는지 아시겠습니까? 이것은 1464년에 바로 그 페트르 베르코베츠가 아내로 맞이한, 모든 아이들이 잘 알고 있는 그의 딸 카테르지나도 생존하지 않는다는 것을 의미합니다! 그런데 제발, 이 카테르지나 부인에게는 묘비도 없습니다! 남편이 죽고 나서 카테르지나 부인이 갑자기 아무 흔적 없이 우리 곁에서 사라진 것도 우연이라고 말할 수 있습니까? 이건 무엇이지요, 이것도 우연이라고 말하시겠습니까? 왜 묘비석이 없습니까? 왜? 우연입니까? 아니면 제왕 전하가 예셰크 씨를 하느님의 심판에 넘긴 이유인 바로 비참한 행동들 때문입니까?"

"그것도 충분히 가능한 일이지요." 메이즐리크 수사관이 더 큰 관심을 보이며 말했다.

"그것은 완전히 확실합니다." 디비셰크 씨는 의심 없이 선언했다. "자, 이제 아시겠어요, 누가 그를 살해했으며, 이 모든 것이 어떻게 연관 있느냐가 문제입니다. 우리에게 예셰크 씨의 죽음은 관심이 없습니다. 왜냐하면 그는 비참한 행동들에도 불구하고 살아남았습니다. 그렇지 않았다면 아마 이르지 왕이 그가 하느님에게 회개할 기회를 주지 않았을 것입니다. 누가 페트르 씨를 살해했고, 인드르지흐 씨가 어떻게 죽었으며, 카테르지나 부인 문제는 어떻게 해명해야 하는지, 예셰크 스칼리츠키 씨는 이 모든 문제를 어떻게 취급했는지를 우리는 확실하게 해야 합니다."

"잠깐 기다리십시오." 메이즐리크 수사관이 말했다. "관련 있는 사람들을 기록해 봅시다.

1. 페트르 베르코베츠 - 살해당함.

2. 인드르지흐 베르코베츠 - 전투에서 사망. 그렇지요?

3. 카테르지나 - 흔적 없이 사라짐.

4. 예세크 스칼리츠키 - 하느님의 심판을 받음. 그렇지요?"

"그렇습니다." 고문서 전문가가 조심스럽게 눈을 깜박거리며 말했다. "하지만 당신은 반드시 페트르 베르코베츠 씨, 예세크 씨라고 불러야 합니다. 자, 계속하세요."

"동시에." 메이즐리크 수사관은 숙고했다. "예세크가 자신의 사위 페트르 베르코베츠를 살해했을 수도 있고, 그래서 그 경우 배심원들 앞에 세워졌을 가능성을 제외하는군요."

"고등 법원에서의 심판." 고문서 전문가가 정정했다. "그렇지 않다면 그것은 정당한 것입니다."

"자, 잠깐 기다려요. 그럼 이제 페트르의 형제 인드르지흐만 남네요. 분명히 인드르지흐가 그의 형제를 살해했군요."

"그건 불가능해요." 고문서 전문가는 중얼거렸다. "자신의 형제를 죽였다면 교회 묘지에 묻히지 못해요, 적어도 나란히는 안 돼요."

"아하, 그때 인드르지흐는 자신의 형제 살해를 계획하고 자신은 나중에 전투에서 사망했군요, 그렇지요?"

"그럼, 그 후 예세크 씨는 왜 왕으로부터 자신의 성마른 성질 때문에 비난을 받았을까요?" 고문서 전문가는 안절부절못하며 항의했다. "그리고 카테르지나는 어디로 사라졌단 말인가요?"

"그건 사실이에요." 메이즐리크 수사관은 중얼거렸다. "이것 보세요. 이건 복잡한 경우네요. 자, 이 페트르가 인드르지흐와 함께 카테르지나를 살해했다고 가정합시다. 그녀의 아버지가 이를 알고 분노하여 자신의 사위를 살해했군요."

"그건 아닌데요." 디비셰크 씨는 반대했다. "만일 페트르가 간통 때문에 카테르지나를 살해했다면, 그녀의 아버지도 이를 묵인했을 것입니다. 왜냐하면 그 당시 그런 짓에 대해서는 엄격했으니까요."

"그럼, 잠깐 기다려요." 메이즐리크 수사관은 생각에 잠겼다. "그럼, 그가 그녀와 말다툼을 하다가 그녀를 살해했다고 가정해 봅시다."

"그래서 그녀의 묘비석을 세웠다고요." 고문서 전문가가 머리를 가로저었다. "그건 아니에요. 선생님, 저는 벌써 1년 내내 그 문제에 대해 골머리를 썩이고 있어요. 그건 서로 앞뒤가 안 맞아요."

"흠." 메이즐리크 수사관이 작은 인명부를 신중히 살펴보며 말했다. "이거 정말 미칠 노릇이군요. 어쩌면 우리는 다섯 번째 인물을 간과하고 있어요."

"그 다섯 번째 인물로 무엇을 하려고요?" 디비셰크 씨가 비난조로 말했다. "당신은 네 명의 인물들도 어떻게 할 줄 모르잖아요!"

"그럼 누가 베르코베츠를 죽였는지는 둘 중 하나임에 틀림없어요. 그의 장인이거나 그의 형제일 겁니다. 하지만 제기랄." 그가 갑자기 소리쳤다. "들어 봐요, 그 여자, 카테르지나가 그 짓을 했어요."

"이런 제기랄." 고문서 전문가는 의기소침하여 소리쳤다. "그것에 대해서는 생각조차 하고 싶지 않았어요! 하느님 맙소사, 그 여자가 그런 짓을? 그럼 그 여자는 어떻게 됐지요?"

메이즐리크 수사관은 너무 열심히 생각하느라 두 귀가 벌게졌다. "잠깐만요." 그는 말하고 흥분한 나머지 이리저리 걸어 다니려고 일어섰다. "아하, 아하." 그는 소리 질렀다. "이제 알기 시작했습니다! 하느님 맙소사, 이건 중대한 사건인데요! 예, 이제 아귀가 맞네요. 예세크 씨가 여기서 큰 역할을 했습니다! 아하, 원이 닫힙니다! 그래서 그 이르지…… 이제 그것을 이해하겠습니다! 잠깐 들어 보세요, 그는 영리한 인간이었어요, 이르지 왕 말이오!"

"그분은 영리했어요." 디비셰크 씨가 경건하게 말했다. "선생님, 그분은 지혜로운 군주였어요!"

"자, 보십시오." 메이즐리크 수사관은 자기 자리에 앉으면서 잉크병을 책상 위에 놓았다. "무엇보다도 그것은 이렇습니다. 저는 그것이 틀림없다는 걸 목숨을 걸고 맹세합니다! 이제 무엇보다도 우리가 수용하는 가정은 모든 알려진 사실을 고려해야 합니다. 아무것도, 어떤 조그마한 조건도 그것에 반대하도록 허락해서는 안 됩니다. 둘째로 이러한 사실을 하나의 연속성 있는 사건에 정렬시켜야 합니다. 더 단순하고, 더 폐쇄적이고, 더 밀착된 사건일수록 그 사건이 그렇게 일어날 가능성이 더 있지, 달리 일어나지는 않을 겁니다. 우리는 이를 사건의 재구성이라고 합니다, 아시다시피? 모든 확실한 사실들을 가장 연관성 있고, 가장 합리적인 사건의 연속 고리에 재배치하는 가정은 무조건 우리들이 할 일입니다. 이해하시겠어요?" 메이즐리크 수사관은 고문서 전문가를 뚫어져라 보면서 말했다. "이것이 우리 방법론의 규칙입니다."

"예." 고문서 전문가는 복종적으로 말했다.

"이제 우리가 고려해야 할 사실들은 아마도 다음과 같을 것입니다.

1. 페트르 베르코베츠는 카테르지나를 아내로 맞이했다.

2. 그는 살해당했다.

3. 카테르지나는 묘비석 없이 사라졌다.

4. 인드르지흐는 어떤 전투에서 사망했다.

5. 왕은 예셰크 스칼리츠키에게 그의 성마른 성격에 대해 비난했다.

6. 그러나 왕은 그를 법정에 세우지 않았다. 그래서 예셰크 스칼리츠키는 어느 면에선 정당하다.

이 모든 것들은 알려진 사실일까요? 그렇습니다. 따라서 이런 결론이 납니다. 즉 그러한 사실들을 비교해 볼 때 인드리지흐도 예셰크도 페트르를 살해하지 않았다는 것이 분명합니다. 그러면 누가 그를 죽일 수 있었을까요? 분명히 카테르지나입니다. 그러한 가정은 우리에게 카테르지나의 묘비석이 남아 있지 않다는 사실로 입증됩니다. 아마도 그녀는 개처럼 어딘가에 묻혔을 겁니다. 그럼 왜 그녀는 전혀 정당한 법의 심판을 받지 않았을까요? 분명히 어떤 성마른 보복자가 그 장소에서 그녀를 살해했기 때문입니다. 그가 인드르지흐일까요? 분명히 아닙니다. 만일 인드르지흐가 죽음으로써 카테르지나를 벌했다면 늙은 예셰크 씨는 아마 거기에 동의했을지도 모릅니다. 그럼 왜 왕은 그의 성마른 성질을 질책했을까요? 그것으로부터 이러한 결론이 납니다. 즉 화가 난 그녀의 아버지는 카테르지나를 죽였습니다. 그럼 이제 누가 전투에서 인드르지흐를 죽였을까라는 질문이 남습니다."

"저는 모릅니다." 고문서 전문가는 낙담하여 한숨을 내쉬었다.

"누구겠어요, 예세크입니다." 메이즐리크 수사관이 소리쳤다. "여보세요, 이제 그런 짓을 할 사람은 더 이상 아무도 없어요! 무엇보다도 먼저 이 모든 사건이 돌고 돌아서 우리에게 되돌아오네요. 아시겠어요? 자, 보십시오. 페트르 베르코베츠의 부인 카테르지나가, 사람들이 말하길, 그녀는 죄악이 가득 찬 사랑의 욕망으로 그의 동생 인드르지흐에게 불타올랐어요."

"당신, 그에 대한 증거가 있어요?" 디비셰크 씨가 대단한 호기심을 가지고 물었다.

"그것은 사건의 논리로부터 나옵니다." 메이즐리크 수사관은 확실하게 말했다.

"자, 들어 보세요, 그것은 돈이거나 여자 문제일 거예요. 그건 우리가 알고 있잖아요. 인드르지흐가 여기서 어느 정도로 열정을 반복했는지 저는 모릅니다. 그러나 우리는 여기서 동기를 찾아내야 합니다. 카테르지나가 그녀의 남편을 살해한 이유, 저는 지금 당신의 눈앞에서 말씀드릴 수 있습니다." 메이즐리크 수사관은 힘찬 목소리로 말했다. "그 여자가 그 짓을 했어요!"

"나도 그렇게 생각했어요." 고문서 전문가는 침울하게 한숨을 내쉬었다.

"지금 무대에 그녀의 아버지 예셰크 스칼리츠키가 가족의 보복자로 등장하는군요. 그는 자신의 딸을 살해합니다. 왜냐하면 그는 사형 집행인에게 그녀를 넘겨주기를 원하지 않기 때문입니다. 그러고 나서 그는 인드르지흐의 결투에 도전합니다. 왜냐하면 이 불행한 젊은이는 어느 정도 범죄와 그의 유일한 딸의 저주에 공동 책임이 있기 때문입니다. 그 싸움에서 인드르지흐는 손에 칼을 쥔 채 쓰러집니다. 물론 여기에는 두 번째 선택이 있습니다. 인드르지흐는 화난 그녀의 아버지 앞에서 자신의 몸으로 카테르지나를 방어하고 결투에서 쓰러집니다. 하지만 첫 번째 가정이 더 좋습니다. 여기 당신은 비참한 행동들을 가지고 있습니다. 이르지 왕은, 인간의 재판은 매우 야만스럽게 올바른 행동을 아주 드물게 심판한다는 것을 알기 때문에, 그러한 무서운 아버지를, 그런 성마른 보복자를 아주 이성적으로 하느님의 정의에 맡깁니다. 합리적인 배심원들 역시 그렇게 했을 겁니다. 그러고 나서 1년 후 늙은 예셰크는 슬픔과 고독으로, 아마 심장 마비로 죽습니다."

"아멘." 두 손을 움켜잡고 디비셰크 씨가 말했다. "일이 그렇게 되었습니다. 제가 알고 있듯이 이르지 왕은 뾰족한 수가 없었습니다. 여보세요, 예셰크는 난폭한 성격을 가지고 있어요, 그렇지 않아요? 이제 이 사건은 아주 분명합니다. 인간은 자신 앞에서 바로 그것을 볼 수 있습니다. 그리고 모든 것이 서로 잘 들어맞는 방법을." 고문서 전문가가 감탄을 터뜨렸다. "선생님, 당신은 우리들의 역사적인 연구에 가치 있는 도움을 주었습니다. 그것은 그 당시 사람들에게 그처럼 드라마틱한 빛을 던져 주었습니다. 그렇고말고요." 디비셰크 씨는 승리의 기쁨으로 손을 흔들었다. "저의 『이르지 포데브라디 왕의 통치사』가 나올 때 당신에게 그것을 보내 드릴 영광을 주시기 바랍니다. 선생님, 어떻게 그 사건을 학문적으로 편찬하는지 살펴보시기 바랍니다!"

*

얼마 후, 메이즐리크 수사관은 정말로 고문서 전문가 디비셰크가 정중하게 사인을 한 두꺼운 『이르지 포데브라디 왕의 통치사』 선집을 받았다. 그는 그 책을 처음부터 끝까지 다 읽었다. 왜냐하면 — 우리가 그것을 인정합시다 — 그는 이 학문적인 업적에 자신이 도움을 준 것이 매우 자랑스럽기 때문이다. 그러나 그는 어느 곳에서도 아무것도 발견하지 못하고, 참고 문헌 주석 471쪽에 이르러서야 처음으로 다음과 같은 것을 읽었다.

셰베크, 『레게스타』, 14~15세기, 213쪽, 라디슬라프 프하치 오레슈네가 얀 보르쇼프스키 체르차니에게 보낸 편지. 지금까지 학문적으로 연구되지 않은 예셰크 스칼리츠키에 대한 주석이 특별한 주의를 기울일 가치가 있다는 것은 매우 흥미롭다.

세계 신기록

"판사님." 헤이다 경관은 지방 판사 투체크에게 보고했다. "여기 신체에 치명적인 상처를 입은 사건이 있습니다. 흠, 이건 매우 뜨거운 감자입니다."

"이봐, 편히 쉬기만 하게." 판사가 그에게 충고했다.

헤이다 경관은 총을 구석에 세워 놓고, 헬멧을 바닥에 내팽개치고, 혁대를 끄르고, 코트의 단추를 벗겼다. "으악." 그는 소리쳤다. "저주받을 악당 같으니라고. 판사님, 저는 이런 경우를 본 적이 없어요. 자, 이것 좀 보세요." 이런 말을 하고 그는 푸른 손수건에 싼 뭔가 무거운 것을 들어 올렸다. 맨 먼저 출입구 옆에 두었다가, 매듭을 풀어 사람의 머리 같은 큰 돌을 손수건에서 풀었다. "이걸 조금 보기만 하십시오." 그는 단호하게 되풀이했다.

"그게 무엇인가?" 판사가 연필로 그 돌을 쑤시며 물었다. "이건 석회암 아닌가?"

"예, 아주 큰 덩어리예요." 헤이다 경관은 인정했다. "저, 그래서,

판사님께 보고드립니다. 리시츠키 바츨라프, 벽돌공, 열아홉 살, 벽돌 공장에 거주. 아시겠지요? 그는 무게 5,949킬로그램의 돌로 돌니 우예즈드 14번지에 거주하는 농부 프란티셰크 푸딜의 왼쪽 어깨를 내리치거나 때렸습니다. 아시겠습니까? 그 결과로 어깨뼈가 어긋나고, 관절과 쇄골이 부서지고, 어깨 근육에 상처가 나 피가 흐르고, 힘줄이 끊어지고, 어깨 회전근이 손상을 입었습니다. 아시겠어요?"

"알 만하군." 판사가 말했다. "그런데 뭐 특별한 게 있는가?"

"들으시면 놀라실 겁니다. 판사님." 헤이다 경관은 강조했다. "저는 판사님께 그것을 순서대로 말씀드립니다. 푸딜이 저를 찾은 것은 3일 전입니다. 판사님, 그를 알고 계십니까?"

"알고 있네." 판사는 말했다. "우리는 그를 고리대금업 문제로 체포한 적이 있지. 그리고 또 한 번은, 흠……."

"불법 도박 때문이었지요. 바로 그 푸딜입니다. 아시겠지만, 그는 강가에 접한 벚나무 과수원을 가지고 있습니다. 그 강은 사자바에서 굽이쳐 흘러갑니다. 그래서 거기는 강폭이 다른 곳보다 더 넓습니다. 푸딜이 아침에 자기에게 사건이 생겼다고 저를 찾았습니다. 저는 그를 침대에서 찾았는데, 신음 소리를 내며 공포로 땀에 젖어 있었습니다. 그의 말에 의하면, 어제 저녁 그는 버찌를 살펴보려고 과수원으로 갔다가 벚나무 위에서 주머니에 버찌를 채워 넣은 한 소년을 잡았습니다. 아시다시피 푸딜은 약간 거친 악당입니다. 그는 벨트를 풀고, 소년의 다리를 잡아 나무에서 끌어내려 벨트로 내려쳤습니다. 그 순간 강 반대편에서 누군가가 그에게 소리쳤습니다. '푸딜, 그 소년 내버려 둬!' 푸딜은 시력이 조금 안 좋아서, 제 생각인데 아마 그놈의 술 때문에, 강 건너 둑에 누군가가 서서 그를 바라보는 거라고만 여겼지요. 그래서 그는 확실히 알고 싶어 소리쳤습니다. '이 불한당아, 너와 무슨 상관이야.' 그러고는 소년을 더 세게 내려쳤습니다. '푸딜.' 강 건너 둑에서 그 남자가 소리를 질렀습니다. '그 소년을 내버려 둬, 내 말 안 들려?' 푸딜은 '네가 내게 뭘 할 수 있겠어'라고 생각하곤 소리쳤습니다. '엿이나 먹어라, 이 병신아!' 그 소리를 마치자마자 그는 어깨에 너무 심한 통증을 느끼며 땅에 넘어졌습니다. 그리고 그때 강 건너 둑에서 사나이가 외쳤습니다. '네게 본때를 보여 줄 테다, 이 어리석은 농사꾼아!' 자, 들어 보십시오. 사람들은 그를 들것에 싣고 가야 했어요, 그는 일어설 수조차 없었거든요. 그 옆에 바로 이 돌이 놓여 있었어요.

밤에 그들은 의사를 부르러 갔습니다. 의사는 푸딜을 병원으로 후송하길 원했습니다. 왜냐하면 그의 뼈가 산산조각이 났기 때문입니다. 사람들이 말하길, 그의 왼쪽 팔은 불구로 남을 것이라고 했습니다. 그러나 지금은 추수철이라 푸딜은 병원에 가고 싶어 하지 않습니다. 그래서 아침에 그는 자신에게 그런 짓을 한 그 불쌍한 놈을 수배하라고 나를 찾았습니다. 저는 체포해야 합니다. 자, 좋아요.

들어 보세요. 나에게 그 돌을 보여 주었을 때, 저는 꼼짝 않고 바라보았습니다. 그것은 보기보다 더 무거운 황동광이 섞인 석회석이었어요. 잠깐만, 제가 만져서 감으로 재 보니 6킬로그램이었어요,

51그램이 부족하지만. 판사님, 그런 돌을 던질 수 있다는 게 믿기지 않아서 저는 그 과수원과 강을 살펴보러 갔지요. 잔디가 짓눌린 자리가 푸딜이 뒹굴었던 곳입니다. 그 장소에서 강까지는 2미터나 되고 그 강은, 판사님, 강은 첫눈에 봐도 폭이 14미터나 넓어요. 왜냐하면 거기서 강이 굽이치거든요. 저는 소리치고 뛰어다니기 시작했습니다. 그리고 즉각 18미터짜리 줄을 가져오라고 말했습니다! 그러고 나서 푸딜이 넘어진 지점에 말뚝을 박은 다음 줄을 거기에 묶고, 옷을 벗고 줄을 입에 물고 강 반대편으로 헤엄쳐 갔습니다. 판사님, 무슨 말씀을 더 할 수 있겠어요. 그 줄은 반대편 강둑까지 정확하게 길이가 맞았습니다. 그리고 또 강둑의 넓이가 있고, 그리고 또 위쪽으로 오솔길이 있고요. 저는 그것을 세 번이나 쟀습니다. 그 말뚝에서 그 오솔길까지요. 그건 정확히 19미터 27센티미터였습니다."

"이봐, 헤이다." 판사가 말했다. "그건 불가능해. 19미터는 너무 멀어. 잠깐, 그자가 물속에 서 있지 않았을까? 강 한가운데 말이야."

"저도 그렇게 생각했습니다." 헤이다 경관이 말했다. "판사님, 이쪽 강둑에서 저쪽 강둑 사이 강의 깊이가 2미터나 됩니다. 왜냐하면 거기에는 심한 굽이가 있기 때문입니다. 그리고 돌이 있던 둑에는 또 구멍이 있었습니다. 아시겠지만 물이 고이지 않도록 건너편 둑은 어느 정도 포장되어 있었고요. 그 사나이는 둑에서 돌을 빼내 오솔길 위에서 던졌습니다. 왜냐하면 물에서는 서 있을 수 없고, 둑에서는 미끄러질 수도 있기 때문입니다. 따라서 이는 그가 19미터 27센티미터를 던졌다는 것을 의미합니다. 아시겠지요, 이게 무얼 의미하는지를요?"

"아마 투석기를 가지고 있었겠지." 판사는 불확실하게 말했다.

헤이다 경관이 그를 비난하는 눈빛으로 바라보았다. "판사님은 투석기를 한 번도 사용해 보지 않았지요, 그렇지요? 투석기로 6킬로그램이나 나가는 돌을 한번 쏴 보시지요. 그때는 캐터펄트가 필요할 거예요. 판사님, 저는 그 돌을 이틀 동안 가지고 있었습니다. 저는 고리를 만들어 그것을 돌려 보려고 했습니다. 아시겠어요, 해머 던지기처럼 말입니다. 판사님께 감히 말씀드리는데, 그때마다 매번 고리가 풀려 버렸어요. 판사님, 깨끗한 공 던지기였어요. 아시겠어요." 그가 흥분한 상태에서 불쑥 말했다. "이게 무엇을 의미하는지 아시겠지요? 이건 세계적인 기록이에요. 예, 그래요."

"하지만 조용히 해 봐." 판사는 감탄했다.

"세계적인 기록이에요." 경관이 장엄하게 되풀이했다. "그 원반 던지기는 무거워요, 7킬로그램이나 나가거든요. 금년 원반던지기 기록은 16미터예요. 19년 동안, 판사님, 기록이 15.5미터예요. 금년에야 한 미국인이, 그의 이름이 뭐더라, 쿡 아니면 허시펠드가 거의 16미터를 던졌습니다. 그래서 6킬로그램 원반을 18미터 또는 19미터를 던질 수 있어요. 여기에 우리는 27센티미터 더 먼 기록을 가지고 있어요. 판사님, 그 녀석은 연습도 하지 않고 16.25미터나 족히 던질 수 있어요! 하느님 맙소사, 16.25미터라고요! 판사님, 저도 노련한 던지기 선수였어요. 시베리아에서 동료들이 늘 '헤이다, 그거 저기로 던져 봐'라고 말했어요. 그것은 수류탄이었어요, 아시겠어요? 그리고 블라디보스토크에서 저는 미국 해병들과 함께 원반을 14미터나 던졌어요. 하지만 그들의 군목은 몇 센티미터 더 던졌어요. 우리는 시베리아에서 무엇이든 많이 던지곤 했습니다! 그러나 이 돌은, 판사님, 저는 오직 15.5미터를 던졌습니다. 더 이상은 기록을 세우지 못했습니다. 그런데 19미터라고요! 이런 빌어먹을, 그 녀석을 확보해야겠어요. 그는 우리 나라에서 기록을 세웠습니다. 상상 좀 해 보세요, 미국 기록을 뺏는다는 것!"

"푸딜은 어떻게 하고?" 판사가 이의를 제기했다.

"푸딜은 악마나 물어 가라고 하세요." 헤이다가 소리쳤다. "판사님, 저는 세계 기록을 세운 무명의 죄인을 추적하고 있습니다. 이건 국민적인 흥밋거리예요, 그렇지 않아요? 그래서 우선 저는 푸딜에 대한 그의 무죄를 보증했습니다."

"저기 잠깐만." 판사가 이의를 제기했다.

"잠깐만요, 저는 그가 사자바 강 너머로 6킬로그램의 돌을 정말 던지면 그의 무죄를 보증하겠습니다. 저는 그 지역 어른들께 이것이 얼마나 영광스러운 위업이며, 그러한 사실을 전 세계에 알려야 한다고 설명했습니다. 저는 이 녀석이 수천 코루나의 돈을 벌 수 있다고 말했습니다. 하느님 맙소사, 판사님, 그때 이래 그 지역의 모든 젊은이들이 추수하는 것을 내팽개치고 반대편 강둑으로 돌을 던지려고 몰려왔습니다. 그 강둑은 이제 완전히 망가졌습니다. 이제 그들은 거리 표적을 만들고 돌을 던지기 위해 벽을 허물어 뜨렸습니다. 한패거리의 소년들이 온 마을을 돌아다니며 돌을 던져서 닭들이 죽기도 했습니다. 저는 강둑에 서서 살펴보았습니다. 누구도 강 한가운데보다 더 멀리 던지지 못했습니다. 판사님, 제 생각인데, 그 강바닥이 벌써 깊이의 절반은 돌로 메워질 것입니다. 그리고 어제 저녁 무렵에 사람들이 그 젊은이를 제게 데려와서 이 자가 돌로 푸딜을 납작하게 한 자라고 말했습니다. 좌우간 그자를, 그 망할 녀석을 만나 보십시오. 밖에서 기다리고 있습니다. '잘 들어 봐, 리시츠키.' 저는 그에게 말했습니다. '그래, 네가 이 돌을 푸딜에게 던졌니?' '예.' 그는 말했습니다. '푸딜이 제게 저주를 퍼부어서 화가 났습니다. 그리고 다른 돌은 없었습니다.' '그래, 여기 그와 비슷한 다른 돌이 있다.' 저는 말했습니다. '지금 푸딜이 있는 쪽 강둑으로 던져 봐. 만일 거기까지 못 던지면 이 망할 녀석아, 널 지옥에 데려갈 거다!' 그러자 그는 그 돌을 잡고 — 마치 손으로 삽을 잡듯이 — 강둑에 서서 겨냥을 했습니다. 제가 살펴보았는데 그는 아무런 기술도, 아무런 스타일도 없이 다리도 몸도 쓰지 않고, 철퍼덕, 돌을 물속으로 14미터나 던졌습니다.

아시다시피, 그것은 충분했습니다. 그러나 좋아요, 그래서 저는 그에게 시범을 보였습니다. '야, 이 얼간아, 이렇게 자세를 잡아야 해. 오른쪽 어깨는 앞으로 향하고, 던질 때는 동시에 이 어깨로 돌진해야 해, 알겠니?' '예.' 그러고 나서 그는 마치 성 얀 네포무츠키처럼 온몸을 뒤틀었습니다. 그리고 철퍼덕, 그는 돌을 10미터나 던졌습니다.

아시다시피, 이것은 절 미치게 했습니다. '이 얼간아.' 저는 고함을 질렀습니다. '네가 정말 푸딜을 명중시켰니? 너 거짓말하는 거지!' '형사님.' 그가 말했습니다. '제가 그를 명중시켰다는 것은 하느님도 알고 계세요. 만일 거기에 푸딜이 서 있기만 하면, 저는 다시 그를, 그 사악한 개 같은 놈을 명중시킬 수 있어요.' 판사님, 저는 그때 푸딜에게 달려가서, '푸딜 씨, 이것 봐요, 여기 세계 신기록이 세워져요. 죄송하지만 제발 다시 강둑에 대고 저주를 퍼부으러 갑시다. 그 벽돌공이 또다시 당신에게 돌을 던지게요.' 판사님, 판사님께서는 이걸 못 믿으실 거예요. 푸딜은 아니, 거기엔 절대 안 갈 거라고 말할 거예요.

아시다시피 이런 사람들에게 보다 더 고상한 관심은 없어요.

그래서 저는 다시 바츨라프, 그 벽돌공에게 갔어요. '이 사기꾼아.' 저는 그에게 소리쳤어요. '네가 푸딜을 맞혔다는 건 사실이 아니야. 푸딜은 다른 사람이 그랬다고 했어.'

'그건 거짓이에요.' 리시츠키는 말했습니다. '그건 제가 한 짓이에요.' '그럼 증명해 봐.' 저는 말했지요. '네가 그렇게나 멀리 던질 수 있다고!' 바츨라프는 머리를 긁으며 미소를 지어 보였어요. '형사님.' 그는 말했습니다. '저는 아무 이유 없이 할 수 없습니다. 그러나 그에 대해 화가 나면 언제든 맞힐 수 있습니다.' '바츨라프.' 저는 그에게 좋게 말했어요. '네가 만일 거기까지 던진다면 난 널 놓아주겠다. 그러나 네가 못 던진다면 넌 육체에 치명적인 상처를 내서 푸딜을 불구로 만든 죄로 형무소에 가게 돼. 아마 6개월은 족히 살 거야.'

'그러면 저는 겨울을 앉아서 보내겠네요.' 바츨라프는 말했습니다. 그래서 저는 법의 이름으로 그를 체포했습니다.

지금 그는 복도에서 기다리고 있습니다. 판사님, 만일 판사님이 정말 그가 그 돌을 던졌는지 아니면 그냥 자랑하고 있는지 알아만 내신다면요! 제 생각인데 그는 겁을 먹고 포기할 거예요. 하지만 그에게, 그 악당에게 공무원을 기만한 사기죄로 적어도 한 달은 살 거라고 위협하십시오. 좌우간 스포츠에서는 속이는 것이 허락되지 않습니다. 그 대가로 엄한 벌을 받아야 해요. 판사님, 그자를 데려오겠습니다."

"그러니까 당신이 그 리시츠키 바츨라프군요." 지방 판사는 엄중하게 은색의 머리칼을 한 범죄자에게 말했다. "당신이 프란티셰크 푸딜을 해치려고 이 돌을 던져서 그에게 치명적인 상처를 입힌 것을 인정합니까? 이게 모두 사실입니까?"

"예, 판사님." 죄인이 말하기 시작했다. "그렇게 됐습니다. 푸딜이 거기서 어떤 아이를 때리고 있길래, 제가 강 건너에서 그 아이를 가만히 두라고 소리쳤습니다. 그런데 그는 저에게 저주를 퍼붓기 시작했어요."

"당신이 이 돌을 던졌습니까, 안 던졌습니까?" 판사는 추궁했다.

"예, 던졌습니다." 죄인은 뉘우치면서 말했다. "하지만 그는 제게 저주를 퍼부었습니다. 그래서 제가 그 돌을 잡았습니다."

"빌어먹을 사람 같으니라고." 판사는 외쳤다. "여보세요, 왜 거짓말을 하는 거요? 관청을 기만하면 엄중하게 처벌받는다는 것을 모릅니까? 우리는 당신이 그 돌을 안 던졌다는 것을 잘 알고 있어요!"

"제가 던졌습니다, 실례지만." 젊은 벽돌공은 말을 더듬었다. "그러나 푸딜은 제게 자기를 가만 내버려 두라고 말했습니다."

판사가 뭔가 캐묻는 듯한 눈빛으로 바라보자, 헤이다는 어찌할 바를 몰라 하며 어깨를 들썩였다. "여보세요, 옷을 벗어 봐요." 판사가 불쌍한 죄인에게 호통을 쳤다. "자, 당장! 바지도 벗어야지요?"

이제 젊은 거인은 하느님이 창조한 것처럼 서 있었다. 그는 떨면서 고문을 당하고, 이것도 체포의 한 일환이라며 두려워했다.

"이것 봐요, 헤이다, 이 삼각근(三角筋)을." 투체크 판사가 말했다. "그리고 이 이두근(二頭筋)을. 어떻게 생각합니까?"

"잘 발달된 것 같네요." 헤이다 경관이 전문가처럼 말했다. "하지만 복부 근육은 충분히 발달하지 않았네요. 판사님, 원반던지기는 복부 근육이 필요합니다. 그래야 몸을 돌리거든요. 판사님께 제 복부 근육을 보여 줄 수도 있습니다!"

"여보세요." 판사는 중얼거렸다. "이게 진짜 배군요. 이 돌출부를 보세요. 하느님 맙소사, 이것이 흉곽이고요." 그는 손가락을 바츨라프 가슴의 노란 솜털에 쑤셔 넣으며 말했다. "하지만 두 다리는 약하네요. 시골 청년들은 아주 나쁜 다리를 가지고 있습니다."

"그래서 그들은 무릎을 굽히지 않아요." 헤이다 경관은 비판적으로 말했다. "이런 것들은 다리라고 할 수 없어요. 판사님, 원반던지기 선수는 다리다운 다리가 있어야 해요!"

"뒤로 돌아 봐요." 판사가 젊은 벽돌공에게 소리 질렀다. "이 등은 어떻습니까?"

"여기 어깨부터는 근육이 좋아요." 헤이다 경관은 말했다. "하지만 그 아래는 별로예요, 이 사람은 몸에 아무 힘도 가지고 있지 않아요. 제 생각인데요, 판사님, 그는 그것을 던지지 않았습니다."

"자, 옷을 입어요." 판사는 벽돌공에게 화를 냈다. "내 말 좀 들어 봐요, 젊은이, 마지막으로 묻겠소. 그 돌을 던졌어요? 안 던졌어요?"

"던졌습니다." 리시츠키 바츨라프는 고집스럽게 중얼거렸다.

"당신은 멍청이야." 판사가 헐떡거리며 말했다. "당신이 그 돌을 던졌다면 신체에 치명적인 상처를 입혔고, 그것으로 당신은 지방 법원에 회부될 것이며 몇 달은 족히 갇혀 있을 거요. 이해하시겠소? 이제 그만 으스대고, 돌 이야기는 다 지어낸 것이라고 털어놓아요. 나는 당신에게 관청 기만죄로 3일을 구금할 것이고, 그다음에는 집으로 갈 수 있어요. 자, 그래도 당신은 그 돌로 푸딜을 쳤습니까? 그렇지 않습니까?"

"쳤습니다." 리시츠키 바츨라프는 완고하게 말했다. "그는 강 건너에서 저에게 저주를 퍼부었습니다."

"그자를 데려가세요." 판사는 고함을 질렀다. "저주받은 불한당 같으니라고!"

잠시 후 헤이다 경관이 문틈으로 고개를 들이밀었다. "판사님." 그가 앙갚음하려는 듯 말했다. "그에게 시민의 재산 손괴죄를 부과할 수 있습니다. 아시다시피, 그는 둑에서 돌을 빼냈고, 지금 그 둑은 완전히 붕괴됐거든요."

셀빈 사건

"흠, 나의 가장 큰 성공은, 다시 말해 내게 가장 큰 기쁨을 준 성공은⋯⋯." 노벨 문학상 수상자인 나이 많은 대시인 레오나르트 운덴은 상기했다. "젊은 친구들이여, 내 나이가 되면 인간은 월계관이니, 박수갈채니, 애인들이나 다른 비슷한 난센스에는 더 이상 신경을 쓰지 않는다오. 특히 명목상 그런 것들은 먼 과거의 일이 됩니다. 사람은 젊을 때 이 모든 것을 즐겨야 합니다. 만일 그렇지 않다면 그는 바보일 거요. 다만 문제는 그가 젊을 때는 그런 것들을 즐길 경제적 여유가 없다는 겁니다. 사실 인생은 그 반대로 흘러가야 합니다. 즉 맨 먼저 인간은 늙어진 상태에서 수많은 칭찬받을 만한 업적들을 이룩해야 합니다. 왜냐하면 그는 다른 것엔 어울리지 않으니까요. 그러고 나서 자신의 긴 인생의 열매를 즐기기 위해 마지막에는 젊음에 도달해야 합니다. 여러분들은 노인들이 어떻게 수다를 떠는지 볼 것입니다. 내가 뭘 이야기하고자 했지요? 아하, 나의 가장 큰 성공에 대해서였지요. 내 말 좀 들어 보세요. 그것은 나의 인생 드라마도 아니고, 나의 책들도 아닙니다. 물론 내 책들이 정말 조금 읽힌 적은 있지요. 그러나 나의 가장 큰 성공은 셀빈 사건이었습니다.

저, 내게 무슨 일이 있었는지 당신들은 잘 모를 것입니다. 어쨌든 그 사건은 벌써 26년 전, 아니 29년 전 일이었으니까요. 때는 29년 전 어느 멋진 날이었습니다. 백발의 키 작은 부인이 검은 옷을 입고 나를 찾아왔습니다. 그 당시 나는 꽤 인정받던 나의 친절함을 이용해 그녀에게 무엇을 원하는지 묻기도 전에, 꽈당, 그녀는 내 앞에 무릎을 꿇고 울음을 터뜨렸습니다. 나는 어찌할 바를 몰랐습니다. 그저 여인이 우는 것을 지켜볼 수밖에 없었습니다.

내가 그녀를 위로하자, 그 어머니는 말문을 열었습니다. '선생님, 당신은 시인입니다. 인간을 사랑하는 마음으로, 제 아들을 살려주십시오! 분명 당신은 신문에서 프랑크 셀빈 사건을 읽었을 겁니다.'

내 생각인데, 나는 그 당시 수염이 난 갓난아기처럼 보였던 모양입니다. 물론 신문을 읽었지만 프랑크 셀빈 사건은 기억에 없었습니다. 그 당시 나는 그녀의 흐느낌과 통곡 속에서 그녀가 무엇을 말하고자 하는지 이해할 수 있었습니다. 사연은 이러했습니다. 즉 그녀의 스물두 살 난 외동아들 프랑크 셀빈은 계획적인 절도 중에 그의 이모 소피에를 살해한 죄로 기소되어 교도소에서 일생을 보내야 하는 종신형을 선고받았습니다. 즉 배심원들 앞에서 죄를 인정하지 않아 상황을 더 악화시켰던 겁니다. '하지만 선생님, 그 애는 죄가 없어요.' 셀빈노바 부인은 비탄에 잠겼습니다. '당신에게 간절히 애원컨대 그 애는 죄가 없습니다! 그 불행한 저녁에 그 애는 제게 말했습니다. '엄마, 머리가 아파서 시내 한 바퀴 돌고 올게요.' 선생님, 그래서 그 애는 자신의 알리바이를 증명하지 못합니다! 누가 밤에 우연히 만난 젊은이를 알아볼 수 있단 말입니까? 우리 아들 프랑크는 약간 경솔한 아이입니다만, 선생님도 한때 젊은 시절이 있지 않았습니까? 선생님, 그 애는 이제 겨우 스물두 살이라는 것을 생각 좀 해 주세요! 어떻게 그처럼 꽃 같은 젊은이의 일생을 망칠 수 있단 말입니까?' 내 말 좀 들어 보세요. 만일 여러분들이 그 절망에 빠진 백발의 모친을 본다면, 여러분들은 그때 내가 무엇을 깨달았는지를 알게 될 것입니다. 즉 가장 무서운 고통은 누군가를 동정하지만 아무 힘도 쓸 수 없다는 것입니다. 자, 여러분들께 말하고 싶은 것은, 마침내 나는 그녀에게, 모든 힘을 다해, 그 사건이 명백해질 때까지 노력을 멈추지 않을 것이고, 그가 무죄라는 것을 믿는다고 맹세했습니다.

그 말에 그녀는 내 손에 입맞춤을 하려고 했습니다. 만일 그 불쌍한 노파가 나에게 축복을 내렸다면, 나 자신 그녀 앞에 거의 무릎을 꿇을 뻔했다는 것입니다. 만일 누군가가 어떤 사람에게 마치 하느님에게 대하듯이 그렇게 감사를 표하면, 그는 얼마나 어리석어 보이는지 여러분들은 알 것입니다.

좋아요, 그때 이래 나는 셸빈 사건을 내 일처럼 처리했습니다. 물론 제일 먼저 나는 재판 기록을 조사했습니다. 내 말 좀 들어 보세요. 나는 한 번도 그런 엉성한 재판 기록을 본 적이 없었습니다. 그것은 한마디로 재판 스캔들이었어요. 사건은 실제로 단순했어요. 즉 어느 날 밤, 앞에서 말한 이모 소피에의 하녀가, 안나 솔라로바라고 하는 정신적으로 조금 모자란 50대의 하녀가, 누군가가 마님의 방, 즉 소피에의 방에서 걸어가는 소리를 들었습니다. 그녀는 왜 마님이 주무시지 않는지 보러 갔습니다. 그녀가 침실로 들어갔을 때, 그녀는 활짝 열린 창문으로 어떤 남자가 뛰어넘어 정원으로 가는 것을 목격했습니다. 그녀는 날카로운 비명을 질렀습니다. 이웃 사람들이 불을 켜 들고 왔을 때, 그들은 소피에 양이 자신의 스카프에 목이 졸린 채 바닥에 넘어져 있는 것을 목격했습니다. 돈을 보관하던 옷장은 열려 있었고 옷들이 여기저기 흩어져 있었습니다. 돈은 거기 그대로 있었습니다. 분명히 그 순간 하녀가 살인자를 방해했습니다. 이것이 사실의 핵심입니다.

이튿날 프랑크 셸빈은 체포되었습니다. 창문을 넘어간 젊은이를 알아보았다고 하녀가 증언했던 것입니다. 그 시간에 그는 집에 없었고, 30여 분 후에 집으로 돌아와서는 곧바로 잠을 잤다는 것도 확인됐습니다. 더 나아가 이 바보 같은 소년이 빚을 지고 있는 것도 확인되었습니다. 설상가상으로 어떤 수다쟁이가 다음과 같이 중요한 사실을 증언했습니다. 소피에 아주머니의 살인 사건이 일어나기 전날, 그녀의 집에 조카 프랑크가 와서 몇백 코루나를 빌려 달라고 했으나 구두쇠였던 그녀는 거절했답니다. 그때 프랑크는 '아주머니, 조심하세요, 무언가 일어날 거고 세상이 목격할 거예요.' 이상이 프랑크와 관련된 모든 것입니다.

자, 이제 재판을 염두에 두십시오. 심리는 반나절 걸렸습니다. 프랑크 셸빈은 죄가 없다고 주장했습니다. 자기는 산책을 한 뒤 바로 집에 돌아와서 잤다고 했습니다. 목격자들 중에 반대 심문을 한 사람은 아무도 없었습니다. 프랑크의 변호사는 — 아시다시피 국정 변호사였는데 셸빈노바 부인이 가난했기 때문입니다 — 전형적인 호인인 동시에 바보였습니다. 그는 자신의 경솔한 고객이 젊다는 것에만 몰두했고, 두 눈에 눈물을 흘리며 배심원들에게 자비를 호소했습니다. 검사도 이 재판에 대해 성의껏 하지 않았습니다. 그는 프랑크 셸빈의 재판 이전에 배심원들에게 두 번이나 무죄 평결을 내린 것을 취소하라며 고함을 쳤던 것입니다. '만일 모든 범죄자들이 해이한 자비와 배심원들의 온정 속에 보호된다면 인간다운 사회가 붕괴되지 않을까요?' 배심원들은 이 논쟁을 십분 이해했고, 자기들의 자비와 온정을 악용하는 것이 허용되지 않기를 원해서 열한 명의 배심원은 살인자에게 죄가 있다고 간단히 결단을 내린 것 같습니다. 이것이 이 사건의 전모였습니다.

내 말 좀 들어 보십시오. 이 사건을 확인했을 때 나는 바로 절망에 빠졌습니다. 적어도 나는 법률가가 아니었지만, 또는 아마 내가 바로 법률가가 아니었기 때문에 내 내부에서는 모든 것이 끓어올랐습니다. 상상 좀 해 보십시오. 증인을 선 여인은 정신적으로 열등하고, 게다가 그녀는 거의 50세였으므로 경우에 따라 그녀의 믿음을 격하시키는 폐경기를 분명 맞고 있었을 것입니다. 그녀가 창문에서 사람의 모습을 목격한 것은 밤이었습니다. 나는 나중에 그날 밤은 따뜻했고 매우 어두웠다는 것을 확인했습니다. 즉 그녀는 결코 그 사람을 제대로 인식할 수 없었을 것입니다. 어둠 속에서는 사람의 키를 정확히 알아볼 수 없습니다. 나는 내 스스로 이를 자세히 실험해 봤습니다. 그리고 이 모든 것 외에도 그 여자는 프랑크 셀빈을 신경질적으로 저주했습니다. 왜냐하면 그가 그녀를 조롱했다고 합니다. 그는 그녀를 '여종'이라고 불렀습니다. 앞에서 말한 증인 안나 솔라로바는 이를 도덕적 모욕으로 간주했습니다.

두 번째로, 소피에는 자신의 언니인 셀빈노바 부인을 저주했습니다. 실제로 그들은 대화도 하지 않았습니다. 그 나이 많은 독신녀는 프랑크의 엄마 이름도 부르지 않았습니다. 만일 이모 소피에가 프랑크가 자기를 위협하곤 했다고 말했다면, 그것은 자신의 언니에게 창피를 주기 위하여 날조한 노처녀다운 심술임이 틀림없습니다. 프랑크와 관련해서는 적어도 그는 평균적인 재능을 가진 청년이었고, 한 사무실에서 일하는 서기였습니다. 또 그에게는 감상적인 편지와 시답지 않은 시들을 써 보내곤 하던 애인이 있었습니다. 그는, 그의 탓이 아니라고 사람들은 말하지만 빚을 지고 있었고, 그래서 감상에 젖어 술에 취하곤 했습니다. 그의 어머니는 완벽주의자였으나 불쌍한 여인이었습니다. 그녀는 암에 걸렸고, 가난과 슬픔에 젖었습니다. 예, 이것이 바로 사건들을 더 긴밀한 관점에서 본 것입니다.

물론 여러분들은 당시의 내 젊은 시절을 모를 것입니다. 나는 한번 열정에 빠지면 스스로를 조절하지 못합니다. 그 당시 나는 '프랑크 셀빈 사건'이라고 부른 기사를 신문에 시리즈로 연재했습니다. 나는 증인들, 특히 주 증인의 신뢰가 허위라는 것을 하나하나 증명했습니다. 나는 증언들의 모순과 진술의 편견들을 분석했습니다. 또한 주 증인이 범인을 알아나 볼 수 있었는지의 불합리함을 증명했습니다. 즉 나는 재판장의 순진한 무능력과 국정 변호사의 변론의 조야한 선동을 입증했습니다. 하지만 나는 그것으로 만족하지 못했습니다. 그래서 거기에 발을 들여놓은 이상 나는 사법부 전체를, 형법을, 재판 제도를, 무정하고 이기적인 사회 전체의 질서를 공격하기 시작했습니다. 그 때문에 소동이 있었다는 것은 물을 필요도 없습니다. 나는 그 당시 꽤 명성을 날리고 있었습니다. 젊은 세대들이 나를 지지했습니다. 드디어 어느 날 저녁 그들은 사법부 건물 앞에서 시위를 했습니다. 그때 젊은 셀빈의 변호사가 달려와 내가 일으킨 것에 대해 양손을 비비면서 말했습니다. 그는 셀빈의 선고는 틀림없이 몇 년 징역형으로 감형되도록 벌써 항소했다고 했습니다. 그러나 이제 대법원도 거리의 공포 때문에 포기할 수 없고, 그래서 그의 항소는 기각되었습니다. 나는 그 존경할 만한 변호사에게 이제 나는 더 이상 셀빈의 사건에 관심이 없고 진리와 정의에 관심이 있다고 말했습니다.

그 변호사가 옳았습니다. 항소는 기각되었습니다. 그러나 재판장은 해임되었습니다. 사랑하는 친구분들, 그때서야 비로소 나는 그 사건을 명쾌하게 다루기 시작했습니다. 아시겠지요, 오늘날도 나는 그것이 진실에 대한 성스러운 싸움이었다고 말했습니다. 그 이후 많은 일들이 향상되었다는 것을 주시하시기 바랍니다. 여러분은 내가 어느 정도 기여했음을 인정하실 것입니다. 셀빈 사건은 전 세계 매스컴을 탔습니다. 나는 술집들에서 노동자들과 국제 의회에 온 전 세계 대표들에게 연설을 했습니다. '셀빈 사건을 바로 잡아라.' 그것은 그 시대의 '전쟁은 이제 그만!'이나 '여성들에게 참정권을!'과 같은 국제적인 외침이었습니다. 나에게 그것은 국가에 대한 개인의 투쟁이었습니다. 그러나 내 뒤에는 젊은 세대들이 있었습니다. 셀빈의 어머니가 죽었을 때 1만 7천여 명의 군중이 그 쪼글쪼글하고 작은 여인의 관을 따라갔습니다. 그리고 나는 파헤쳐진 묘지 위에서 일생 동안 한 번도 못해 본 연설을 했습니다. 친구들이여, 그 영감이 얼마나 놀랍고 이상한지는 하느님만 아실 것입니다. 나는 그 투쟁을 7년 동안이나 지속했습니다. 그 투쟁이 나를 새로 태어나게 했습니다. 나에게 확실한 세계적인 명성을 안겨 준 것은 내 책들이 아니라 셀빈 사건이었습니다.

친애하는 친구분들, 그때서야 비로소 나는 그 사건을 명쾌하게 다루기 시작했습니다.

그들은 나를 '양심의 목소리' 혹은 '진리의 기사'라고 불렀습니다. 나는 그것들 중 어떤 것은 내 묘비명이 되리라는 것을 알고 있었습니다. 확실히 내가 죽은 지 14여 년 뒤에도 학교 교과서에는 시인 레오나르트 운덴이 진리를 위해 싸웠다고 기록할 것입니다. 그리고 나선 잊히겠지요. 7년 뒤에는 주 증인이었던 안나 솔라로바가 죽었습니다. 죽기 전에 그녀는 참회했고 눈물을 흘리며 양심의 가책이 자신을 억누른다고 자백했습니다. 즉 그녀는 그 당시 재판에서 위증을 했고, 창문 위의 살인자가 프랑크 셀빈이라는 진실에 대해 말할 자격이 없다고 자백했습니다.

착한 신부가 그 사실을 나에게 알려 줬습니다. 그 당시 나는 이미 세상 돌아가는 방식을 더 잘 이해하고 있었습니다. 그래서 나는 사건을 신문에 의존하지 않고 착한 성직자를 재판정에 보냈습니다. 일주일 내로 프랑크 셀빈에 대한 재심이 이루어졌습니다. 한 달 후, 프랑크 셀빈은 다시 배심원들 앞에 섰습니다. 가장 유능한 변호사가 무료로 소송을 유리하게 이끌어 냈습니다. 그런 다음 검사가 일어서서 배심원들에게 프랑크 셀빈의 무죄를 선고하도록 권고했습니다. 열두 명의 배심원은 프랑크 셀빈이 무죄라는 결론을 내렸습니다.

예, 그렇습니다. 그것은 내 인생에서 가장 위대한 성공이었습니다. 그 어떤 성공도 내게 그처럼 깨끗한 만족을 주지 못했습니다. 그리고 동시에 그런 지루함의 느낌도. 진실을 말해야 한다면, 나는 셀빈의 사건을 조금 그리워하기 시작했습니다. 그 후 내게는 공허함이 남았습니다. 바로 그 재판이 끝난 날부터였습니다.

어느 날 하녀가 와서 어떤 사람이 나와 이야기하고 싶다고 말했습니다.

'저는 프랑크 셀빈입니다.' 그 남자는 말하고 문간에 서 있었습니다. 내게는 마치 ─ 여러분들에게 뭐라 말해야 할지 모르겠습니다만 ─ 나의 그 셀빈이…… 마치 외판원 같았고, 조금 땅딸막하고, 창백하고, 막 벗어진 대머리에 조금 땀을 흘리고 있고, 너무 평범해 보여서 왠지 절망감을 느꼈습니다. 게다가 그에게서는 맥주 냄새가 풍겼습니다.

존경하는 대시인님. 프랑크 셀빈은 말을 더듬었습니다. (나에게 '존경하는 대시인님'이란 말은 하지 마세요. 나는 그를 차 버리고 싶었습니다!) 저는 선생님께 감사드리러 왔습니다…… 저의 가장 큰 은인께. 그는 외워서 말하는 것 같았습니다. 선생님께 일생 동안 신세를 지게 됐습니다. 어떤 감사의 말도 부족한 줄 압니다.

하지만 천만에요. 나는 그에게 즉각 말했습니다. 그건 나의 의무였소. 내가 당신이 무죄라는 것을 확신한 이상은…….

프랑크 셀빈은 고개를 내저었습니다. 대시인님. 그는 애처롭게 말했습니다. 저는 제 은인에게 거짓말하고 싶지 않습니다. 다시 말하자면 저는 그 노파를 죽였습니다.

사실이 그렇다면……. 나는 노발대발했습니다. 왜 재판정에서 그렇게 말하지 않았습니까?

프랑크 셀빈은 비난하는 투로 내 두 눈을 쳐다보았습니다.

대시인님. 그가 말했습니다. 그것은 저의 권리입니다. 피고도 자신의 결백함을 주장할 권리를 가지고 있겠지요, 그렇지 않습니까?

나는 정말 당신에게 낙담했다는 것을 인정하오. 그런데 이제 와서 나에게 뭘 원하시오? 나는 그에게 소리 질렀습니다.

저는 대시인님, 그저 대시인님의 아량에 감사를 표하기 위해 왔습니다. 셀빈 씨는 슬픈 목소리로 말했습니다. 그는 아마도 무척 감동받은 것 같았습니다. 대시인님께서는 저희 어머님에게도 도움을 주셨습니다. 하느님의 축복이 있길 빕니다, 고귀한 시인님이시여!

나가세요. 나는 미친 듯이 고함을 질렀습니다. 그 녀석은 계단을 쏜살같이 내려갔습니다. 3주 후에 그가 길거리에서 나를 불러 세웠습니다. 그는 약간 취해 있었습니다. 나는 그를 떨쳐 버릴 수가 없었습니다. 즉 그가 내 소매 단추를 잡고 설명할 때까지 그가 무엇을 원하는지 오랫동안 이해할 수 없었습니다. 그는 내가 자기 인생을 망쳐 놓았다고 말했습니다. 그는 말하기를, 만일 내가 그의 사건을 그렇게 쓰지 않았더라면 대법원이 그의 변호사에게 심리할 기회를 보장했을 것이고, 그러면 그는, 셸빈 씨는 죄 없이 7년간 감옥에 앉아 있을 필요가 없었을 것이랍니다. 즉 내가 그의 재판에 관여한 죄가 있으므로 자기 형편이 어렵게 된 데 대해 어느 정도 책임이 있으니 자신의 처지를 조금 고려해 달라고 했습니다. 간단히 말해 나는 그의 손에 몇백 코루나를 쥐여 줬습니다. 은인이시여, 하느님이 당신을 보살필 것입니다, 라고 셸빈 씨는 눈에 눈물이 고인 채 말했습니다.

두 번째는 보다 더 사악하게 나왔습니다. 내가 그의 사건으로 혜택을 입었다고 말했습니다. 즉 그는 말하기를, 내가 그의 사건으로 명예를 얻었으니, 왜 자신이 그 대가로 무엇인가 얻으러 오지 않을 수 있습니까? 나는 그에게 뭔가 수임료를 빚지고 있지 않다는 것을 납득시킬 수가 없었습니다. 그래서 나는 또 지불했습니다. 이후 그는 더 자주 내게 나타나곤 했습니다. 그는 내 소파에 앉아 그 노파의 살해로 인한 후회로 고통받는다며 한숨을 내쉬었습니다.

저는 경찰서에 가서 자수할 수 있습니다, 대시인님. 그는 슬프게 말했습니다. 하지만 그럴 경우 당신에게는 세계적인 망신일 것입니다. 그래서 저는 어떻게 마음을 진정시켜야 할지 모르겠습니다.

내 말 좀 들어 보십시오. 내가 그 작자에게 지불한 것 때문에 그가 계속 고통받을 수 있다고 생각한다면, 이러한 양심의 가책은 틀림없이 무서운 것입니다. 마침내 나는 그에게 미국행 비행기 표

를 사 주었습니다. 그가 거기서 마음의 평정을 얻었는지 나는 알
수 없습니다.

자, 이것이 바로 내 인생의 가장 위대한 성공이었습니다. 젊은 친
구들, 레오나르트 운덴의 사망 기사를 쓸 때에는 이렇게 쓰시기
바랍니다. 금박 글씨로 '셀빈 사건과 함께 잠들었도다' 등등, 그에
게 영원히 감사한다고!"

발자국들*

리프카 씨는 그날 밤 특별히 멋진 기분에 젖어 집으로 돌아가고 있었다. 무엇보다도 장기판에서 상대를 이겼기 때문이다. (그는 나이트로 멋진 장군을 불렀던 것이다. 그는 돌아오는 길에 기쁨에 젖었다.) 그리고 두 번째로 신선한 눈이 내리고 있었고, 매우 조용한 적막함 속에 그의 발밑에서 부드럽게 뽀드득 소리가 났다. 하느님, 이것이야말로 아름다움 그 자체입니다. 리프카 씨는 생각했다. 눈 속에 덮인 도시, 갑자기 이 도시는 아주 작은 도시가 됐고, 매우 고풍스러운 도시가 되었다 ― 거기서는 사람들이 대체로 야간경비원을 믿고, 역마차를 믿었다. 눈이 모든 것을 원시 시대와 시골 같은 것으로 변형시킨다는 것은 특별한 일이다.

뽀드득, 뽀드득. 리프카 씨는 그처럼 뽀드득 소리를 듣는 기쁨 때문에 아무도 밟지 않은 오솔길을 둘러보았다. 왜냐하면 그는 조용한 뒷골목에 살았기 때문이다. 한데 점점 앞으로 나아갈수록 그런 발자국들은 사라졌다. 하, 이것 봐라, 그 쪽문 쪽에서 남자의 구두 발자국들과 여자의 하이힐 발자국들이 사라졌어, 마치 부부 같아……. 그들은 젊은 부부일까? 이쪽에는 고양이가 쏘다녀서 꽃을 닮은 발톱 발자국을 남겼네, 치차야, 잘 자, 네 작은 발들이 얼겠다. 이제는 여기에 오직 한 줄의 발자국들만 있네. 남자의 깊은 발자국들, 외로운 보행자가 펼쳐 놓은 똑바르고 선명한 발자국들의 작은 사슬만 있네. 어떤 이웃이 여기로 왔담? 리프카 씨는 친절한 호기심을 드러내며 스스로에게 말했다. 여기는 인적이 매우 드물어. 깊은 차바퀴 자국 하나도 눈 위에는 없어. 우리가 변두리에 살기 때문이야. 내가 집에 도달해서야 작은 골목길은 코앞까지 하얀 이불을 끌어당기고, 이는 마치 아이들의 장난감처럼 보인다. 아침에 신문 배달 노파가 여기를 짓밟아 놓는다는 것은 유감이다. 이 노파는 토끼처럼 발자국들로 십자로를 만들 것이다.

리프카 씨는 갑자기 발걸음을 멈추었다. 그가 하얀 거리를 가로질러 자신의 집 대문으로 향했을 때 그는 그의 앞에서, 보도에서 되돌아 거리를 가로질러 그의 집 대문을 향한 발자국들을 보았다. 누가 우리 집에 올 수 있단 말인가? 그는 당황하여 말하고 두 눈으로 이 같은 분명한 발자국을 살펴보았다. 다섯 개의 발자국이 있었다. 거리 한복판에서 왼쪽 발의 선명한 발자국이 끝나 있었다. 그 이상은 아무 발자국도 없었고 오직 손상되지 않고 온전한 눈만 있었다. 정말 미치겠네. 리프카 씨는 말했다. 그 사람은 보도로 되돌아간 것 같았다! 그러나 그가 살펴보는 한, 보도는 사람 발자국 하나 없이 눈에 덮여 부드러웠고 푸석푸석했다. 이것 참 사람 미치겠네. 리프카 씨는 놀라지 않을 수 없었다. 그럼 다른 발자국들은 건너편 보도에 있을까! 그는 그 미완성의 발자국들이 만든 고리를 넓게 돌아봤다. 그러나 반대편 보도에는 발자국 하나 없었다. 온 거리가 계속해서 손대지 않은 부드러운 눈으로 반짝거렸고, 너무나 깨끗해 숨이 멈출 것 같았다. 여기는 눈이 내린 이후 아무도 오지 않았다. 그것참, 이상하네. 리프카 씨는 중얼거렸다. 무엇보다도 그 사람은 뒷걸음질 쳐서 보도로 돌아갔을 거야. 자기 발자국들을 밟으면서. 어쩌면 그는 자신의 발자국들을 따라 거리 모퉁이까지 뒷걸음질 쳐서 갔을지도 모른다. 왜냐하면 내 앞 저기까지 오직 한 방향의 발자국들만 있지 않은가, 아마도 이쪽 방향으로…… 하지만 그 사람은 왜 그렇게 했을까? 리프카 씨는 놀라움을 금치 못했다. 그런데 어떻게 자기가 걸었던 발자국들 위를 정확히 밟고 되돌아 걸어갈 수 있을까?

머리를 내저으며 그는 대문을 따고 집 안으로 들어갔다. 그는 비록 이것이 난센스라는 것을 알았지만 놀라지 않을 수 없었다. 집 안에 어떤 눈 발자국들이 없다면, 그건 이해가 돼, 어떻게 거기에 있을 수 있단 말인가! 아마 나는 그렇게 상상만 했는지도. 리프카 씨는 불안하게 중얼거리며 창밖으로 몸을 기울였다. 거리 가로등 불빛 속 거리에서 그는 길 한가운데서 멈춰 버린 다섯 개의 날카롭고 깊은 발자국을 보았다. 더 이상의 발자국들은 없었다. 이런 빌어먹을! 리프카 씨는 눈을 비비며 생각했다. 언젠가 눈 위의 발자국 하나에 대한 단편소설을 읽은 적이 있지. 하지만 여기에는 일련의 발자국 열 개가 있어. 그러고는 갑자기 하나도 없고……. 그 사나이는 어디로 사라졌단 말인가?

그는 머리를 가로저으며 옷을 벗기 시작했다. 그러나 갑자기 벗던 것을 멈추고 전화를 집어 들어 의기소침한 목소리로 경찰서에 전화를 걸었다. "여보세요, 경찰 지구대장 바르토셰크 님인가요? 여기 이상한 일이 있어서요, 아주 이상해요. 이리로 누군가를 좀 보내 주시든지, 아니 직접 오시면 더 좋고요. 좋아요, 길모퉁이에서 지구대장님을 기다리고 있을게요. 무슨 일이 일어나고 있는지 모르겠어요. 아니에요, 제 생각인데 위험한 것은 없어요. 아무도 그 발자국들을 밟지 않았어요. 누구의 발자국인지 모르겠어요! 예, 좋아요, 지구대장님을 기다리고 있겠습니다."

리프카 씨는 옷을 입고 다시 밖으로 나갔다. 조심스럽게 그 발자국들을 우회하면서 그것들을 짓밟지 않으려고 주의를 기울였다. 추위와 흥분으로 몸을 떨며 모퉁이에서 경찰 지구대장 바르토셰크를 기다렸다. 주위는 조용했고 사람들이 거주하는 대지는 평화스럽게 우주 속으로 빛을 발하고 있었다.

"여기는 무척 조용하군." 바르토셰크 경찰 지구대장은 감상적으로 중얼거렸다. "우리한테 싸움꾼 한 명과 술주정뱅이 한 사람을 데려왔었지. 으흠, 제기랄! 그런데 여긴 또 무슨 일인가요?"

"이 발자국들을 살펴보십시오. 지구대장님." 리프카 씨가 격앙된 목소리로 말했다. "여기서부터 몇 발자국이에요."

경찰 지구대장은 손전등을 비춰 보았다. "이자는 키다리구먼, 거의 180센티미터." 그가 말했다. "발자국과 보폭을 보면. 내 생각인데, 신발은 수제품이고 평범해. 술에 취하지도 않았고 아주 힘차게 걸어갔어. 나는 당신이 왜 그 발자국들이 맘에 들지 않는지 모르겠네요."

"이것들은……." 리프카 씨는 짧게 말하고 거리 한가운데 있는 끝없는 발자국들의 열(列)을 가리켰다.

"아하." 바르토셰크 경찰 지구대장은 말하고 주저함 없이 곧장 마지막 발자국으로 향해 간 뒤, 월계수 나무둥치에 앉아서 전등을 비추었다. "이건 아무것도 아닙니다." 그가 만족스럽다는 듯이 말했다. "이건 아주 정상적인 견고한 발자국입니다. 다섯 번째 발자국에 비중이 좀 더 있습니다. 그 사람이 좀 더 걸어갔거나 뛰었더라면 비중이 발가락 끝 쪽에 모였을 거예요, 아시겠어요? 그건 분명하게 보였을 것입니다."

"그럼 이것의 의미는……." 리프카 씨는 긴장하여 물었다.

"간단히 말해서." 경찰 지구대장은 태연하게 말했다. "그것은 그가 더 이상 가지 않았다는 것을 의미하지요."

"그럼 그자는 어디로 갔단 말입니까?" 리프카가 열병에 걸린 듯 헐떡거리며 소리쳤다.

경찰 지구대장은 어깨를 추슬렀다. "그건 나도 모르겠소. 혹시 그에 대해 무슨 의혹이라도 가지고 있습니까?"

"어떤 의혹을?" 리프카 씨는 깜짝 놀랐다. "저는 그자가 어디로 갔는지 알고 싶을 뿐입니다. 이것 좀 보십시오, 여기 그자는 마지막 발자국만 남기고, 하느님 맙소사, 나머지 발자국은 어디 있단 말입니까? 발자국이 더 이상 없단 말입니다!"

"알고 있어요." 경찰 지구대장은 냉담하게 말했다. "그가 어디로 갔는지 당신과 무슨 상관입니까? 그자는 당신 집에서 나간 사람입니까? 누군가가 실종됐습니까? 제기랄, 그가 어디로 간 것이 당신에게 왜 중요합니까?"

"하지만 뭔가 해명이 있어야지요." 리프카 씨는 말을 더듬기 시작했다.

"그자가 자신의 발자국들을 따라 뒷걸음질 쳐서 갔다는 생각은 들지 않으십니까?"

"말도 안 됩니다." 경찰 지구대장은 중얼거렸다. "만일 어떤 사람이 뒷걸음질 쳐서 간다면 더 확실하게 균형을 잡으려고 보폭을 더 짧게 합니다. 그 외에도 발을 더 높이 들지 못합니다. 그래서 발뒤꿈치를 발자국 눈 속에 넣어야 합니다. 하지만 이 자국들은 딱 한 번만 밟은 것입니다. 보다시피 발자국들이 얼마나 정교합니까."

"그자가 되돌아오지 않았다면……." 리프카 씨는 고집스럽게 주장했다. "그는 어디로 사라졌단 말입니까?"

"그건 그의 일입니다." 경찰 지구대장은 투덜댔다. "이것 보십시오. 만일 그자가 아무것도 나쁜 짓을 하지 않았다면 우리는 그의 일에 간섭할 권리가 없습니다. 우리는 그에 대해 뭔가 고발할 거리가 있어야 합니다. 그때는 물론 우리가 일차적인 수사를 진행할 것입니다……."

"하지만 어떻게 사람이 길 한가운데서 사라질 수 있단 말입니까?" 리프카 씨는 공포에 사로잡혔다.

"그런 경우 기다리셔야 합니다, 선생님." 경찰 지구대장은 침착하게 충고했다. "어떤 사람이 행방불명되면 그의 가족이나 누군가가 우리에게 신고해야 합니다. 그러면 우리는 그를 수색할 것입니다.

아무도 그의 실종 신고를 하지 않으면 우리도 어떻게 할 수 없습니다. 어떻게 할 도리가 없어요."

리프카 씨는 음험한 분노를 표출하기 시작했다. "실례합니다만." 그는 날카롭게 선언했다. "저는 조용한 보행자가 아무 이유 없이 길 한가운데서 사라졌다면 경찰이 그에 대해 조금이라도 관심을 가질 것이라고 말하고 싶었습니다!"

"그에게는 아무 일도 생기지 않았습니다." 바르토셰크 씨가 그를 위로했다. "좌우간 여기엔 아무런 다툼의 흔적도 없습니다. 만일 누군가가 그를 공격하거나 납치했다면 틀림없이 발자국들이 여기저기 흩어져 있을 겁니다. 선생님, 죄송합니다만 저는 여기에 발을 들이고 싶지 않군요."

"하지만 지구대장님." 리프카 씨는 두 손을 들었다. "어떻든 설명이 좀 있어야지요. 좌우간 이건 수수께끼네요……."

"예." 바르토셰크 씨는 친절하게 동의했다. "선생님, 이 세상에는 수수께끼가 많다는 것을 생각해 보지 않았습니까? 모든 구역, 모든 가정이 수수께끼입니다. 제가 이곳으로 올 때 저기 저 오막살이 집에서 젊은 여인의 흐느끼는 소리가 들렸습니다. 선생님, 수수께끼는 우리 일이 아닙니다. 우리는 질서를 위해서 고용되었습니다. 우리가 호기심 때문에 어떤 범죄자를 추적한다고 생각하십니까? 선생님, 우리는 그를 체포하기 위해 추적합니다. 왜냐하면 질서가 서야 하니까요."

"바로 그겁니다." 리프카 씨는 폭발했다. "질서가 무너진 것을 인정하셔야지요, 누군가가 길 한가운데서 공중으로 똑바로 부양(浮

揚)해 버렸잖습니까, 그렇지 않아요?"

"그것은 해석하기 나름이지요." 경찰 지구대장이 말했다. "사람이 높은 곳에서 추락할 위험에 대한 경찰 규정이 있습니다. 그는 반드시 벨트를 매야 합니다. 먼저 그는 경고를 받고, 그다음 벌금을……. 만일 그 사람이 스스로 공중 부양을 한다면 물론 순찰이 그에게 안전벨트를 매라고 경고합니다. 그러나 여기에는 순찰이 없었던 것 같습니다." 그는 사과라도 하듯이 말했다. "있었더라면 그의 발자국들이 남았겠지요. 그 외에도 아마 그 사람은 다른 방식으로 사라진 것 같습니다. 그렇지 않아요?"

"하지만 어떻게요?" 리프카 씨가 즉각 물었다.

바르토셰크 경찰 지구대장은 머리를 내저었다. "설명하기 어렵군요. 혹 승천이나 야곱의 사닥다리." 그는 불확실하게 말했다. "승천은 납치로 간주될 수도 있지요, 만일 강제로 그랬다면. 그러나 내 생각에, 그건 아마 위에서 언급한 사람의 동의가 있었을 것 같군요. 그 사람이 날아다닐 수 있는 가능성도 있지요. 당신은 한 번도 날아간다고 상상해 보지 않았습니까? 사람이 그저 발로써 조금 도약을 하면 그는 벌써 하늘 위로 올라가지요……. 어떤 사람들은 풍선처럼 날지요. 하지만 나는 꿈에서 날아오르면 반드시 여러 번 발로써 도약을 해야 합니다. 나는 이처럼 무거운 제복과 칼을 차고 있기 때문이라고 생각합니다. 아마 그 사람은 잠이 들었고 꿈속에서 날기 시작했을 수도 있습니다. 하지만 그건 불법이 아닙니다, 선생님. 물론 번잡한 거리였다면 순찰이 그에게 경고했을 겁니다.

아니면 잠깐 기다려 봐요, 그건 아마 공중 부양이었을 거요. 심령론자들은 공중 부양을 믿지요. 물론 심령론도 불법은 아닙니다. 바우디시라는 분이 내게 어떤 물체가 하늘에 떠 있는 것을 보았다고 말해 준 적이 있습니다. 뭐 그런 것이 있는지 누가 알겠어요."

"하지만 지구대장님." 리프카 씨는 비난조로 말했다. "지구대장님은 아마 그것을 믿지는 않으시겠지요! 하지만 그건 자연법칙의 위반일 겁니다."

바르토셰크 씨는 우울하게 어깨를 들먹였다. "나는 그것을 알고 있습니다, 선생님. 사람들은 모든 가능한 법과 규정을 위반하려 합니다. 당신이 경찰이라면 그것을 더 잘 알 겁니다……." 경찰 지구대장은 손을 내저었다. "만일 사람들이 자연법칙을 범하더라도 나는 놀라지 않을 겁니다. 사람들은 거대한 패거리입니다, 선생님. 자, 잘 자요. 매우 춥습니다."

"우리 집에서 차 한잔이나 슬리보비체 한잔 안 하시겠습니까?" 리프카 씨는 제의했다.

"왜 안 하겠어요?" 경찰 지구대장은 우울하게 중얼거렸다. "아시다시피 이런 제복을 입고는 술집에 들어갈 수 없습니다. 그래서 경찰들은 술을 많이 마시지 못합니다."

"수수께끼." 그는 안락의자에 앉아 신발 끝에서 눈이 녹아 흐르는 것을 바라보며 계속 말했다. "100명 중 99명의 사람들은 그런 발자국을 지나쳐 가고 전혀 신경 쓰지 않을 겁니다. 당신은 그 빌어먹을 수수께끼인 100개 중 99개의 사건들을 신경 쓰지 않을 겁니다. 우리는, 제기랄, 모든 것을 알고 있답니다. 오직 몇몇 사건들만 수수께끼가 아닙니다. 질서는 수수께끼가 아닙니다. 정의는 수수께끼가 아닙니다. 경찰 역시 수수께끼가 아닙니다. 길을 따라 가는 모든 사람들이 이미 수수께끼입니다. 왜냐하면 우리는 그들을 어떻게 할 수가 없기 때문입니다. 선생님.

만일 그자가 뭔가를 훔치면, 그는 더 이상 수수께끼가 아닙니다. 우리는 그를 체포할 것입니다. 바로 그겁니다. 즉 적어도 우리는 그자가 무엇을 하는지 알고 있습니다. 그리고 우리는 문에 난 작은 창구멍을 통해 그를 감시할 수 있습니다, 아시겠습니까? 잠깐, 아마도 신문 기자들은 '신비로운 시체의 발견!'이라고 쓸 겁니다. 그러나 시체에 무슨 신비로운 것이 있단 말입니까? 우리는 시체를 받으면 몸의 치수를 재고 사진을 찍고 해부합니다. 우리는 거기에 있는 모든 실마리를 알고 있습니다. 우리는 그 송장이 마지막으로 무엇을 먹었는지, 왜 죽었는지 등 무엇이든 압니다. 그 외에도 누가 돈 때문에 그녀를 죽였는지 알고 있습니다. 그래서 모든 것이 분명하고 확실합니다. 선생님, 블랙 티를 많이 주십시오. 모든 범죄자들은 확실합니다, 선생님, 적어도 선생님은 그들한테서 동기들과 거기에 속한 모든 것들을 알게 됩니다. 하지만 당신의 고양이가 무엇을 생각하는지, 당신의 하녀가 무엇을 상상하는지 그리고 왜 당신의 부인이 창밖을 내다보는지는 수수께끼입니다. 형사 사건 외에는 모든 것이 수수께끼입니다. 즉 그러한 범죄 사건은 확실하게 구체적인 사실의 일부이고, 우리가 밝혀내는 하나의 단면입니다. 이것 좀 보십시오, 만일 내가 여기를 살펴본다면 나는 당신에 대해 뭔가를 알아낼 것입니다. 하지만 나는 내 신발 끝을 바라봅니다. 왜냐하면 나는 공식적으로 당신에 대해서는 알아볼 게 없기 때문입니다. 즉 우리는 당신에 대해 아무런 조사도 하지 않습니다." 뜨거운 차를 마시며 그는 덧붙였다.

"그것은 이상한 견해입니다." 잠시 후 그는 다시 시작했다. "경찰, 특히 탐정들은 수수께끼에 관심을 가지고 있습니다. 우리는 수수께끼는 전혀 개의치 않습니다. 부적절한 행동들이 우리의 관심을 유발합니다. 선생님, 우리는 악당에게 관심이 없어요. 왜냐하면 그것은 수수께끼이기 때문이고, 그것은 금지되어 있기 때문입니다. 우리는 지적인 호기심으로 그런 불한당을 추적하지 않습니다. 우리는 법의 이름으로 그를 체포하기 위해 추적합니다. 내 말 좀 들어 보십시오. 거리의 청소부들은 인간의 먼지 속에서 발자국들을 읽어 내려고 빗자루를 들고 거리를 따라 달려가지 않습니다. 그들은 생활이 거기에 남겨 둔 모든 더러운 것들을 쓸어 담고 깨끗하게 만들기 위해 달려갑니다. 질서는 조금도 신비롭지 않습니다. 질서를 유지하는 것은 더러운 일입니다. 선생님, 청결을 원하는 자는 온갖 더러운 것에 손가락을 집어넣어야 합니다. 그리고 누군가는 그 일을 해야 합니다." 그는 감상적으로 말했다. "마치 누군가가 송아지를 잡아야 하는 것처럼. 하지만 호기심 때문에 송아지를 살해한다면 그것은 야만입니다. 그런 일은 반드시 백정이 해야 합니다. 만일 어떤 사람이 무언가를 해야 할 의무감이 있다면 그는 적어도 그 일을 할 권리가 있다는 것을 알아야 합니다. 이것 보십시오, 정의는 구구표처럼 반드시 확실해야 합니다. 나는 당신이 모든 절도가 나쁘다고 증명할 수 있는지 모릅니다. 하지만 나는 모든 절도가 금지되어 있다는 것을 당신에게 증명할 수 있습니다. 왜냐하면 그런 경우 매번 당신을 체포할 테니까요. 만일 당신이 거리에 진주를 뿌린다면 순찰 경찰은 당신에게 거리를 더럽힌 죄로 벌금을 부과할 겁니다. 그러나 당신이 기적을 행한다면, 우리가 그것을 공공질서 문란이나 허가받지 않은 군중대회라고 부르지 않는 한 우리는 당신을 어떻게 할 수 없습니다. 우리가 개입하기 위해서는 뭔가 질서의 문란이 있어야 합니다."

"하지만 지구대장님." 리프카 씨는 만족하지 못한 듯 몸을 비틀면서 이의를 제기했다. "정말 이것으로 충분합니까? 여기에 그런 이상한 현상이…… 뭔가 수수께끼 같은 게 있는데 당신은……."

바르토셰크 씨가 어깨를 들먹였다. "나는 그것을 무시하는 바입니다. 선생님, 원하신다면 당신의 고요한 밤잠을 방해하지 않도록 그 발자국을 지워 버리겠습니다. 난 더 이상 어떻게 할 수 없습니다. 아무 소리도 들리지 않으세요? 아무런 발소리도? 저건 우리 순찰입니다. 자, 벌써 2시 7분이네요. 푹 주무십시오, 선생님."

리프카 씨는 경찰 지구대장을 문까지 안내했다. 길 한가운데는 아직도 끝나지 않은 이해할 수 없는 발자국들이 남아 있었다. 건너편 보도에서 순찰 경찰이 다가오고 있었다.

"밈라." 경찰 지구대장이 그를 불렀다. "뭐 새로운 것 있는가?"

순찰 경찰 밈라가 지구대장에게 경례를 했다. "전혀 없습니다. 대장님." 그가 보고했다. "저기 17번지 집 바깥에서 고양이가 울고 있어서 초인종을 눌러 고양이를 들어가게 했습니다. 9번지 집은 대문을 잠그지 않았습니다. 저기 길모퉁이에선 공사를 하고 있는

데 붉은 경고등을 세워 놓지 않았습니다. 그리고 마르시크 식료품 가게의 간판 한쪽이 느슨합니다. 사람 머리에 떨어지지 않게 내일 아침 치워야 할 겁니다."

"그게 전부인가?"

"이게 전부입니다." 밈라 순찰은 말했다. "아무도 발을 다치지 않도록 아침에 보도에 모래를 뿌려야 합니다. 집집마다 6시에 벨을 울려야겠습니다."

"그러는 게 좋겠군." 바르토셰크 지구대장은 말했다. "안녕히 주무세요!"

리프카 씨는 알 수 없는 곳으로 향한 발자국들을 다시 한 번 바라보았다. 그러나 마지막 발자국이 있는 곳에 이제는 순찰 경찰 밈라의 단단한 부츠 발자국들이 있었다. 거기서부터는 그의 커다란 발자국들이 분명하고 규칙적으로 계속 쭉 나 있었다.

"다행이군." 리프카 씨는 한숨을 내쉬고 잠을 자러 갔다.

영수증

찔듯이 더운 8월의 어느 날 저녁 스트르젤레츠키 섬에는 인파로 가득했다. 그래서 민카와 페파는 무성하고 슬픈 콧수염을 한 신사의 테이블에 합석해야 했다. "괜찮겠습니까?" 페파가 말하자 신사는 고개만 끄덕였다. (저 성가신 늙은이와 같은 테이블에 앉아야 하다니! 민카는 속으로 말했다.) 그때 먼저 민카는, 페파가 그녀를 위해 의자를 손수건으로 닦아 주자, 공작 부인다운 제스처를 취하며 의자에 앉았다. 그다음 더 이상의 야단법석 없이 그녀는, 이런 더위 속에서, 하느님 맙소사, 조금이라도 햇볕에 타지 않도록 재빨리 콤팩트를 꺼내 코를 문질렀다. 그녀가 콤팩트를 꺼내는 순간, 그녀의 핸드백에서 구겨진 종이 한 장이 떨어졌다. 바로 그때 콧수염의 신사가 몸을 구부려 그 종이쪽지를 집어 들었다. "아가씨, 잘 보관하셔야지요." 그는 침울하게 말했다.

민카는 얼굴이 붉어졌다. 왜냐하면 무엇보다도 먼저 남모르는 신사가 그녀에게 말을 걸어왔고, 두 번째로 자신의 얼굴이 붉어진 것에 불쾌감을 느꼈기 때문이다. "감사합니다." 그녀는 말하고 곧 페파에게 몸을 돌렸다. "너도 알겠지만, 그건 가게에서 스타킹을 사고 받은 영수증이야."

"그렇습니다." 멜랑콜리한 사나이가 말했다. "아가씨, 그것이 언제 필요할지 모르지요."

페파는 어떻게든 중재에 나서는 것이 기사다운 책무라고 생각했다.

"왜 그따위 바보 같은 종이를 보관해야 합니까?" 그는 사나이를 쳐다보지도 않고 말했다. "누구나 주머니에 그런 것을 가득 담고 있지요."

"상관없습니다." 콧수염의 사나이가 말했다. "그건 나도 모르지만 언젠가 더 가치가 있을 것입니다."

민카의 얼굴에는 긴장된 모습이 역력했다. (성가신 늙은이가 우리 대화에 끼어들겠구나. 하느님 맙소사, 왜 우리는 다른 곳에 앉지 못했을까!) 페파는 얘기를 끝내고 싶었다. "어떤 가치 말입니까?" 그는 냉담하게 말하며 눈살을 찌푸렸다. (그것은 그에게 딱 어울렸다. 그리고 민카는 위로가 됐다.)

"어떤 단서처럼……." 성가신 늙은이가 중얼거리더니 공식적인 자기소개 대신 덧붙였다. "나는 경찰서에서 온 소우체크입니다. 아시겠지만, 지금 바로 우리는 그런 사건을 다루었습니다." 그는 말하고 손을 내저었다. "사람들은 자기가 주머니 속에 무엇을 지니고 있는지도 모릅니다."

"어떤 사건이었습니까?" 페파는 잠자코 있을 수가 없었다. (민카는 옆 테이블에 있는 젊은이의 시선을 포착했다. 페파, 잠깐 기다려. 난 네가 다른 사람과 이야기하면 화낼 거야!)

"하지만 로스틸리 근처에서 발견된 여자 사건입니다." 콧수염의 신사는 말하고 나서 침묵 속에 빠져들었다.

민카가 갑자기 흥미를 보였다. 왜냐하면 여자 이야기가 나왔기 때문이다.

"어떤 여자 말입니까?" 그녀는 불쑥 말했다.

"거기서 발견한 여자요." 경찰서에서 온 소우체크 씨가 피하듯이 얼버무렸다. 그리고 조금 당황한 듯 주머니에서 담배를 찾았다. 그 순간 뭔가 예상치 못한 일이 벌어졌다. 페파가 급히 손을 주머니에 넣어 라이터를 꺼내 그 사람에게 불을 건넸던 것이다.

"감사합니다." 소우체크 씨는 분명히 감동을 받은 듯 경의를 표하며 말했다. "아시다시피 수확하던 농부들이 로스틸리와 크르치 사이에서 여인의 시체를 발견했습니다." 그는 감사와 호의를 보여주면서 설명했다.

"나는 그 일에 대해서는 전혀 모르고 있었는데요." 민카는 두 눈을 크게 뜨며 말했다. "페파, 우리가 그때 크르치에 갔던 것 기억해? 그 여자한테 무슨 일이 일어났습니까?"

"목이 졸렸습니다." 소우체크 씨는 메마르게 말했다. "아직도 그녀의 목엔 줄이 있습니다. 숙녀 앞에서 자세히 설명하지는 않겠습니다. 아시다시피 때는 7월에. 거의 두 달이나 누워 있었습니다." 소우체크 씨가 역겹다는 듯 담배 연기를 내뿜었다. "사람이 그렇게 넘어져 있으면 어떻게 보이는지 상상할 수 없을 겁니다. 심지어

친어머니조차 시체가 누군지 알아보지 못했습니다. 그리고 그 파리들……." 소우체크 씨는 멜랑콜리하게 머리를 내저었다. "아가씨, 사람의 피부가 썩어 사라지면, 아름다움이란 것은 아멘입니다. 하지만 그러고 나서 그것이 누군지 알아맞히기란 결코 쉬운 일이 아닙니다. 아시겠지요? 적어도 코나 눈이 있다면 알아볼 수 있지만, 그러나 햇볕에 두 달 이상 누워 있었다면……."

"하지만 그 시체에는 뭔가 이름자 하나라도 새겨진 것이 있었을 텐데요." 페파가 전문가처럼 말했다.

"이름자 하나라니요." 소우체크 씨는 중얼거렸다. "젊은 양반, 독신녀들은 대개 인식표를 가지고 다니지 않아요. 왜냐하면 그들은, 왜 그런 것을, 그런 것이 없어서 곧 결혼할 거야라고 말한답니다. 그 여자는 신원을 알 만한 아무런 인식표도 없었어요, 대체 왜!"

"그 여자는 몇 살이었습니까?" 민카가 호의적인 관심을 보였다.

"25세 정도라고 의사가 말했습니다. 아시다시피, 이빨과 그와 비슷한 것에 의해서. 옷을 보면 노동자 아니면 하녀일 거예요, 아마 하녀가 맞을 거예요. 왜냐하면 그녀의 옷은 시골 스타일이었으니까요. 그리고 만일 그녀가 노동자였다면 벌써 그녀를 추적했을 것입니다. 왜냐하면 노동자들은 대개 한 장소나 한 구역에 머물거든요. 그러나 하녀의 경우, 직장을 옮기면 아무도 그녀의 행방을 몰라요. 아무도 그녀에게 관심을 가지지 않지요. 하녀들이란 것은 그처럼 이상한 직업입니다, 그렇지요. 그래서 우리들은 두 달 동안 아무도 그녀를 찾아 나서지 않으면 그녀는 하녀라고 결론짓지요. 하지만 중요한 것은 영수증이었어요."

"어떤 영수증?" 페파가 활기차게 물었다. 왜냐하면 그는 자신에게 영웅적인 탐정이라든가, 캐나다 사냥꾼이라든가, 바다의 선장이나, 뭐 그와 비슷한 소질이 있다고 느꼈기 때문이다. 그의 얼굴에는 그런 사건에 어울리는 집중되고 활기찬 표현이 역력했다.

"그건 바로 이렇습니다." 소우체크 씨는 생각에 잠긴 듯 땅을 바라보며 말했다. "그녀에게서는 아무것도 발견되지 않았습니다. 그녀를 죽인 자가 조금이라도 가치 있는 것은 모두 가져갔습니다. 오직 왼쪽 손에 핸드백 가죽끈이 남아 있었을 뿐입니다. 그리고 끈 없는 핸드백이 조금 떨어진 호밀밭에서 발견되었습니다. 그는 그 핸드백도 낚아채려고 했을 겁니다. 그러나 끈이 떨어져 나가자 아무런 가치가 없어서 호밀밭에 버렸던 것입니다. 하지만 그는 그전에 거기에 있던 모든 것을 가져가 버렸지요, 아시겠어요? 그래서 그 핸드백 안에는 오직 작은 폴더에 접혀진 7호선 전차표 하나와 50코루나 하는 도자기를 파는 가게의 영수증 하나만 남아 있었습니다."

"하지만 그 목의 줄은요." 페파가 말했다. "그것으로 수사를 더 진행시켰을 텐데요!"

소우체크 씨는 고개를 저었다. "그건 하나의 천 조각에 지나지 않아요. 그것은 아무 소용 없어요. 우리는 전차표 한 장과 영수증 하나 외에는 아무것도 없어요. 물론 우리는 신문사에 정보를 주었지요. 25세 정도 되어 보이고 회색 스커트에 줄무늬 블라우스를 입은 여자의 시체가 발견되었는데, 만일 하녀가 두 달 정도 행방불명이면 경찰에 신고하도록. 우리는 백 건이 넘는 신고를 접수했습니다. 아시다시피 5월은 하녀들이 자리를 바꾸는 계절입니다. 왜 그런지 아무도 이유는 모릅니다. 하지만 모두 헛된 정보들이었습니다. 그러나 그 모든 신고를 확인하는 것만도 큰일이었습니다." 소우체크 씨는 멜랑콜리하게 말했다. "데이비체에서 일하던 그런 얼간이 여자가 브르쇼비체나 코시르제에 나타난 것을 찾으려면 한 사람이 하루 종일 뛰어다녀야 할 거리입니다. 그리고 결국 그 모든 것은 허탕입니다. 즉 바보같이 킬킬대며 웃는 그녀는 살아 있었고 또 사람을 비웃었습니다. 지금 악단이 멋진 음악을 연주하고 있네요." 그는 즐거운 듯 바그너의 「지옥의 묵시록」 박자에 맞춰 머리를 흔들며 말했다. 섬에서 연주하는 악단은 그 곡에 온 힘을 쏟아붓고 있었다. "매우 슬픈 곡이지요, 그렇지 않아요? 나는 슬픈 음악을 좋아한답니다. 그래서 나는 모든 중요한 장례식에는 참석하고, 거기서 소매치기를 잡곤 하지요."

"하지만 살인자도 뭔가 단서를 남겼겠지요." 페파가 유도 신문을 했다.

"저기 저 멋쟁이 보이시죠?" 소우체크 씨가 관심을 드러내며 말했다.

"저자는 교회 헌금함을 노리지요. 저자가 여기서 무슨 짓을 할지 지켜볼 겁니다. 아니, 그 살인자는 아무런 단서도 남기지 않았습니다. 내 말 좀 들어 보세요. 만일 살해된 아가씨를 발견한다면 그것은 그녀의 애인이 한 짓임을 확신할 수 있습니다. 보통 사건은 그렇습니다." 생각에 잠긴 듯 그가 말했다. "아가씨, 너무 상심하지 마세요. 우리는 누가 그녀를 해쳤는지 알아낼 겁니다. 하지만 먼저 그 여자가 누군지 밝혀내야 합니다. 그것이 아주 어려운 문제입니다. 그렇지 않아요?"

"하지만 거기에 대해서는……." 페파는 불확실하게 말했다. "경찰이 나름대로 방법을 가지고 있겠지요."

"예, 바로 그렇습니다." 소우체크 씨는 처량하게 동의했다. "예를 들면 렌즈콩 자루에서 보리알 하나를 찾는 것과 같은 방법을요. 그건 엄청난 인내를 필요로 하지요, 젊은이. 알다시피 나는 그러한 현미경들과 그러한 사건들이 있는 탐정 소설을 좋아합니다. 그러나 그 가여운 처녀에 대해 현미경으로 무엇을 들여다볼 수 있겠습니까? 만일 당신이 자신의 유충들을 산책시키는 뚱뚱한 벌레 가족의 행복을 가까이 보시고 싶다면 몰라도. 실례지만, 아가씨, 나는 방법이 무엇인지에 대해 들으면 언제나 기분이 언짢습니다. 아시다시피 그것은 소설을 읽으며 어떻게 결말이 날지를 미리 예측하는 것과는 다릅니다. 그것은 오히려 소설을 주고, 자, 소우체크 씨, 당신은 한 단어 한 단어씩 읽어야 하고, 매번 그 단어를 발견하면 그 페이지를 기록하세요, 라고 말하는 것과 같습니다.

즉 그 일이란 게 바로 그런 겁니다, 이해하시겠어요? 어떤 방법이나 재주도 도와주지 않아요. 반드시 읽고 또 읽어서, 그 책엔 '적어도 한다면'이라는 단어가 하나도 없다는 것을 마침내 발견하는 것입니다. 또는 결국 탐정처럼 그들 중 아무도 살해되지 않았다는 것을 알아낼 때까지 프라하 전체를 뛰어다니면서 수백 명의 안둘라나 마르슈카의 거처를 확인해야 합니다. 그에 대해서는 뭔가 엄청나게 써야겠지요." 그는 불만족스럽다는 듯이 말했다. "시바 여

왕의 도둑맞은 진주 목걸이에 대해서는 아닙니다. 왜냐하면, 젊은 친구, 그것은 적어도 분명한 일이기 때문이지요."

"그럼 당신은 이 일을 어떻게 착수했습니까?" 페파는 그가 다른 식으로 착수했다는 것을 확신하고 물었다.

"우리가 착수한 방법은……." 소우체크 씨는 생각에 잠긴 듯 말했다. "우리는 어쨌든 시작해야 했습니다. 그렇지요. 우리는 맨 먼저 7호선 전차표를 가지게 됐지요. 자, 생각 좀 해 봅시다. 그 아가씨가, 만일 그녀가 하녀였다면, 그 전차 선로 가까운 어딘가에서 일했겠지요. 그러나 꼭 그것이 맞는다고는 할 수 없지요, 그녀가 우연히 그 선로를 탔을 수도 있으니까요. 하지만 우리가 일을 시작하려면 먼저 뭔가를 접수해야지요, 그렇지 않아요? 하지만 그 7호선 전차는 프라하를 관통하지요, 말라스트라나를 지나 브르제브노프 그리고 지슈코프의 신시가지까지. 그래서 또다시 이것은 아무것도 아니고, 이것으로는 아무것도 할 수 없어요. 그다음 영수증이 있습니다. 그것으로 적어도 그 아가씨가 한 도자기 상점에서 50코루나 가치가 있는 물건을 샀다는 것을 알 수 있습니다. 그래서 우리는 그 상점으로 갔습니다."

"거기서 그녀를 기억하고 있었겠네요." 민카가 불쑥 말했다.

"틀렸습니다. 아가씨." 소우체크 씨는 중얼거렸다. "그녀를 전혀 기억 못했습니다. 하지만 메이즐리크, 즉 우리의 경찰 지구대장님은 직접 그곳에 가서 50코루나로 어떤 물건을 살 수 있는지 물었습니다. 몇 가지를 고르느냐에 달렸지만 여러 가지라고 그들은 말했습니다. 하지만 50코루나로 딱 하나만 산다면 멋진 1인용 영국

제 찻잔이었습니다. 그럼 내게 하나 파십시오, 하지만 좀 할인해서, 라고 우리의 지구대장님은 말했지요.

그러고 나서 지구대장님은 나를 불러 말했지요. 이봐, 소우체크, 자네에게 할 일이 생겼어. 그 아가씨가 하녀라고 가정하자고. 하녀는 매번 뭔가를 깨뜨리지. 그리고 세 번이나 깨뜨리면 주인마님이 그녀에게 말하겠지. 이 얼간아, 이젠 네 돈으로 사 와라. 그래서 그 아가씨는 자신이 깨뜨린 것과 똑같은 것 하나만 사러 가지. 50코루나로 살 수 있는 것은 바로 그 찻잔 하나야. 그것 지독히 비싸네요. 나는 그에게 말하고 이에 대해 그는 말합니다. 이봐, 바로 그거야. 무엇보다도 먼저 그것은 왜 그 아가씨가 그 영수증을 보관하고 있는가를 말해 주고 있어. 그녀에게 그것은 엄청나게 큰 돈이었어. 그래서 아마 그녀는 언젠가 주인마님이 그녀에게 그것을 보상해 줄 거라고 생각했겠지. 두 번째로 이것 봐, 이 찻잔은 1인용이야. 즉 이 아가씨는 한 사람에게 봉사했거나 아니면 그녀의 주인마님 집에는 손님 한 사람만 있었을 거고, 그녀가 이 찻잔에 아침을 날라다 먹었을 거야. 아마 그 한 사람은 여성이었을 거야. 왜냐하면 남자 혼자서는 그런 비싼 찻잔을 살 턱이 없으니까, 그렇지 않을까? 남자들은 대개 어떤 잔으로 마시는지를 신경 쓰지 않으니까.

무엇보다도 그녀는 아마 혼자 사는 아가씨일 겁니다. 왜냐하면 하숙을 치는 그런 독신녀는 언제나 매우 멋진 것을 가지고 있고 그래서 그런 아주 비싼 물건을 사곤 하지요."

"맞는 말이에요." 민카가 소리쳤다. "페파, 알다시피 나도 그런 아름다운 꽃병을 가지고 있거든!"

"그럴 테지요." 소우체크 씨는 말했다. "하지만 그 영수증은 아직 보관하고 있지 않겠지요. 그리고 지구대장님은 내게 이렇게 말했어요. '자, 소우체크, 좀 더 상상해 볼까, 그건 제기랄, 확실치 않아. 하지만 우리는 어디서든 시작을 해야지. 이것 보게나, 찻잔에 50코루나를 쓰는 사람이라면 지슈코프에는 살지 않을 거네. (알겠지만, 메이즐리크는 또다시 7호선 전차 노선을, 즉 그 전차표를 염두에 두었을 거요.) 프라하 중심가에는 세입자들이 많지 않고, 말라스트라나에 사는 사람들은 주로 커피를 마시지. 나는 무엇보다도 7호선 전차가 다니는 흐라트차니와 데이비체 사이의 구역을 생각해 봤지, 사실 말하자면. 그는 이야기합니다. 영국 찻잔에 차를 마시는 아가씨는 정원이 딸린 작은 집 말고는 다른 데서 살 수가 없지, 자네도 알다시피, 소우체크, 그건 벌써 그런 현대적인 영국 문화지. 알다시피 우리의 메이즐리크 지구대장님은 가끔 그런 터무니없는 생각을 하곤 하지요. 자네도 알다시피, 소우체크. 그는 말합니다. 이 찻잔을 들고 그 구역을 돌아다니면서, 그런 좀 더 여유 있는 처녀가 세 들어 사는 곳이 어딘지 물어보게. 만일 누군가가 바로 그런 찻잔을 가지고 있다면, 그 하숙집 주인에게 그녀가 5월에 떠났는지 물어보게나. 이것은 망할 아주 작은 실마리이지만, 시도는 해 볼 수 있지. 자, 이보시게, 가 보게나, 이제 이것은 자네의 일이네.

아시다시피, 나는 그런 점치기를 좋아하지 않아요. 좌우간 직설적인 탐정은 점성가나 천리안이 아니오. 탐정은 그렇게 많이 심사

숙고해서는 안 됩니다. 물론 그는 때때로 우연히 정곡을 찌를 때가 있어요. 그러나 우연은 정직한 일이 아니지요. 그 전차표와 찻잔 영수증, 그것들은 내가 뭔가를 알아낼 수 있는 무엇입니다. 그러나 나머지 것들은 오직…… 상상일 뿐이지요." 소우체크 씨는 약간 그처럼 유식한 단어를 사용하는 것을 부끄러워하면서 말했다. "그래서 나는 내 방식대로 시작했습니다. 나는 그 구역의 집집마다 돌아다니며 그런 찻잔을 가지고 있지 않은지 물어보았습니다. 상상 좀 해 보십시오, 내가 돌아다닌 37번째 집에서 하녀가 이렇게 말하더군요. '에이에이, 우리 집에 머무는 아가씨가 바로 그런 찻잔을 가지고 있었어요!' 그래서 나는 그 주인마님에게 나를 소개했지요. 그 주인마님은 장군의 미망인으로 아가씨들한테 집을 세놓고 있었습니다. 그중 한 아가씨가 야코우프코바라고 하는데, 영어 교사였고 바로 그런 찻잔을 가지고 있었습니다.

사모님. 나는 말했지요. 5월 어느 날 혹 그녀가 떠나지 않았습니까? ─ 떠났습니다. 그 부인은 말했습니다. 우리는 그녀에게 마르슈카라고 말해 주었습니다. 그러나 풀네임은 모릅니다 ─ 그가 언젠가 혹 그 찻잔을 깨뜨리지 않았습니까? ─ 깨뜨렸습니다. 부인은 말했습니다. 그녀는 그것을 자기 돈으로 사야 했습니다. 하지만 맙소사, 그것을 어떻게 알고 있습니까? ─ 아시다시피 사모님. 나는 말했지요. 우리는 모든 것을 알고 있습니다.

자, 이제 일은 쉽게 진행되었습니다. 맨 먼저 나는 마르슈카가 친구로 삼았던 한 하녀를 확인했습니다. 아시다시피, 사람들은 적어도 한 명의 친구를 가지고 있지요. 그리고 친구에게 모든 것을 말하지요. 그 하녀를 통해 나는 그가 드르제비체에서 온 마리에 파리지스코바라는 것을 알아냈습니다. 하지만 내가 더 알고 싶은 것은 그녀가 어떤 남자와 외출하는가였습니다. 사람들이 말하기를, 그녀는 프란타라는 남자와 다녔다고 했습니다. 그녀의 여자 친구는 프란타가 어떤 사람인지 몰랐으나 그 둘과 함께 에덴이라는 클럽에 간 것을 기억하고 있었습니다. 그 클럽의 한 멋쟁이는 프란타에게 소리쳤습니다. '페르다, 하느님의 가호가 있길!' 그래서 우리 부서의 프리바 씨가 이것을 맡기로 했습니다. 아시다시피 그는 이러한 별명에는 전문가이지요. 프리바는 즉각 말했습니다. 프란타의 별명은 페르다라고. 그자가 바로 코시르제에서 온 크로우틸이고 그의 실제 이름은 파스티르지크입니다. 지구대장님, 제가 그자를 잡으러 가겠습니다. 하지만 우리는 두 사람이 필요합니다. 그래서 그건 나의 업무가 아니지만 함께 갔습니다. 우리는 그자를 그의 애인 집에서 잡았습니다. 이 건달은 총을 쏘려고 했어요. 그래서 마티츠카가 그를 덮쳤지요. 이보세요, 마티츠카가 어떻게 했는지는 아무도 모르지만 열여섯 시간 후에 그는 프란타, 아니 파스티르지크로부터 모든 것을 알아냈습니다. 즉 그가 마리에 파리지스코바가 일하던 곳을 그만두고 떠날 때 그녀를 밭이랑에서 목졸라 죽인 뒤 몇 코루나를 훔쳤고, 그때 그는 그녀와 결혼할 거라고 약속했다는 것을 알아냈습니다. 모든 녀석들이 그런 약속을 하곤 하지요." 그는 침울하게 덧붙였다.

민카는 전율했다. "페파." 그녀는 숨을 몰아쉬었다. "정말 끔찍한 일이야!"

"지금은 괜찮습니다." 경찰서에서 온 소우체크 씨가 근엄하게 말했다. "하지만 아시다시피, 우리가 그 밭에서, 그녀의 시신 옆에서 영수증과 전차표 외에 아무것도 발견하지 못했을 때는 끔찍했습니다. 그런 아무 쓸모 없는 종이 두 장…… 어쨌든 우리는 불쌍한 마르슈카의 복수를 갚아 준 셈이지요. 감히 내가 말하겠는데, 사람은 하나도 버릴 게 없습니다. 이 아무 쓸모 없는 것도 단서가 되고 증거가 될 수 있어요. 이보세요, 사람들은 자기 주머니에 들어 있는 것이 중요한 것일 수도 있다는 것을 모른답니다."

민카는 경직된 채 눈물이 가득한 두 눈으로 바라보았다. 이제 그 여자는 불타는 애정을 가지고 페파에게 몸을 돌리고는 젖은 손으로부터 그동안 내내 만지작거리던 구겨진 영수증을 땅바닥에 몰래 떨어뜨렸다. 페파는 별을 관찰하느라 그것을 눈치채지 못했다. 그러나 경찰서에서 온 소우체크 씨는 그것을 목격하고 슬프게 그리고 이해한다는 듯이 미소를 지었다.

오플라트카의 최후

　새벽 3시, 평상복 차림의 순경 크레이치크는 네클라노바 거리 17번지의 빵집 셔터가 반쯤 열린 것을 발견했다. 그래서 그는 비록 근무 중이 아니었지만 초인종을 누르고 가게 안에 누가 있나 하고 셔터 아래를 들여다보았다. 바로 그 순간 가게 안에서 한 남자가 튀어나오더니, 반걸음쯤 떨어져 있는 크레이치크의 복부에 총을 쏘고 달아났다.

　그 순간 예정대로 예로니모바 거리를 순찰하던 바르토시 순경은 총소리를 듣고 그 방향으로 달려갔다. 네클라노바 거리 모퉁이에서 그는 도망가는 자와 기적적으로 부딪치지 않았으나 "멈춰!"라고 소리치기도 전에 총소리와 함께 바르토시 순경은 치명적인 부상을 입고 쓰러졌다.

　거리는 경찰들의 호루라기 소리로 깨어났다. 무장한 순찰 경찰들이 전 지역에서 달려왔고, 경찰서로부터 세 사람이 점퍼 지퍼를 올리면서 도착했다. 2, 3분 후 경찰 본부에서 오토바이 오는 소리가 들렸고, 총경이 뛰어내렸다. 그 순간 바르토시 순경은 목숨을 잃었고 크레이치크는 배를 움켜쥔 채 죽어 가고 있었다.

아침까지 20여 명이 잡혀 왔다. 무작위로 체포가 이루어졌다. 왜냐하면 아무도 살해범을 보지 못했기 때문이다. 하지만 경찰들은 두 동료가 죽은 데 대하여 어떻게든 복수를 해야 했다. 평소에도 늘 그렇게 해 왔다. 즉 잡혀 온 사람들 중에서 우연히 진짜 범인이 밝혀지는 경우가 있음을 염두에 두기 때문이다. 경찰 본부에서 하루 종일 그리고 밤새도록 쉴 새 없이 조사가 진행되었다.

창백한 얼굴에 녹초가 된 악명 높은 범법자들이 끝없는 심문에 몸서리쳤다. 그러나 그들은 몇몇 순경들이 심문 후 그들을 데려가서 무슨 일을 벌일지에 대한 생각에 더욱 전율했다. 왜냐하면 경찰 전체에 침울하고 무서운 분노가 끓어올랐기 때문이다. 순경 바르토시의 죽음이 전문 경찰들과 전문 범법자들 사이에 존재했던 확고한 친밀 관계를 깨뜨렸던 것이다. 즉 그자가 그냥 총을 쐈다면, 별 상관이 없지만, 그는 복부를 쐈다. 이는 동물한테도 하는 짓이 아니다.

이튿날 아침 벌써 먼 변두리까지 모든 순경들이 오플라트카가 그 짓을 했다는 것을 알게 됐다. 체포된 자들 중 한 명이 발설했던 것이다. 그렇다, 발타가 오플라트카가 네클라노바 거리에서 두 명을 해치웠고 더 많이도 해치울 수 있었는데, 그것은 그에게는 마찬가지다. 왜냐하면 그는 폐병에 걸렸기 때문이라고 말했다. 좋아, 그래 바로 그 오플라트카야.

바로 그날 밤 발타가 체포됐고, 그다음 오플라트카의 애인과 오플라트카 패거리에 속하는 세 명의 젊은이가 잡혔다. 그러나 그들 중 아무도 오플라트카가 어디에 숨어 있는지 말하지 않았다. 얼마나 많은 순경들과 탐정들이 오플라트카를 쫓아갔는지는 다른 문제다. 그 외에도 모든 순경들이 근무가 끝나자 집에서 간신히 한 잔 마시고, 부인에게 뭔가 변명을 하고는, 힘을 내어 직접 오플라트카를 체포하러 갔다. 물론 모두 오플라트카를 알고 있었다. 그 자는 가느다란 목에 푸른색 얼굴을 한, 키 작은 사내였다.

밤 9시에 근무를 끝낸 브르잘 순경은 11시에 평상복으로 급히 갈아입고 부인에게 거리를 잠깐 살펴보러 간다고 말했다. 파라다이스 정원에서 그는 어둠 속에 숨어 있는 한 사나이를 만났다. 근무가 끝나서 무장하지 않은 브르잘 순경은 그를 좀 더 가까이 보러 다가갔다.

그러나 그로부터 세 발자국 거리에 갔을 때 사나이가 주머니를 만지더니 브르잘의 복부를 쏘고 도망치기 시작했다. 순경 브르잘은 배를 움켜잡은 채 그를 잡으러 쫓아갔다. 백 보를 달려간 후에 그는 쓰러졌다. 그러나 벌써 경찰 호루라기 소리가 울려 퍼지고 몇몇 남자들이 도망치는 그림자를 쫓았다. 리에그로비 공원 뒤에서 몇 발의 총성이 들려왔다. 그러고 나서 15분 후 순경들이 매달린 자동차 몇 대가 지슈코프 위쪽으로 달렸다. 네댓 명의 남자들이 탄 순찰차가 그 구역의 건설 현장으로 다가갔다. 1시경에 올샨스키 연못 뒤에서 한 발의 총성이 울렸다. 달려가던 누군가가 바츠코프에서 여자 친구와 헤어져 집으로 가던 젊은이를 향해 쏘았으나 총알이 빗나갔다. 새벽 2시에 순경들과 탐정들의 무리가 지도브스키 벽돌 굽는 가마를 포위하고 한 발 한 발 다가갔다. 차가운 비가 내리기 시작했다. 아침이 다가오자 누군가가 말레시체 뒤에서 자기 자리를 지키고 있는 통행료 징수인에게 총을 쐈고, 징수인은 그를 추적하다가 그것은 자신의 일이 아니라고 현명하게 말했다는 소문이 떠돌았다. 오플라트카가 들판으로 나간 것이 분명했다.

헬멧과 중절모를 쓴 60여 명의 요원이 지도브스키 가마에서 돌아왔다. 그들은 젖어 있었고 무력한 분노로 거의 울 뻔했다. 제기랄, 분노가 극에 달했다! 이 악당이 세 명의 경찰, 바르토시, 크레이치크 그리고 브르잘을 해치웠고 지금 지방 순경들의 손아귀로 곧바로 달려들고 있다! 우리에게 그자를 잡을 권리가 있는데. 제복과 평상복을 입은 경찰들이 말했다. 지금 우리는 그 덜 돼먹은 녀석, 불쌍한 오플라트카를 지방 순경들에게 넘겨야 하다니! 내 말 좀 들어 봐요, 그자가 우리 동료들을 쏴 죽였으니 그건 우리가 맡아야지요, 그렇지 않아요? 우리는 지방 순경들이 이 사건에 개입하기를 원하지 않아요. 그들이 할 일은 그 녀석이 프라하로 돌아가지 못하게 길을 차단하는 것뿐이라오.

하루 종일 차가운 진눈깨비가 내렸다. 해 질 무렵 지방 순경 브라제크는 체르차니로부터 라디오 배터리를 사서 피셀리로 가고 있었다. 그는 무장하지 않았고 휘파람을 불고 있었다. 그렇게 가고 있을 때 그는 자기 앞에 자그마한 사나이가 가고 있는 것을 목격했다. 거기에는 뭐 특별한 게 없었다. 하지만 그 사나이는 망설이는 것처럼 걸음을 멈추었다. 이자가 누굴까, 라고 지방 순경은 속으로 말했다. 순간 그는 불꽃을 보았고, 손으로 옆구리를 잡으며 넘어졌다.

그날 저녁 그 지역 전체 순찰 지구대에 비상이 걸린 것은 당연했다. "내 말 잘 들어, 므라제크." 지방 순찰대장 혼자트코가 죽어가는 지방 순경에게 말했다. "이 일은 걱정하지 말게. 맹세코 우리는 그놈을 잡을 테니까. 그 녀석은 오플라트카야. 그 녀석 소베슬라프로 기어들 것이 틀림없어. 왜냐하면 거기서 태어났거든. 악마나 알겠지, 왜 이 녀석들은 죽을 날이 얼마 안 남으면 고향으로 기어드는지. 자, 바츨라프, 손을 주게나, 내 자네에게 약속하지, 무슨 일이 있더라도 우리가 그놈을 해치우겠다는 것을." 바츨라프 므라제크는 웃으려고 애썼다. 그는 자신의 세 아이를 생각했으나 곧 온 사방에서 지방 순경들이, 아마도 체르니 코스텔레츠에서 토만이…… 보티츠체에서 자바다가 틀림없이 올 것이고…… 사자바에서 역시 로우세크가, 친구들이, 친구들이…… 오는 것을 상상했다. 수많은 지방 순경들이 다 함께 모인다니 얼마나 아름다운 일인가! 바츨라프 므라제크는 생각했다. 그때 므라제크는 마지막으로 미소를 보여 주었고, 바로 그러고 나서 오직 비인간적인 고통만 있을 뿐이었다.

그러나 그날 밤 보티츠체 지방 순찰 경사 자바다는 베네쇼프에서 오는 야간열차를 순찰 중이었다. 누가 알겠는가, 거기에 그 오플라트카가 앉아 있을지, 하느님 맙소사, 그 작자가 열차를 탈 위험을 무릅썼을까? 열차간에서 불빛이 번쩍거렸고, 승객들은 피곤한 동물처럼 의자에 앉아 졸고 있었다. 순찰 경사 자바다는 열차간을 순찰하면서 생각했다. 제기랄, 한 번도 본 적이 없는 놈을 어떻게 알아볼 수 있을까! 순간 그로부터 한 발자국 떨어진 곳에서 모자를 눈까지 푹 눌러쓴 젊은이가 뛰어올랐고 탕 하는 소리가 들렸다. 순찰 경사가 좁은 통로에서 어깨의 총을 내리기도 전에 사나이는 권총을 흔들며 열차에서 뛰어내렸다. 순찰 경사 자바다는 "저놈 잡아라!"라는 소리를 지르고는 열차간 바닥에 얼굴을 박고 넘어졌다.

그사이 젊은이는 열차에서 뛰어내려 화물차를 향해 달려갔다. 거기엔 역무원 흐루샤가 램프를 든 채 가고 있었는데 26호 열차가 떠나면 램프 창고에서 잠깐 누우러 가야지 하고 자신에게 말했다. 그 순간 한 사나이가 그를 향해 달려왔다. 흐루샤 영감은 말 한마디 할 틈도 없이 지나가는 그를 덮쳤다. 그것은 사나이의 직감이었다. 그리고 그는 섬광을 보았고, 그것으로 충분했다. 26호 열차가 떠나기 전에 흐루샤 영감은 이미 램프 창고 널빤지 위에 누워 있었고, 역무원들이 모자를 벗으며 그를 보러 갔다. 몇몇 남자들이 숨을 몰아쉬며 도망가는 그림자를 잡으러 뛰어갔다. 그러나 때는 이미 늦었다. 벌써 그는 선로를 가로질러 들판으로 들어간 것이 분명했다. 하지만 여기서부터, 불빛 반짝이는 정거장으로부터, 놀란 사람들의 무리로부터 사나운 공포가 가을 잠에 빠진 시골 전역에 커다란 원을 그리며 퍼져 나갔다. 사람들은 자신의 별장으로 숨어들었고, 현관 밖으로 거의 발을 내딛지 못했다. 여기저기서 사납게 생긴 이방인을 보았다는 소문이 떠돌았다. 그자는 키가 크고 말라빠졌거나, 아니면 가죽점퍼를 입은 키 작은 남자라고 했다. 집배원은 어떤 사람이 나무 뒤에 숨는 것을 보았다고 했다. 도로에서 어떤 사람이 마차꾼 레베다에게 손짓을 보냈지만 레베다는 말에게 채찍을 가해 달아났다. 실제로 누군가가 피로에 지쳐 흐느끼며 학교에 가던 어린이를 세우고 빵이 든 백을 빼앗아 간 사건이 일어났다. "그것, 이리 줘." 그 남자는 헐떡이며 말하고는 빵을 가지고 도망쳤다. 그때부터 마을은 빗장을 걸어 잠그고 공포 때문에 숨도 제대로 쉬지 못했다. 다만 그들은 창유리에 코를 댄 채 의혹에 찬 눈빛으로 인적 없는 회색의 시골을 바라볼 뿐이었다.

그러나 동시에 또 다른 집중된 행동이 벌어졌다. 온 사방에서 순경들이 하나둘씩 도착하기 시작했다. 어디서 이렇듯 많은 경찰들이 올 수 있는지 누가 알 수 있을까. "하느님 맙소사, 이봐요." 지구 순찰대장 혼자트코가 차슬라프에서 온 순경에게 소리쳤다. "당신, 여기서 뭘 원하세요? 누가 당신을 이리로 보냈습니까? 당신은 불한당 녀석 하나 잡는 일에 체코 전 지역의 순경들이 필요하다고 생각하십니까? 그렇게 생각해요?" 차슬라프에서 온 순경은 헬멧을 벗고, 혼란에 빠져 목 뒷덜미를 긁었다. "아시다시피 대장님." 그가 애원하는 듯한 시선으로 말했다. "자바다는 우리의 동료입니다…… . 만일 제가 여기 없으면 그에게 어떤 것도 해 줄 수 없잖아요, 그렇지 않아요?" "저주받을 놈들 같으니라고." 순찰대장은 노발대발했다. "모두들 나한테 그렇게 말하고 있어요! 벌써 내 명령 없이 50여 명의 순경들이 왔어요. 도대체 내가 여러분들과 무엇을 하란 말인가요?" 혼자트코 대장은 콧수염을 거칠게 잡아당겼다. "좋아요, 그럼 이 십자로에서 숲에 이르는 도로를 맡아요. 베네쇼프에서 온 볼드르지흐에게는 당신이 그를 대체한다고 말하세요." "그건 안 됩니다." 차슬라프에서 온 순경은 신중하게 말했다. "대 장님, 볼드르지흐는 저를 경멸할 겁니다. 그건 알 만해요. 차라리 제가 그 경계선에서부터 두 번째 도로에 이르는 숲을 맡을게요. 거기에 지금 누가 있습니까?" "베셀카에서 온 세메라트입니다." 대 장은 소리쳤다. "잘 들어요, 차슬라프에서 온 당신, 명심하세요. 나 의 책임하에 누군가를 발견하면 당신이 제일 먼저 총을 쏴요. 법 석 떨지 말고. 아시겠어요? 난 더 이상 내 부하들이 총 맞는 것을 놔둘 수 없어요. 자, 전진!"

그 후 역장이 도착했다. "대장님." 그가 말했다. "또 30명이 왔습 니다." "어떤 30명?" 대장이 헐떡거리며 물었다. "물론." 역장은 말 했다. "아시다시피 역무원들입니다. 아시다시피 흐루샤 때문입니 다. 그는 우리 동료였습니다. 그들은 대장님을 위해 자발적으로 나 섰습니다." "그들을 되돌려 보내시오." 대장은 고함을 쳤다. "민간 인들은 필요하지 않아요!" 역장은 불안하게 제자리걸음을 했다. "이것 보십시오, 대장님." 그가 달래듯이 말했다. "그들은 저 멀리 프라하에서 그리고 메지모스트에서 왔습니다. 다 함께 한다는 것 은 좋은 일입니다. 그들은 오플라트카가 그들 동료 한 명을 죽였으 니 다시는 물러서지 않을 것입니다. 그들에겐 그럴 권리가 있습니 다. 자, 그러니 대장님, 여기 그들에게 친절을 베푸셔서 그들을 데 리고 가십시오."

지구대장 혼자트코는 제발 가만있게 해 달라고 신경질적으로 소 리쳤다. 낮 동안 거대한 원은 조금씩 작아졌다. 오후에 가장 가까운 수비대 사령부로부터 혹 군대 병력이 필요한지 묻는 전화가 왔다. "아니요." 지구대장은 무례하게 분노했다. "이건 우리들의 일입니다, 아시겠어요?" 그사이 프라하에서 비밀경찰들이 도착했다. 그들은 순찰대장과 지독하게 말다툼을 했다. 순찰대장은 정거장에서 곧바로 그들을 되돌려 보냈다. "도대체 왜?" 감찰관 홀루브는 노발대발했다. "당신들은 왜 우리들을 보내려고 하세요? 우리 동료는 셋이나 죽었고 당신들 동료는 둘만 죽었습니다. 비겁한 자들 같으니라고! 우리에겐 당신들보다 그 녀석을 잡을 권리가 더 있습니다!" 이 충돌이 무마되자마자 다른 무리, 순경들과 사냥터지기들 사이에서 새로운 충돌이 터졌다. "여기 우리들한테서 물러나세요." 순경들이 분노했다. "이건 토끼몰이가 아니란 말이오!" "비가 많이 내릴 때까지는." 사냥터지기들이 말했다. "우리 숲입니다. 우리는 여기를 다닐 권리가 있어요, 아시겠어요?" "여러분, 제발 이성을 가지십시오." 사자바에서 온 순경 로우세크가 중재에 나섰다. "이건 우리의 일입니다. 아무도 우리를 방해서는 안 됩니다." "그렇게들 말하지만……." 사냥터지기들이 말했다. "그 녀석에게 빵을 빼앗긴 아이는 이곳 후르카 사냥터지기의 어린 딸입니다. 그러니 우리도 가만히 있을 수 없어요, 망나니 같은 이들이라고."

그날 저녁 원 주위는 출입이 금지됐다. 어둠이 찾아오자 모두들 자기들의 오른쪽과 왼쪽에서 한 남자의 거친 숨소리와 질펀한 땅에서 나는 발소리를 들었다. "멈춰." 이 사람에게서 저 사람으로 조용히 하라는 소리가 전달되었다. "움직이지 마!" 주위는 숨을 쉴 수 없을 정도로 지독히 조용해졌다. 간간이 어두운 원 한가운데에 나뭇잎 바스락거리는 소리나 빗방울 떨어지는 소리만 들릴 뿐이었다. 간간이 질퍽거리는 사람의 발소리나 뭔가 금속성 소리, 아마도 벨트나 소총의 소리만 들릴 뿐이었다. 한밤중에 어둠 속에서 누군가가 소리쳤다. "꼼짝 마!" 그러고는 총을 쐈다. 그 순간 이상한 삐드득 소리가 들렸다. 그리고 아마도 30여 발의 총알이 혼란스럽게 날아갔다. 모두들 그 방향으로 달려갔다. 그 순간 누군가가 소리쳤다. "돌아가! 아무도, 한 발짝도 안 돼!"

그렇게 해서 모두들 제자리로 돌아갔다. 원은 다시 출입이 금지되었다. 그제야 모든 사람들이 어둠 속에서 그들 앞에 어리석은 도피를 꾀하려고 한, 피로에 지치고 길 잃은 도망자가 숨어 있다는 것을 알게 되었다. 어떤 다스릴 수 없는 전율이 사람들과 사람들 사이에 일어났다. 때때로 둔중한 물방울 떨어지는 소리가 마치 은밀한 발소리처럼 소동을 일으켰다. 하느님 맙소사, 볼 수만 있었더라면! 하느님 맙소사, 불빛만 있었더라면!

안개 속에 서서히 날이 밝기 시작했다. 모두들 아주 가까이 있는 한 남자의 윤곽을 알아보았다. 사람들의 사슬 한가운데에 빽빽한 덤불과 숲(그것은 토끼 굴이었다)이 어렴풋이 보였다. 그러나 그곳은 아주 조용했다, 지독히도 조용했다. 지구대장 혼자트코는 흥분하여 턱수염을 잡아당겼다. 제기랄, 아직도 계속 기다려야 하나 아니면…….

"제가 가 보겠습니다." 감찰관 홀루브가 으르렁댔다. 대장은 코웃음을 쳤다. "당신이 가 보세요." 그는 가장 가까이 있는 순경에게 몸을 돌리며 말했다. 다섯 명이 덤불숲으로 달려갔다. 나뭇가지 부러지는 소리가 들리더니 갑자기 조용해졌다. "여기 머물러 있어." 지구 순찰대장 혼자트코는 부하들에게 소리치고 시체 쪽으로 천천히 다가갔다. 그리고 조금 뒤에 덤불숲에서 뭔가를, 어떤 웅크린 시체를 끌고 오는 순경의 넓은 등이 나타났다. 시체의 다리는 팔자수염이 달린 사냥터지기가 잡고 있었다. 그들 뒤로 지구 순찰대장 혼자트코가 침울하고 누런 얼굴을 한 채 시체로부터 벗어나고 있었다. "시체를 여기 놓아." 그는 헐떡이며 말하고 이마의 땀을 훔쳤다. 그러고는 주저하는 사람들의 사슬을 바라보며 더욱 크게 인상을 쓰고 고함을 질러 댔다. "뭘 쳐다보고 있는 거요? 해산!"

상당히 놀란 채 한 사람 한 사람이 하잘것없는, 울타리 옆에 웅크린 채 놓인 시체 쪽으로 발길을 옮겼다. 바로 오플라트카였다. 소매 바깥으로 툭 불거져 나온 가느다란 팔, 가느다란 목에 달린 연약하고, 비에 젖은 시퍼런 얼굴 — 하느님 맙소사, 이 얼마나 자그마한 몸뚱이인가, 이 얼마나 불쌍한 오플라트카인가! 이것 보세요, 등에 총을 맞고, 튀어나온 귀에도 작은 상처. 그리고 여기에 또…… 네 발, 다섯 발 모두 일곱 발을 맞았군!

시체에 몸을 기울였던 지구 순찰대장 혼자트코는 의기소침하여 헛기침을 했다. 그러고 나서 그는 불안하고 놀란 듯 두 눈을 치켜 떴다. 여기에 힘찬 순경들이 길게 도열해 있다. 그들은 어깨에 반짝이는 총검을 단 총을 메고 있다. 하느님 맙소사, 탱크처럼 이 얼마나 억센 사람들인가, 퍼레이드를 할 때처럼 질서 정연하게 줄을 서서 아무 소리도 내지 않는구나. 맞은편에는 기골이 장대한 검정

제복을 입은 비밀경찰들이 주머니에는 불거져 나온 권총을 차고 있고, 그다음에는 키가 작지만 고집스러운 푸른 제복을 입은 철도원들, 그다음에는 키가 크고 근육질의 초록색 옷을 입은 사냥터지기들이 고추처럼 붉은 얼굴을 하고 있다. 이건 유명 인사의 장례식 같다고, 놀란 지구 순찰대장은 생각했다. 군중들이 모여 축포라도 쏘아 올리듯이! 지구 순찰대장 혼자트코는 터무니없는 쓰라린 고통 속에 입술을 물어뜯었다. 땅바닥에 놓인 쪼글쪼글하고 뻣뻣한 저 말라깽이, 총알을 맞은 병든 까마귀, 그리고 여기에 수많은 사냥꾼들이라니…… "제기랄." 지구 순찰대장은 이를 갈면서 소리쳤다. "여기 자루 같은 거 없어? 저 시체 좀 덮어!"

2백여 명의 사람들이 온 사방으로 흩어지기 시작했다. 그들은 아무도 서로 말을 건네지 않고 오직 거친 길에 대해 불평을 터뜨리고 흥분된 질문에 격노하며 말했다. 응, 그래, 응, 그자는 끝장났어, 이제 우리에게도 휴식을!

덮어 놓은 시체 옆에서 보초를 서는 순경은 호기심 많은 시골 구경꾼들에게 화를 냈다. "여기서 뭘 원하십니까? 여긴 아무것도 볼 게 없어요! 당신들과는 아무 상관 없다니까요!"

이 지방 경계선 지역에서, 사자바로부터 온 순경 로우세크는 침을 내뱉었다. "비겁한 살인자들 같으니라고, 감히 말하건대, 차라리 안 보는 게 좋았을걸. 빌어먹을, 내가 그 오플라트카를 직접 혼자서 해치웠더라면, 사나이 대 사나이로!"

최후의 심판

여러 개의 체포 영장이 발부되어 순경들과 탐정들 무리의 추적을 당하고 있는 악명 높은 살인자 쿠글레르는 자기를 잡을 수 없을 것이라고 선언했다. 역시 그들은 살아 있는 그를 잡는 데 실패했다. 그가 총으로 쏴 죽인 마지막 아홉 번째는 그를 체포하려 하던 순경이었다. 순경은 결국 죽었지만 쿠글레르도 일곱 발의 총알을 맞았다. 그중 세 발은 매우 치명적이었다. 그런 점에서 표면상 그는 지상의 정의를 피할 수 있었다.

그의 죽음은 그토록 빨리 와서 그는 특별한 고통을 느낄 시간이 없었다. 그의 영혼이 육체를 떠났을 때 그 영혼은 저승, 공간을 초월한 회색의 그리고 끝없이 황량한 저세상의 이상함에 놀랄 수도 있었을 것이다. 하지만 그는 놀라지 않았다. 교도소와 미국에 가 본 사람은 저세상을 그저 새로운 환경으로 여길 것이다. 쿠글레르는 다른 곳에서 한 것처럼 그런 환경에서도 어느 정도 용기를 가지고 헤쳐 나갈 것이다.

드디어 피할 수 없는 최후의 심판이 쿠글레르에게 도래했다. 하늘나라는 영원히 비상사태였기 때문에 그는 특별 재판관 앞에 서게 됐다. 그의 행위들로 볼 때 그가 기대했던 배심원들은 아니었다. 재판정은 지상의 것과 비슷하게 정돈되어 있었다. 다만 무슨 이유에서인지 거기에는 증인들이 선서하는 십자가가 없었다. 재판관은 세 명이었는데 모두 나이가 많았고, 엄격하고 피곤한 얼굴을 한 고문관 역할을 하고 있었다. 형식적인 과정은 다소 지루했다. 쿠글레르 페르디난트는 무직, 언제 태어나고 언제 사망하고……. 이는 쿠글레르가 자기가 언제 죽었는지 알 수 없다는 것을 말해 주었다. 그는 자신의 기억 상실이 재판관의 시선 속에 자신에게 해가 된다는 것을 즉각 깨달았다. 그는 독하게 마음을 먹었다.

"당신은 무슨 죄가 있습니까?" 재판장이 물었다.

"아무 죄도 없습니다." 쿠글레르는 심술궂게 대답했다.

"증인을 데려오세요." 재판장은 한숨을 내쉬었다.

쿠글레르 맞은편에는 황금빛 별들이 수놓인 푸른 셔츠를 입은 매우 장대한 노인이 엄숙하게 앉아 있었다. 그가 도착할 때 모든 재판관들이 일어섰고, 쿠글레르도 일어섰다. 그는 내키지 않았으나 노인의 모습에 매혹되었다. 노인이 앉자 재판관도 다시 앉았다.

"증인." 재판장이 시작했다. "전지전능하신 하느님, 이 최후의 형사 법정이 쿠글레르 페르디난트의 사건에 증인을 서도록 당신을 불렀습니다. 당신은 절대적인 진리이시기 때문에 맹세할 필요는 없습니다. 우리는 당신이 사건을 주관하시고, 불법적인 특질을 가지고 있지 않은 세부 사항들은 피하도록 재판 심리를 유지하기를 청원합니다. 그리고 당신, 쿠글레르, 증인이 말하는 동안 끼어들지 말기 바랍니다. 그는 당신이 불필요하게 부인할지도 모른다는 것을 다 알고 있습니다. 자, 증인님, 증언을 하시죠."

그렇게 말한 뒤 재판장은 탁상에 편안하게 팔꿈치를 기대고 금테 안경을 벗고는 조심스럽게 증인의 또 다른 말씀에 대비했다. 가장 나이 많은 재판관은 잠들기 편한 자세로 누웠다. 기록 담당 천사가 생명의 책을 펼쳤다.

증인인 신은 가볍게 기침을 하고 입을 열었다.

"예, 쿠글레르 페르디난트. 공장 직원의 아들 쿠글레르 페르디난트는 어릴 때부터 타락한 아이였습니다. 자네, 젊은이, 화가 나 있구먼!

그는 엄마를 무척 좋아했습니다. 하지만 그는 그런 감정을 드러내는 것을 부끄러워했습니다. 그는 고집불통에 말을 잘 안 들었습니다. 자네가 공증인 정원의 장미를 훔쳤을 때 아빠가 자네를 두들겨 패려 하자, 자네가 아빠의 손가락을 깨물었던 걸 기억하겠지?"

"그건 세금 징수원의 딸 이르마에게 줄 장미였습니다." 쿠글레르는 상기했다.

"나도 알고 있네." 신이 말했다. "당시 그녀는 일곱 살이었지. 그리고 이후에 그녀에게 무슨 일이 일어났는지 모르는가?"

"모릅니다."

"결혼을 했지, 공장주 아들 오스카르를 남편으로 맞이했지. 그는 그녀를 감염시켰고, 그녀는 낙태 수술 도중 죽었지. 자네, 루다 자루보바를 기억하는가?"

"그에게 무슨 일이 있었습니까?"

"이보게. 그는 해군에 입대했고 봄베이*에서 전사했네. 그와 자네는 마을에서 가장 나쁜 아이들이었지. 쿠글레르 페르디난트는 열 살 때부터 도둑질을 했고, 줄곧 거짓말을 했지. 알코올 중독자이며 거지인 들라볼처럼 나쁜 단체에 드나들곤 했지, 그와는 음식을 나눠 먹기도 했고."

재판관은 그것이 이번 사건에 해당되지 않는다는 듯 손을 내저었다. 그러나 쿠글레르는 스스로 수줍어하면서 질문했다. "그리고 그의 딸은 어떻게 되었습니까?"

"마르슈카?" 신이 말했다. "그 여자는 완전히 타락했네. 그 여자는 열네 살 때 몸을 팔았고, 스무 살에 죽었네. 죽음의 고통 속에서 자네를 기억해 냈네. 자네도 열네 살 때 술에 취해서 가출하곤 했지.

자네 아버지는 괴로움으로 죽었고, 자네 어머니는 지나치게 울어서 눈이 상할 정도였지. 자네는 자네 가문을 모독했어. 그리고 자네의 어린 누이, 자네의 어여쁜 누이 마르티츠카는 신랑을 찾지 못했지. 어떤 신랑이 악한이 있는 집에 와서 그녀를 신부로 맞이하겠는가. 그녀는 아직도 혼자서 가난 속에 살고 있고, 한 푼이라도 벌려고 피로에 지쳐 있고, 게다가 선량한 사람들의 동정에 상처를 입고 있네."

"그럼 그녀는 지금 무엇을 하고 있습니까?"

"그녀는 지금 블체크의 가게에서 어두워질 때까지 짤 실을 사고 있네. 그 가게를 기억하는가? 자네가 여섯 살 때 거기서 무지갯빛

유리구슬을 샀지. 그리고 바로 그날 구슬을 잃어버리고는, 못했지, 그것을 찾지 못했지. 자네 그때 슬픔과 노여움으로 흐느껴 울었던 것을 기억하는가?"

"그건 어디로 굴러갔었지요?" 쿠글레르는 열정적으로 물었다.

"처마 밑 배수관 속으로. 이보게, 그것이 아직도 거기에 있다네, 30여 년 동안. 바로 지금 지상에는 비가 오고, 유리구슬은 졸졸 흐르는 차가운 물속에서 떨고 있네."

쿠글레르는 머리를 수그렸으나 이내 극복했다. 재판장이 안경을 고쳐 쓰며 부드럽게 말했다. "증인, 증인은 사건으로 되돌아가야 합니다. 피고인이 살인을 저질렀습니까?"

신인 증인은 머리를 끄덕였다. "그는 아홉 명을 죽였습니다. 첫 번째는 싸움 도중에. 그 때문에 교도소에서 그는 완전히 타락했 습니다. 두 번째는 배반한 애인이었습니다. 그 때문에 그는 사형 선고를 받았지만 도망쳤습니다. 세 번째는 그가 물건을 강탈한 늙 은이였습니다. 네 번째는 야간 순찰이었습니다."

"그자는 죽었나요?" 쿠글레르가 소리쳤다.

"3일 후에 죽었네." 신은 말했다. "무서운 고통 속에 죽었지. 그리 고 그는 여섯 명의 아이들을 남겼지. 다섯 번째와 여섯 번째는 두 명의 나이 많은 기혼 남자였습니다. 그는 그들을 도끼로 죽였고 오직 16코루나를 발견했습니다. 사실 그들에게는 2천 코루나가 넘 는 돈이 있었습니다."

쿠글레르는 펄쩍 뛰어올랐다. "잠깐, 어디 있었습니까?"

"밀짚 매트리스 안에." 신은 말했다. "그들이 고리대금과 구두쇠

짓으로 모은 돈을 숨겨 놓은 밀짚 매트리스 밑, 천 주머니에. 일곱 번째는 미국에서 죽였습니다. 그는 동포 이민자였고 아이처럼 어찌할 바를 모르는 자였습니다."

"예, 그게 매트리스 밑에 있었다고요." 쿠글레르는 놀라서 속삭였다.

"그렇다네." 증인은 말했다. "여덟 번째는 경찰들이 그를 추적할 때 우연히 그와 마주친 행인이었습니다. 그때 그는 골막염을 앓고 있었고, 통증으로 발광을 했습니다. 이보게 젊은이, 자네는 많은 사람을 죽였어. 마지막은 그가 죽기 직전에 살해한 순경이었습니다."

"왜 그는 살인을 저질렀나요?" 재판장이 물었다.

"다른 사람들처럼." 신은 대답했다. "화가 나서, 돈에 대한 탐욕으로, 신중하게 그리고 우연히, 때때로 쾌감으로 다른 때는 필요에 의해서. 그는 관대했고 가끔 사람들을 도와줬습니다. 그는 여자들에게 친절했고, 동물을 좋아했고, 자신이 한 말을 지켰습니다. 내가 그의 선한 행동들을 언급할까요?"

"감사합니다." 재판장이 말했다. "그건 언급할 필요가 없습니다. 피고는 자신의 방어를 위해서 할 말이 있습니까?"

"없습니다." 쿠글레르는 무관심하게 말했다. 왜냐하면 그에게는 모든 게 마찬가지였다.

"법정은 토의에 들어갈 것입니다." 재판장은 선언했다. 세 명의 고문관이 철수했다. 신과 쿠글레르는 법정 안에 남았다.

"저 사람들은 누굽니까?" 쿠글레르가 떠나가는 사람들을 가리키며 물었다.

"자네와 같은 사람들이네." 신이 말했다. "그들은 세상에 있을 때 재판관들이었고, 지금 여기서도 재판관들이네."

쿠글레르가 손톱을 물어뜯으며 말했다. "저는 생각했습니다. 즉 저는 그것은 걱정하지 않았는데요. 그러나 저는 당신이 판결을 내릴 거라고 기다렸는데요, ……의 자격으로서 ……의 자격으로서."

"신의 자격으로서." 위대한 노인이 말을 끝맺었다. "그러나 알다시피 나는 모든 것을 알고 있기 때문에 판결을 내릴 수 없다네. 이건 그런 게 아니라네. 쿠글레르, 자네는 누가 자네를 고발했는지 모르는가?"

"모릅니다." 쿠글레르는 놀라서 말했다.

"루츠카, 웨이트리스, 그녀가 질투심 때문에 자네를 고발했다네."

"죄송합니다만." 쿠글레르는 용기를 내어 말했다. "하지만 당신은 제가 시카고에서 아무 쓸모 없는 테디를 쏴 죽인 것을 잊어버리셨군요."

"아니, 무슨 소리를 하는가?" 신은 이의를 제기했다. "그는 회복해서 아직까지 살아 있다네. 난 그가 밀고자라는 것을 알고 있네. 그러나 그는, 여보게 젊은이, 그 점을 제외하면 그는 착하고 아이들을 매우 좋아한다네. 그러니 다만 어떤 사람을 전혀 소용없다고 생각해선 안 되네."

"왜 당신은…… 왜 당신께서는, 하느님께서는 스스로 판결을 내리시지 않습니까?" 쿠글레르는 생각에 잠긴 듯 물었다.

"왜냐하면 나는 모든 것을 알고 있기 때문이네. 만일 재판관들도 모든 것을, 완전히 모든 것을 알고 있다면 그들 역시 판결을 내리지 못한다네. 그들이 모든 것을 이해하고 있다면 그것 때문에 가슴 아파할 것이네. 내가 어떻게 자네를 판결하겠는가? 재판관들은 오직 자네의 죄들만 알고 있지만, 나는 자네의 모든 것을 알고 있네. 모든 것을, 쿠굴레르. 그래서 난 판결을 내리지 못한다네."

"그러면 왜 이 사람들은…… 하늘에서도…… 판결을 내립니까?"

"왜냐하면 인간은 인간에게 속해 있기 때문이지. 자네도 알다시피 난 그저 증인일 뿐이네. 그러나 징벌에 대해서는, 자네도 알다시피 사람들이 결정을 내린다네…… 이 하늘에서도. 나를 믿게, 쿠글레르, 아무 문제 없을 거네. 사람들은 인간의 정의 외에는 다른 정의를 내릴 자격이 없다네."

그 순간 심의를 마친 재판관들이 돌아왔고 재판장이 큰 목소리로 최후의 판결을 내렸다. "쿠글레르 페르디난트에게 아홉 번의 반복적인 살인 모살죄, 과실 치사와 강도죄, 불법 가택 침입죄, 불법 무기 소지와 장미꽃 절도죄로 종신형을 언도한다. 징벌은 즉각 시행한다. 실례지만, 다른 사건은. 여기 피고인 마하트 프란티셰크가 출석했습니까?"

농가에서 일어난 범죄

"피고는 일어서시오." 재판장은 말했다. "그러니까 피고는 자신의 장인 프란티셰크 레베다를 살해한 혐의로 고소되었습니다. 심문에서 당신은 그를 죽일 목적으로 도끼를 세 번이나 내리친 것을 인정했습니다. 자, 피고는 죄가 있습니까?"

피로에 지친 사나이는 몸을 떨고 뭔가를 삼켰다. "아닙니다." 그는 겨우 말했다.

"그를 살해했습니까?"

"예."

"그러므로 당신은 죄가 있습니까?"

"아닙니다."

재판장은 천사 같은 인내심을 가지고 있었다. "이것 보세요, 본드라체크." 그는 말했다. "당신이 예전에 그를 독살하려고 시도했던 것은 분명한 사실이오. 당신은 그의 커피에 쥐약을 탄 적이 있지요? 사실입니까?"

"예."

"이것으로 미루어 당신은 벌써 오래전부터 그의 목숨을 노렸습니다. 내 말 이해하겠습니까?"

사나이는 코를 훌쩍거리며 당황한 듯이 어깨를 들먹거렸다. "그것은 바로 토끼풀 때문이었습니다." 그는 딸꾹질을 했다. "그는 토끼풀을 팔려고 했습니다. 나는 그에게 말했습니다. 장인어른, 그 토끼풀을 팔지 마십시오, 제가 토끼들을 살 테니까요."

"잠깐." 재판장이 그의 말을 가로막았다. "그것은 그의 토끼풀이었습니까 아니면 당신의 것이었습니까?"

"그의 것이었습니다." 피고가 중얼거렸다. "왜 그에게 그 토끼풀이 필요하단 말입니까? 그래서 나는 장인어른에게 최소한 여기 자주개자리 풀이 있는 밭이라도 달라고 말했습니다. 그러나 그는, 내가 죽으면 마르슈카가 상속할 것이니 — 그 여자는 제 아내입니다 — 그때 자네가 원하는 대로 하게나, 이 욕심 많은 탐욕자야, 라고 말했습니다."

"그래서 그를 독살하려 했나요?"

"아, 예."

"그가 당신을 모욕했기 때문인가요?"

"아닙니다. 그건 밭 때문입니다. 그는 그 밭을 팔겠다고 말했습니다."

"그렇지만 젊은이." 재판장이 헐떡거리며 말했다. "어쨌든 그건 그의 밭이 아닌가요, 그렇지 않아요? 왜 그가 그것을 팔지 말아야 하나요?"

피고인 본드라체크가 재판장을 비난하듯이 쳐다봤다. "왜냐하면 바로 그 옆에 자투리 감자밭이 있기 때문입니다." 그는 설명했다. "저는 언젠가 그 두 밭을 합치려고 그것을 샀습니다. 그런데 그는, 내가 왜 자네의 그 자투리 밭에 신경을 써야 하는가, 나는 내 밭을 요우달에게 팔겠네, 라고 말했습니다."

"그래서 당신들은 사이좋게 지내지 못했군요." 재판장이 그를 도왔다.

"예, 그렇습니다." 본드라체크는 침울하게 말했다. "그건 염소 때문이었습니다."

"어떤 염소?"

"그가 내 염소젖을 다 짜 갔습니다. 나는 그에게, 장인어른, 그 염소 가만 놔둬요, 아니면 개울가의 초원을 제게 주십시오, 라고 말했습니다. 하지만 그는 그 초원을 다른 사람이 부치도록 했습니다."

"그는 그 돈을 어떻게 했나요?" 배심원들 중 한 사람이 물었다.

"하고 싶은 것을 했겠지요." 피고인이 침울하게 말했다. "그는 그것을 궤짝에 숨겨 두었습니다. 그는, 내가 죽으면 자네가 그것을 가지게, 라고 말했습니다. 하지만 그는 죽을 생각은 전혀 하지 않았습니다. 벌써 일흔인데도 불구하고요."

"그러니까 당신은, 그 언쟁에서 당신의 장인에게 죄가 있다고 말하는 건가요?"

"그렇습니다." 본드라체크는 머뭇거리며 말했다. "그는 아무것도 주고 싶어 하지 않았습니다. 그는, 내가 살아 있는 한 내 맘대로 할 거네, 자 이제 그만, 이라고 말했습니다. 그래서 난 그에게, 장인어른, 만일 장인어른이 소 한 마리를 사신다면 제가 그 밭을 갈겠습니다, 그러니 팔지 마십시오, 라고 말했습니다. 하지만 그는, 내가 죽으면 자네가 소 두 마리를 사든지 말든지 맘대로 하게. 그러나 난 내 밭을 요우달에게 팔겠네, 라고 말했습니다."

"잘 들어 보세요, 본드라체크." 재판장이 단호하게 말했다. "당신은 그 궤짝에 든 돈 때문에 그를 죽이지 않았나요?"

"그것은 소를 사기 위해서였습니다." 본드라체크는 심술궂게 말했다. "우리는 그가 죽으면 소를 살 생각이었습니다. 이런 농사일은 소 없이는 소용이 없습니다, 그렇지 않아요? 제가 어디서 똥거름을 얻겠습니까."

"피고." 검사가 그의 말에 개입했다. "우리는 지금 소를 말하고 있는 게 아니라 사람의 목숨을 말하고 있습니다. 왜 장인을 죽였습니까?"

"그건 밭 때문이었습니다."

"그건 답이 못 되오!"

"그는 그 밭을 팔려고 했습니다……."

"하지만 그가 죽은 후에 그 돈은 결국 당신한테 넘어갈 것이었잖은가!"

"예, 그러나 그는 죽을 생각이 전혀 없었습니다." 본드라체크는 무례하게 말했다.

"존경하는 선생님, 그가 만일 조금 일찍 죽었더라면…… 저는 결코 그에게 나쁜 짓을 하지 않았을 것입니다. 온 동네 사람들이 인정할 것입니다. 저는 그를 친아버지로 모셨습니다. 그렇지 않습니까?" 그는 참석한 사람들에게 고개를 돌리면서 말했다. 방청석 절반을 차지하고 있는 마을 사람들이 긍정한다는 듯 속삭였다.

"그렇습니다." 재판장은 엄숙하게 말했다. "그래서 당신은 그를 독살하려 했군요?"

"독살한다……." 피고가 중얼거렸다. "그러니 그는 그 토끼풀을 팔지 말아야 했습니다. 존경하는 선생님, 모두들 토끼풀은 집에 남아 있어야 한다고 인정할 것입니다. 농장은 그렇게 경영하는 게 아닙니다, 그렇지 않습니까?"

동의한다는 듯 방청석이 웅성거렸다.

"피고는 나를 향해 돌아서십시오." 재판장이 소리쳤다. "아니면 당신의 마을 사람들이 당신을 법정에서 끌고 나가게 하겠소. 살인이 어떻게 일어났는지 진술해 보세요."

"그러니까……." 본드라체크가 머뭇거리다가 입을 열었다. "때는 일요일이었습니다. 나는 그가 요우달과 또다시 이야기를 나누는 것을 봤습니다. 저는 그에게, 장인어른 그 밭을 팔아서는 안 됩니다, 라고 말했습니다. 그러나 그는, 왜 내가 그걸 자네에게 물어봐야 하는가, 이 벽돌공아, 라고 말했습니다. 그래서 저는 속으로, 이때가 가장 좋은 기회, 라고 말하며 나무를 쪼개러 갔습니다."

"그것이 바로 이 도끼입니까?"

"예."

"계속하세요!"

"저녁에 저는 아내에게, 아이들을 데리고 이모에게 가, 라고 말했습니다. 그녀는 즉각 울기 시작했습니다. 저는, 울지 마, 나는 먼저 그와 상의할 것이 있어, 라고 말했습니다. 그러고 나서 그가 창고로 와서 이건 내 도끼니 주게! 라고 말했습니다. 저는 그에게, 당신은 내 염소의 젖을 다 짜 갔습니다, 라고 말했습니다. 그러자 그는 저한테서 그 도끼를 뺏으려 했습니다. 그래서 저는 그를 도끼로 쳤습니다."

"왜?"

"밭 때문이었습니다."

"왜 그를 세 번이나 도끼로 쳤습니까?"

본드라체크는 어깨를 들먹였다. "저어, 그것은, 존경하는 선생님, 이 동네 사람들은 힘든 일에 습관이 되었습니다."

"그러고 나서는?"

"그러고 나서 저는 누우러 갔습니다."

"잠을 잤다고요?"

"아닙니다. 소 한 마리가 얼마쯤 나갈까 계산해 보고, 그리고 그 초원과 길가 자투리 땅을 교환하면 어떨까 하고 생각해 봤습니다. 그러면 그 밭은 하나가 될 겁니다."

"당신은 양심의 가책을 느끼지 못했습니까?"

"느끼지 못했습니다. 그 밭이 하나가 되지 못하는 것이 양심의 가책을 느끼게 했습니다. 그리고 그 소 한 마리를 위해 외양간을 수리해야 합니다. 그것만 해도 몇백 코루나가 필요합니다. 왜냐하면 장인은 마차 한 대도 가지고 있지 않았습니다. 나는 그에게, 아버님, 하느님이 장인어른의 죄를 용서해 줍니다만, 이건 농장을 경영하는 방법이 아닙니다, 그 두 개의 밭은 하나가 되고 싶어 합니다. 당신도 그걸 아실 텐데요, 라고 말했습니다."

"당신은 그 늙은 사람에게 아무런 감정도 가지고 있지 않단 말입니까?" 재판장이 소리쳤다.

"그가 그 땅을 요우달에게 팔고 싶어 한다면……." 피고는 말을 더듬었다.

"당신은 탐욕 때문에 그를 살해했군요!"

"그건 사실이 아닙니다." 본드라체크는 흥분하여 자신을 방어했다. "그것은 밭 때문이었습니다. 만일 그 밭이 하나가 되었다면……."

"당신은 죄가 있다고 생각합니까?"

"아닙니다."

"한 늙은이를 죽인 것이 당신에겐 아무렇지도 않단 말입니까?"

"계속 말했듯이, 그건 밭 때문이었습니다." 본드라체크는 거의 울음을 터뜨리듯이 소리쳤다. "그건 전혀 살인이 아닙니다! 하느님 맙소사, 이건 누구든 이해해야 합니다! 존경하는 선생님, 이건 가족 문제입니다! 가족이 아니었다면 저는 그렇게 하지 않았을 것입니다. 저는 결코 한 번도 도적질을 하지 않았습니다……. 본드라체크에 대해 사람들에게 물어보십시오. ……그리고 그들은 저를 도둑으로, 도둑으로 체포했습니다." 본드라체크는 슬픔에 숨이 막혀 신음 소리를 냈다.

"예, 그렇습니다. 그건 부친을 살해한 죄입니다." 재판장은 슬프게 말했다. "본드라체크, 이 죄의 대가가 사형이라는 걸 알고 있습니까?"

본드라체크는 코를 풀고 훌쩍였다. "그건 밭 때문이었습니다." 그가 체념하듯이 말했다. 그다음에는 재판 심리가 질질 끌었다. 증인들의 증언들…… 변호사들의 변론들…….

그동안 판사는 피고 본드라체크의 죄를 배심원들과 심의했다. 재판장은 생각에 잠긴 듯 넋을 잃고 창밖을 내다봤다.

"전체적으로 봤을 때 이 재판은 부족한 면이 있습니다." 다른 판사가 언급했다. "검찰도 심하게 심문하지 않았고, 피고도 별로 진술을 하지 않았습니다. ……간단히 말해, 이건 단순한 사건입니다. 더 이상 논의할 게 없습니다."

재판장이 콧방귀를 뀌었다. "단순한 사건이라고." 그는 말하면서 손을 내저었다. "이것 보세요, 판사님, 그 사람도 당신이나 나처럼 똑같이 올바르게 느낍니다. 그것은 마치 내가 소를 죽인 백정을 심판해야 하거나, 두더지 굴을 판 두더지를 심판해야 하는 것과 같습니다. 여보세요, 나는 때때로 이것은 전혀 우리의 일이 아니고, 아시겠어요, 정의나 법의 문제가 아닌 것 같아요. 아아." 그는 한숨을 몰아쉬고 법복을 벗었다. "나는 잠시 여기서 쉬어야겠습니다. 아시겠지만, 내 생각인데, 배심원들이 그를 석방할 것입니다. 그를 놓아주는 것은 말도 안 되는 일이지만, 왜냐하면…… 내가 당신한테 말씀드리지만, 나에게도 농부의 핏줄이 흐르고 있답니다. 피고가 그 밭들이 합해져야 한다고 말했을 때, 나도…… 두 뙈기의 밭을 보았습니다. 그리고 만일 제가 그를 심판해야 한다면 이해하시겠어요? 나는 우리가 신의 법으로 판결을 내려야 한다고 느꼈습니다. 우리는 그 두 밭에 대해 판결을 내려야 합니다. 내가 무엇을 해야 하는지 아시겠어요? 나는 차라리 일어서서 내 법복을 벗고 말해야겠지요. 피고 본드라체크, 신의 이름으로, 흘린 피가 하늘에 울부짖고 있으니, 당신은 싸리풀과, 싸리풀의 가시로 그 두 밭을 일굴 것입니다. 그리고 당신은 죽을 때까지 당신의 눈앞에서 그 불모지를 저주할 것입니다⋯⋯. 나는 검사가 이 사건에 대해 뭐라고 말할지 궁금합니다. 판사님, 때때로 신이 심판해야 하는 게 있습니다. 아시겠지만, 그분만이 무섭고 중대한 징벌을 내릴수 있습니다. 신의 이름으로 판결을 내리지, 우리는 그렇게 하지 못합니다. 배심원들이 벌써 결정했습니까?" 혐오를 드러내며 깊은 한숨을 내쉬고 재판장은 법복을 입었다. "자, 시작합시다! 배심원들을 들여보내십시오!"

배우 벤다의 실종

9월 2일, 배우 얀 벤다 씨가 실종됐다. 그때부터 그는 단 한 번의 도약으로 배우로서는 정상에 도달했다고 사람들의 입에 오르내리게 됐다. 사실 이 9월 2일에는 아무 일도 일어나지 않았다. 9시에 벤다의 아파트에 온 파출부는 침대가 흐트러져 있고 모든 게 엉망진창으로 된 것을 보았다. 이것은 벤다의 성격을 말해 주고 있었다. 다만 벤다 씨만 집에 없었다. 하지만 이 또한 그리 특별한 일이 아니어서 그녀는 기계적으로 아파트를 정돈하고 돌아갔다. 모든 것이 괜찮은 듯했다. 그러나 그때부터 배우 벤다의 흔적은 없었다.

마레쇼바 부인(바로 그 파출부)은 그것조차도 의아해하지 않았다. 아시다시피 배우들이란 집시와 같아서 다음번에는 어디서 연기할지, 실컷 마셔 댈지 아무도 모르기 때문이다. 9월 10일, 벤다를 찾는 소동이 일어났다. 그는 「리어 왕」 리허설이 시작될 극장으로 가게 되어 있었다. 세 번째 리허설 때까지도 벤다가 나타나지 않자 불안해진 극단 측에서 벤다의 친구인 닥터 골드베르크에게 전화를 걸어 벤다에게 무슨 일이 일어났는지, 혹 아는 게 있는지 물었다.

닥터 골드베르크는 외과 의사인데 맹장 수술로 돈깨나 긁어모았다. 그것은 유대인의 특성 중 하나이다. 그는 뚱뚱한 몸집에 굵은 금테 안경을 쓰고 있었다. 예술에 심취한 그의 집에는 마룻바닥부터 천장까지 그림으로 가득 차 있었다. 그는 자신에게 우정 어린 거드름을 피우는 배우 벤다를 좋아했다. 벤다는 그가 겸손한 태도로 술값을 내게 하곤 했다. 그것은 사소한 일이 아니었다. 벤다의 슬픈 표정과 닥터 골드베르크(그는 물만 마신다)의 빛나는 얼굴은 그런 요란한 흥청거림과 난폭한 장난에 커다란 효과를 발휘했다. 바로 그러한 것들이 과거의 유명한 영예의 또 다른 면이었다. 그 때문에 극장 관계자들이 닥터 골드베르크에게 전화를 걸어 벤다에게 무슨 일이 일어났는지 물어보기에 이른 것이었다.

그는 전혀 아는 바 없지만 벤다를 찾아보겠노라고 대답했다. 닥터 골드베르크는 자신이 일주일 내내 커져 가는 불안감 속에 모든 살롱과 호텔을 찾아 헤맸다는 사실은 전혀 언급하지 않았다. 그는 벤다에게 뭔가 일어났으리라는 불길한 예감에 사로잡혔다. 지금까지 확실한 것은 닥터 골드베르크가 얀 벤다를 본 마지막 사람이라는 것이다. 8월 말 어느 날, 그는 벤다와 함께 프라하에서 승리에 찬 야간 캠페인을 벌인 적이 있었다. 벤다는 이후 어떤 모임에도 오지 않았다. 그러나 아마도 아픈 것이겠지 하고 골드베르크는 중얼거리기만 했다. 어느 날 저녁 그는 벤다의 아파트에 들렀다. 아마 9월 1일쯤이었을 것이다. 초인종을 눌렀지만 아무도 문을 열지 않았다. 그러나 안에서 인기척이 들려왔다. 닥터 골드베르크는 족히 5분간이나 벨을 울렸다. 이윽고 발소리가 들려왔고 문이 열렸다. 잠옷을 걸친 벤다가 문 앞에 서 있었다. 닥터 골드베르크는 그를 보고 아연실색했다. 유명한 배우가 덥수룩하게 헝클어뜨린 머리를 하고 서 있었다. 마치 야만인 같았다. 족히 일주일은 수염도 깎지 않은 것처럼 수척해 보였고 더러웠다.

"무얼 원하세요?" 그는 퉁명스럽게 말했다.

"맙소사, 도대체 무슨 일이에요?" 닥터는 소리쳤다.

"아무 일도." 벤다는 으르렁댔다. "아무 데도 안 가요, 알겠어요? 날 좀 가만 내버려 둬요!" 그러고는 골드베르크의 코앞에서 문을 닫아 버렸다. 그날 그는 사라져 버렸다.

닥터 골드베르크는 굵은 안경 너머로 침울하게 벤다의 집을 바라보았다. 거기에는 뭔가 혼돈이 있었다. 벤다가 살고 있던 건물의 수위는 9월 2일 새벽 3시경 차 한 대가 집 앞에 멈췄는데 아무도 나오지 않았고 집 안에 신호를 보내기 위해 경적만 울렸다고 알려 줄 뿐이었다. 그때 누군가 집을 나와 문을 꽝 닫는 소리가 들렸고, 그 후 차는 떠나가 버렸다고 했다. 수위는 그 차를 보러 가지 않았기 때문에 그것이 어떤 차인지 몰랐다. 사람들은 대개 새벽 3시에는 일어나지 않는다. 이른 새벽에 경적 소리가 울린 것으로 미루어 봤을 때 그 사람들은 뭔가 서두르고 있었으며 잠시도 시간을 지체할 수 없었던 것으로 생각된다.

마레쇼바는 벤다가 일주일 내내 외출하지 않았고(만일 밤에 나가지 않았다면) 수염을 깎지도 않았으며, 그 모습으로 보아 세수도 하지 않았을 거라고 말했다. 그는 음식을 주문하고 브랜디를 마시며 소파에 큰대자로 드러누워 있곤 했다. 그게 전부였다. 이제 다른 사람들도 벤다의 실종을 걱정하기 시작했다. 닥터 골드베르크가 마레쇼바 부인에게 물었다.

"아주머니." 그는 말했다. "벤다가 집을 나갔을 때 어떤 옷을 입었는지 알고 계세요?"

"아무것도 걸치지 않았어요." 그녀는 말했다. "그게 바로 제가 걱정하는 이유예요. 그는 아무 옷도 입지 않았어요. 저는 그의 모든 옷을 알고 있어요. 그런데 옷들이 전부 아파트 안에 걸려 있어요. 바지 하나도 없어지지 않았어요."

"그럼 내의 차림으로 나갔단 말이에요?" 매우 놀란 듯이 닥터 골드베르크가 물었다.

"그는 내의조차 입지 않았어요." 마레쇼바 부인은 단언했다. "신발도 신지 않았어요. 선생님, 저는 그의 모든 빨래거리를 기록해서 세탁소에 가져가거든요. 세탁해 오면 제가 정돈하지요. 그때 다시 한 번 숫자를 헤아려 봅니다. 그는 셔츠 열여덟 벌을 가지고 있어요. 그런데 빠진 게 하나도 없어요. 손수건 하나 없어지지 않았어요. 없어진 것이라곤 늘 가지고 다니는 손가방 하나뿐이에요. 그는 그의 영혼을 제외하고는 아무것도 걸치지 않았어요."

닥터 골드베르크는 매우 진지해 보였다. "아주머니." 그가 물었다. "9월 2일 아침 그곳에 갔을 때 뭐 특별히 흐트러진 것은 없었나요? 뭔가 뒤집혀졌거나 문이 부서졌다든가 말입니다."

"혼돈이지요." 마레쇼바 부인은 진술했다. "언제나처럼 무질서였어요. 선생님, 벤다 씨는 깔끔한 분이 아니랍니다. 그러나 특별히 어지럽혀진 것은 없었어요. 하지만 몸에 걸레짝 하나 걸치지 않고 어디로 갈 수 있단 말입니까?"

닥터 골드베르크는 그녀처럼 더 이상 벤다의 행방에 대해 알 길이 없어서 크게 걱정하며 경찰에 신고하게 됐다.

"예, 좋습니다." 닥터 골드베르크가 알고 있는 것을 모두 털어놨을 때 경찰관은 말했다. "조사해 보겠습니다. 하지만 당신이 말한 대로 일주일 내내 집 안에 들어박혀서 세수도 하지 않고 면도도 하지 않은 채 소파에 누워 브랜디나 마시다가 옷 하나 걸치지 않고 사라진 것은, 선생님, 어…… 제게는 그자가 좀……."

"돌았지요." 닥터 골드베르크가 소리쳤다.

"예." 경찰관은 말했다. "정신 이상으로 인한 자살이 아닌가 싶군요. 아시다시피 그것은 전혀 놀라운 일이 아닙니다."

"그러면 그의 시체라도 발견되었어야지요." 닥터 골드베르크가 의혹에 찬 듯 말했다. "그가 벌거벗은 몸으로 얼마나 갈 수 있겠습니까? 그리고 왜 손가방을 가지고 갔을까요? 집 앞에 멈춰 서 있던 그 자동차하며…… 경관님, 이건 마치 도망친 것 같지 않아요?"

"그가 혹시 빚을 진 게 아닙니까?" 경찰관이 뭔가 생각해 냈다.

"아니요." 골드베르크는 급히 말했다. 사실 얀 벤다는 빚을 많이 지고 있었지만 크게 신경 쓰지 않았다.

"또는…… 에에 ─ 말하자면 어떤 스캔들이라도…… 불행한 사랑이나 전염병 또는 특별한 고민거리라도?"

"제가 아는 한 아무것도 없어요." 닥터 골드베르크는 머뭇거리며 말했다. 그는 한두 가지 일을 떠올렸으나 입 밖에 내지는 않았다. 그것은 설명할 수 없는 배우 벤다의 실종과는 아무 상관이 없었다. 경찰서에서 집으로 돌아왔지만 아무것도 달라진 게 없었다. 하지만 경찰은 무엇이든 할 것이다. 그는 벤다에 대해 경찰이 무엇을 할 수 있을까 하고 생각에 잠겼으나 할 수 있는 일이 별로 많을 것 같지는 않았다.

1. 벤다는 외국 어딘가에 아내가 있었으나 조금도 신경 쓰지 않았다.

2. 그는 프라하 근교 홀레쇼비체에서 한 소녀를 돌보고 있었다.

3. 그에게는 애인이 있었다. 그녀는 큰 공장을 경영하는 코르벨의 아내 그레타였다.

그레타 부인은 열렬히 무대에 서고 싶어서 코르벨 씨는 아내가 주역을 맡을 영화의 재정을 담당했다. 벤다가 그레타 부인의 애인인 것은 이미 다 알려진 사실이고, 그레타 부인은 공공연히 그를 따라다녔다. 소문이 돌아도 그녀는 전혀 개의치 않았다. 물론 벤다는 이 일에 대해 한 번도 언급하지 않았다. 그는 한 면으로는 고상한 기품을 가지고 있으며, 또 다른 면으로는 냉소적으로 이 사건을 부정했다. 바로 이 점이 골드베르크를 전율시켰다. 아니야. 그는 절망적으로 자기 자신에게 말했다. 아무도 벤다의 사생활을 상세히 아는 사람은 없었다. 여기에 뭔가 비열한 음모가 없다면 나 자신이 목을 매달 거야. 하지만 이제는 경찰이 나서야 할 차례였다.

닥터 골드베르크는 물론 경찰이 무엇을 하는지, 일을 어떻게 진행시키는지 알지 못했다. 그는 무슨 소식이라도 들을까 싶어 안절부절 기다렸다. 그러는 동안 벤다가 실종된 지 한 달이 지나갔고, 사람들은 그에 대해 과거 시제로 말하기 시작했다.

어느 날 저녁 닥터 골드베르크는 나이 많은 배우 레브두슈카를 우연히 만났다. 이런저런 이야기를 나누던 도중에 벤다 이야기가 나왔다. "선생님, 그는 진짜 배우였어요." 늙은 레브두슈카는 말했다. "난 그가 스물다섯 살이었을 때를 기억해요. 벼락이나 맞을 녀석, 그는 오스왈즈* 역을 해냈지요! 젊은 의학도들이 마비 상태가 어떤지 보기 위해 극장에 가곤 했던 걸 기억하시지요? 그러고 나서는 '리어 왕' 역을 해냈어요. 들어 보세요. 저는 그가 어떻게 그런 연기를 했는지 알 수 없어요. 저는 줄곧 그의 손을 바라보았어요. 그는 팔십 노인처럼 피골이 상접하고 말라빠진 가련한 손을 가지고 있었어요. 지금까지 저는 그가 어떻게 그런 손을 가지게 됐는지 알 수가 없어요. 저도 분장을 꽤 하는 편이지만, 선생님, 어느 누구도 벤다 흉내는 내지 못해요. 그는 진정한 배우였어요."

닥터 골드베르크는 동료 배우로부터 얀 벤다의 일화를 들으며 우울해졌다.

"그건 진짜 연기였어요. 선생님." 레브두슈카는 숨을 몰아쉬었다. "그가 의상 책임자를 어떻게 몰아붙였는지! '난 왕 역할을 하지 않을 거야.' 그는 소리쳤어요. '만일 당신이 내 코트에 그런 가짜 레이스를 붙인다면!' 그는 어떤 가짜도 허락하지 않았어요. 오셀로 역을 맡았을 때는 모든 골동품 상점을 뒤져서 결국 르네상스 시대의 팔찌를 찾아냈지요. 오셀로를 연기할 때 그는 그것을 차고 있었어요. 그는 진짜를 차고 할 때 연기를 더 잘하게 된다고 말했어요. 그건 연기라 아니라…… 아마도 육체적 실현이었지요." 올바른 표현을 사용하는지 아닌지도 모른 채 레브두슈카는 머뭇거리며 말했다. "그는 막간이 되면 십장처럼 심술궂었고 사람들은 그 기분을 깨뜨리지 않으려고 탈의실에 숨곤 했어요. 그는 술을 너무 많이 마셔서 신경이 날카로웠지요." 레브두슈카는 생각에 잠긴 듯 말했다. "전 극장으로 들어가야겠어요, 선생님." 그는 작별을 고했다.

"저도 당신과 함께 가겠어요. 저녁 시간을 어떻게 보내야 할지 몰라서요." 닥터 골드베르크가 제의했다. 극장에선 해양 영화가 상영되고 있었으나 닥터 골드베르크의 눈에는 들어오지 않았다. 왜냐하면 얀 벤다에 대한 노배우 레브두슈카의 중얼거림에 귀를 기울였기 때문이었다.

"그는 배우가 아니었어요." 레브두슈카는 말했다. "그는 악마였어요. 그는 한 번의 인생으론 만족하지 않았어요. 그것이 바로 문제였어요. 인생에서 그는 별 볼일 없었지요, 의사 선생님. 그렇지만 무대에서는 진짜 왕이거나 진짜 거지였어요. 선생님, 그는 마치 일생 동안 명령만 한 듯 손을 흔들곤 했지요. 하지만 그의 아버지는 떠돌이 칼 가는 자였어요. 보세요, 여기 한 조난자가 무인도에서 잘 다듬은 손톱을 가지고 있어요. 정말 바보 같지요? 그 조난자가 덥수룩한 수염을 가진 것을 아세요? 만일 벤다가 그자의 역을 맡았다면 진짜 수염을 기르고 손톱은 더럽게 했을 거예요."

"실례합니다." 일어나면서 닥터 골드베르크는 머뭇거렸다. "갑자기 뭔가 생각이 났어요. 감사합니다." 벌써 그는 극장을 나서고 있었다. 벤다는 틀림없이 진짜 수염을 길렀을 거야. 그는 반복했다. 벤다는 진짜 수염을 길렀을 거야! 어째서 내가 이걸 진작 생각해 내지 못했을까! "경찰서로!" 그는 가장 가까이 있는 택시 안으로 들어가면서 소리 질렀다. 그는 야간 근무를 하고 있는 경찰관에게 다가가는 동안, 하느님 맙소사, 9월 2일 또는 그 무렵 이름 없는 방랑자가 죽었다지, 하는 생각이 떠올랐다. 골드베르크는 그 일을 확인해 달라고 소리치며 간청했다! 경찰관이 어딘가로 알아보러 달려갔다. 그 일에 관심을 가졌다기보다는 기나긴 시간이 지루했기 때문인지도 모른다. 그동안 닥터 골드베르크는 흥분 상태에 빠졌다가 이내 공포에 사로잡혔다.

"저, 선생님." 돌아온 당직 경관이 말했다. "9월 2일 아침 한 사냥꾼이 크르지보클라트 숲 속에서 40대가량의 한 이름 없는 방랑자의 시체를 발견했어요. 또 9월 3일 30대가량의 이름 없는 거지가 리토므네르지체즈라베 강가에서 죽은 상태로 약 14일간 물 속에 있다가 발견되었고요. 그리고 9월 10일에는 네메츠키 브로드 근방에서 60대가량의 목매 죽은 자가 발견되었어요……."

"방랑자에게 뭐 특별한 것은 없습니까?" 숨을 헐떡이며 닥터 골드베르크는 물었다.

"살인이지요." 흥분한 의사를 바라보며 당직 경관은 말했다. "지방 파출소의 보고에 따르면, 뭔가 둔탁한 무기에 의해 두개골이 박살 났어요. 부검 결과는 이렇습니다. 알코올 중독자. 사망 원인은 뇌 손상. 여기 사진이 있습니다." 당직 경관은 전문가답게 덧붙였다. "오, 제기랄, 박살을 냈군!"

사진에는 사나이의 몸이 허리까지만 보였다. 이가 들끓는 누더기와 앞섶이 터진 옥양목 셔츠 차림이었다. 이마와 눈이 있는 곳은 무서울 정도로 머리카락이 헝클어져 있었고, 피부인지 뼈인지가 보였다. 오직 덥수룩한 수염이 자란 턱과 반쯤 열린 입만 인간의 모습을 띠고 있었다. 닥터 골드베르크는 몸을 떨었다. 이게 벤다일까?

"그자에 대해 뭔가 특별한 언급이 있습니까?" 그는 간신히 물어볼 용기를 냈다.

당직 경관이 서류철을 살펴보았다. "흠, 신장은 1미터 70, 머리카락은 회색이고 이는 지독히 썩었고……."

닥터 골드베르크는 안도의 숨을 내쉬었다. "이건 그가 아니야. 벤다는 짐승처럼 건강한 치아를 가지고 있어. 이건 그가 아니야. 용서하세요." 기쁨에 젖어 그는 중얼거렸다. "당신을 성가시게 한 것. 하지만 그건 그일 수 없어요. 전혀 불가능한 일이에요."

그는 집으로 돌아오며 안도감에 젖어 중얼거렸다. 어쩌면, 맙소사, 그는 살아 있을지도 모른다. 아마 술집 올림피아나 검은 고양이 집에 앉아 있을지도 모른다…….

그날 밤 닥터 골드베르크는 또다시 프라하의 밤거리를 휘젓고 다녔다. 그는 한때 벤다가 왕 노릇을 하던 모든 술집에서 물을 한 잔씩 마시며 자신의 금테 안경을 통해 구석구석 살폈지만 벤다의 그림자도 찾아볼 수 없었다. 아침 무렵 닥터 골드베르크는 얼굴이 새파랗게 질려 자신이 멍청이라고 중얼거리며 차고로 달려갔다.

그날 아침 그는 어떤 지방 파출소에 가서 한 경찰을 깨웠다. 그는 그 경찰의 맹장 수술을 집도했고, 그 기념으로 경찰에게 알코올에 담긴 맹장을 주었다. 이런 인연으로 골드베르크는 두 시간 안에 시체 발굴 허가를 얻어 냈고, 유명한 지방 의사와 함께 이름 없는 방랑자의 시체가 파헤쳐지는 것을 보았다.

"의사 양반, 감히 말하건대……." 지방 의사가 투덜댔다. "이 시체에 대해 프라하 경찰이 물었는데, 이게 벤다라는 것은 있을 수 없는 일이에요. 왜냐하면 이자는 아주 더러운 거지였거든요."

"그의 몸에 이나 빈대가 있었나요?" 닥터 골드베르크는 흥미 있게 물었다.

"그건 모르겠군요." 역겨워하며 의사가 대답했다. "안됐지만 아무것도 알아볼 수 없을 거예요. 그는 벌써 한 달이나 땅속에 있었고……."

묘지가 파헤쳐졌을 때 닥터 골드베르크는 브랜디를 사러 보냈다. 그렇게 하지 않으면 인부들로 하여금 포대에 싼 채 묘지 바닥에 놓여 있는 시체를 영안실로 가져가도록 설득할 수 없기 때문이다.

"자, 직접 가서 보세요." 지방 의사가 닥터 골드베르크에게 소리치고는 영안실 앞에 남아 독한 잎담배를 피웠다.

잠시 후 닥터 골드베르크는 하얗게 질린 얼굴로 영안실을 나왔다. "이리 와 보세요." 그는 숨을 몰아쉬며 말했다. 그리고 시체가 있는 곳으로 돌아가서 머리를 가리켰다. 닥터 골드베르크는 핀셋으로 입술이었던 부분을 집어 올렸다. 욕지거리가 나올 정도로 썩은 이가 드러났다. 또는 까만 충치가 있는 누런 이의 부스러기가 보였다. "자세히 보세요." 골드베르크가 말했다. 그러고는 핀셋을 잇새에 넣어 그 사이에서 까만 충치 부스러기를 제거했다. 그 밑에서 두 개의 단단한 빛나는 어금니가 드러났다. 닥터 골드베르크는 더 이상 견딜 수 없어 영안실을 나오자마자 두 손으로 머리를 움켜잡았다.

잠시 후 지방 의사에게 돌아왔을 때 그는 창백했고 슬픔에 젖어 있었다. "그 지독한 충치는 그렇다 치고, 의사 양반." 그는 조용히 말했다. "그것은 배우들이 노인이나 거지 역을 할 때 이에 붙이는 까만 혼합물일 뿐이에요. 저 더러운 거지는 배우였어요." 그는 절망적으로 손을 흔들었다. "그는 위대한 배우였지요."

같은 날 닥터 골드베르크는 공장주 코르벨에게 갔다. 코르벨은 키가 크고 덧신 같은 턱과 버팀목 같은 육체를 가진 강한 사람이었다.

"사장님." 닥터 골드베르크는 굵은 테 안경을 통해 뚫어지듯 그를 바라보며 말을 꺼냈다. "저는…… 배우 벤다 문제로 왔습니다."

"아, 그러세요?" 공장주는 말했다. 그리고 머리에 손을 얹으면서 덧붙였다.

"그가 다시 나타났습니까?"

"부분적으로." 닥터 골드베르크는 답하고 말을 이어 갔다. "제 생각인데, 그건 당신의 흥미를 자아낼 거예요……. 당신이 재정을 맡으려 했던 두 영화 때문에 말입니다."

"어떤 영화 말입니까?" 장대한 사나이가 관심 없다는 표정으로 물었다. "저는 아무것도 몰라요."

"그 영화 말입니다." 골드베르크는 고집스레 말했다. "벤다가 거지 역을, 그레타 부인이 여주인공을 맡은 영화. 사실 그건 당신의 아내인 그레타 부인을 위해 제작한 거지요." 닥터는 날카롭게 지적했다.

"그건 당신과 전혀 관계없는 일이에요." 코르벨이 소리쳤다. "벤다가 당신에게 뭔가 이야기했는가 보군요? 그건 시기상조였지요. 그런 계획이 있었던 모양이지요. 벤다가 그 이야기를 당신에게 하던가요?"

"천만에요! 당신이 그에게 그 계획에 관해서는 어느 누구에게도 입 밖에 내지 말라고 명령했지요. 당신이 바로 그런 비밀스러운 일을 만들어 냈어요. 당신은 벤다가 생애의 마지막 시간에 수염과 머리카락을 길러 거지처럼 보이게 한 것을 알고 있지요? 벤다가 세세한 것까지 그렇게 철저한 것을 알고 있지 않습니까?"

"저는 모르는 일입니다." 공장주가 날카롭게 되받았다.

"그 영화는 9월 2일에 촬영하기로 되어 있었지요. 그렇지 않나요? 첫 장면은 크르지보클라트 숲 속에서 새벽녘에 하기로 돼 있었고, 거지가 공터 가장자리에서 깨어나…… 나뭇잎을 흔들고 누더기에서 솔방울을 털어 내지요. 저는 벤다가 그 역할을 어떻게 해냈을지 상상할 수 있어요. 저는 그가 다 낡은 누더기를 몸과 신발에 걸치고 있었다는 것을 알고 있습니다. 그는 그런 것들을 가득 채운 가방을 다락에 보관하고 있었어요. 그래서 그가 실종된 후에도 그의 옷은 하나도 없어지지 않은 거예요. 하느님 맙소사,

아무도 이것을 생각하지 못했어요! 사장님, 그가 소매가 다 떨어진 옷을 걸치고 진짜 거지처럼 허리에 띠를 두르리라는 것을 당신은 예상했지요. 그렇게 철저한 복장을 하는 것이 그의 취미였으니까요."

거대한 사나이가 그늘 쪽으로 몸을 굽혔다. "왜 당신이 이 모든 것을 내게 이야기해 주는지 이해할 수 없군요."

"왜냐하면 9월 2일 새벽 3시경." 닥터 골드베르크는 고집스레 계속 말을 이었다. "당신들은 그를 데리러 왔지요…… 틀림없이 빌린 차로, 그리고 밀폐된 자동차로. 당신 동생이 운전하고요. 왜냐하면 그는 사냥꾼이고 말이 적으니까. 잠시 후 벤다가 왔지요. ……아니 정확히 말하면 더럽고 초라한 거지가 나왔지요. '자, 빨리.' 당신은 그에게 말했어요. '촬영 기사는 벌써 갔어요.' 그리고 당신들은 크르지보클라트 숲으로 차를 몰았지요."

"차 번호를 모르는 모양이군요." 공장주가 비아냥거리며 말했다.

"제가 알고 있었다면 벌써 당신을 체포하게 했을 겁니다." 닥터 골드베르크는 분명히 말했다. "그날 새벽에 당신은 거기 있었습니다. 그곳은 숲 속 공한지였거나 백 년 묵은 참나무들이 있는 숲 속 빈터였지요. 전경이 아름다운 곳이지요. 사장님! 제 생각인데, 당신 동생은 고속 도로에 차를 세워 놓고 엔진을 점검하는 척했겠지요. 당신은 도로에서 4백 걸음쯤 떨어진 곳으로 벤다를 데려갔어요. 그리고 거기서 이렇게 말했지요. '자, 여기가 바로 그곳이네.' '그런데 촬영 기사는 어디 있습니까?' 갑자기 벤다가 물었지요. 그 순간 그를 내리쳤지요."

"무엇으로?" 그늘에서 사나이는 소리쳤다.

"납으로 만든 치명적인 무기로." 닥터 골드베르크가 말했다. "왜냐하면 프랑스제 열쇠는 벤다의 두개골 같은 것에는 너무 가볍기 때문이지요. 그리고 당신은 그의 머리를 박살 내서 누구도 그를 알아보지 못하길 원했지요. 그를 살해한 뒤 차로 돌아왔고요. '준비됐어?' 당신의 동생에게 말하고는 더 이상 한마디도 안 했겠지요. 왜냐하면 사람을 죽인다는 것은 사소한 일이 아니니까요."

"당신, 미쳤군요." 사나이가 중얼거렸다.

"저는 미치지 않았어요. 전 다만 그 일이 어떻게 일어났는지 당신에게 상기시킬 뿐입니다. 당신은 그레타 부인의 스캔들 때문에 벤다가 없어지길 원했어요. 그레타 부인은 그 사건을 공공연히 만들었고……."

"당신은 더러운 유대인이야." 사나이는 고함을 쳤다. "당신이 감히 어떻게 그런……."

"전 당신이 두렵지 않아요." 닥터 골드베르크는 좀 더 엄하게 보이려고 안경을 고쳐 쓰면서 말했다. "사장님, 당신의 재산으로도 절 어떻게 할 수 없어요. 당신이 무엇으로 절 해치겠어요? 당신은 저로 하여금 당신의 맹장을 제거하지 못하게 할 수는 있겠지요. 저는 당신에게 그렇게 하도록 충고하고 싶지 않아요."

사나이가 웃음을 터뜨렸다. "자, 친구, 내 말 좀 들어 봐요." 그는 즐거운 듯 말했다. "당신이 내게 지껄여 대는 것의 10분의 1이라도 확실히 알고 있다면 당신은 내게 오지 않고 경찰한테 갔겠지요. 그렇지 않습니까?"

"그건 사실이에요." 닥터 골드베르크는 심각하게 말했다. "사장님, 내가 만일 10분의 1만이라도 그 일을 증명할 수 있다면 이곳에 오지 않았을 거예요. 내 생각인데, 그것은 결코 증명될 수 없을 거예요. 그래서 제가 왔지요."

"위협하려고?" 사나이가 내뱉듯이 말하고 초인종을 향해 손을 뻗쳤다.

"아니요, 겁주기 위해서지요. 사장님, 당신은 동정심을 갖기에는 너무나 부자예요. 하지만 누군가 그 무서운 사건을 알고 있어요. 당신과 당신 동생이 살인자라는 것을. 배우 벤다, 칼 가는 자의 아들, 그 희극 배우를 죽였어요. 사장님, 당신 둘은 죽을 때까지 마음의 평정을 유지하지 못할 거예요. 신이 살아 있는 한 당신네 둘은 마음의 평정을 갖지 못할 거예요. 사장님, 저는 당신이 교수대에 오르는 걸 보고 싶어요. 그리고 제가 살아 있는 한 당신을 괴롭힐 거예요. ……벤다는 악한 야수였어요. 하지만 사장님, 저는 그가 얼마나 악하고, 자부심 강하고, 건방지고 냉소적인지 누구보다 잘 알고 있어요. 그리고 당신이야 어떻든 그는 예술가였어요. 당신의 그 많은 재산도 그 술 취한 광대의 죽음을 보상할 수는 없습니다. 당신의 그 수백만 코루나로도 그 손의 제왕 같은 동작 ─ 그 거짓, 그러나 놀라울 정도로 위대한 배우를 어떻게 그렇게 한순간에 없애 버릴 수 있었어요? 사장님, 당신은 결코 마음의 평화를 얻지 못할 거예요. 저는 당신이 그 일을 잊도록 놓아두지 않을 거예요! 당신이 죽을 때까지 상기시키겠어요. 배우 벤다를 기억하시겠지요? 사장님, 그는 예술가였어요. 아시겠어요?"

살인 미수

그날 저녁, 시 의원 톰사는 귀에 이어폰을 끼고 라디오에서 흘러 나오는 드보르자크의 댄스 곡을 즐기며 상냥한 미소를 띠고 있었다. 이런 것이 진짜 음악이지. 그는 만족한 듯 속으로 말했다. 그런데 갑자기 창밖에서 두 발의 총소리가 들렸고, 그의 머리 위에서 창유리가 떨어졌다. 그때 톰사 의원은 1층에 앉아 있었다.

그때 그는 우리 모두가 아마도 그런 상황에서 할 수 있는 것들을 수행했다. 맨 먼저 그는 앞으로 무엇이 더 일어날까 하고 잠시 기다렸다. 그다음 이어폰을 빼고는 무엇이 일어났는지를 정확하게 살펴봤다. 그리고 그는 놀라움을 금치 못했다. 왜냐하면 누군가가 창을 통해 그가 앉아 있는 곳으로 두 발을 쏘았고, 맞은편 출입문에는 부서진 나무토막이 있고 그 밑에는 총알이 박혀 있었기 때문이다. 그의 첫 번째 충동은 거리로 달려 나가 맨손으로 그 악당의 옷깃을 잡아채는 것이다. 하지만 사람이 나이 들면 분명히 위엄을 갖게 마련이다. 그래서 그는 첫 번째 충동을 버리고 두 번째 충동을 따르기로 결단을 내렸다.

그리고 톰사 의원은 경찰서로 전화를 걸었다. "여보세요, 이리로 즉각 경찰을 보내 주세요. 저를 죽이려는 살해 미수가 있었습니다."

"거기가 어딥니까?" 졸린 듯하고 무관심한 목소리가 물었다.

"우리 집에서요." 톰사 의원은 갑자기 화를 냈다. 마치 경찰이 그일을 한 것처럼. "이건 스캔들이에요, 아무 이유 없이 집에 앉아 있는 조용한 시민에게 총을 쏘다니! 여보세요, 이 문제는 아주 철저히 수사해야 합니다! 이런 일이 어떻게 일어날 수 있는지……."

"알겠습니다." 졸린 듯한 목소리가 그의 말을 가로챘다. "그곳으로 사람을 보내겠습니다." 의원은 참지 못하고 화를 냈다. 그에게는 누군가가 나타나기 전까지 시간이 영원히 걸릴 것 같았다. 그러나 실제로는 20분 내에 벌써 신중한 경찰 수사관이 관심을 가지고 총 맞은 창문을 살펴보았다.

"누군가가 여기 있는 당신을 향해 쏘았군요." 그는 사무적으로 말했다.

"그건 저도 알고 있어요." 톰사 의원은 소리쳤다. "저는 늘 여기 창가에 앉곤 했습니다!"

"구경 7밀리미터." 문에 박힌 탄알을 칼로 꺼내면서 조사관은 말했다, "이건 구식 군대 권총 같습니다. 이걸 보십시오, 그 녀석은 난간에 서 있었던 게 틀림없어요. 복도에 서 있었으면 총알이 더 높이 박혔을 겁니다. 이는 그자가 당신을 겨냥한 것을 의미합니다."

"그것참, 이상하군요." 톰사 의원은 씁쓸하게 말했다. "나는 단순히 그자가 이 문을 겨냥했다고 생각했는데요."

"누가 그랬지요?" 조사관이 의원의 말을 방해하지 않으면서 물었다.

"죄송하지만……." 의원은 말했다. "저는 당신에게 그의 이름을 알려 줄 수 없군요. 왜냐하면 그 사람을 보지 못했으니까요. 그를 안으로 초대하는 걸 잊어버렸습니다."

"그것참, 난처하군요." 조사관이 조용히 말했다. "누구 의심 가는 사람이라도 있습니까?"

톰사 의원은 더 이상 참지 못했다. "의심이라니요?" 그는 신경질을 냈다. "이것 보세요, 좌우간 난 악당을 보지도 못했습니다. 내가 그자에게 창문 밖으로 키스라도 해 줄 때까지 설마 그자가 친절하게 거기에 서 있었다 해도 너무 어두워서 그를 알아보지 못했을 겁니다. 여보세요, 내가 그자가 누군지 알았다면 난 당신이 여기 오도록 수고를 끼치지 않았을 겁니다. 그렇게 생각하지 않으십니까?"

"아, 예." 조사관은 위로라도 하듯이 대답했다. "그러나 혹 누군가가 당신의 죽음으로 이득을 노리거나 당신에게 복수하고자 한 자를 알고 있으시다면……. 잠깐, 이것 좀 보세요, 이건 단순한 도둑질이 아닙니다. 도둑은 꼭 불가피할 때가 아니면 총질을 하지 않아요. 하지만 아마도 누군가 당신에게 원한을 품고 있겠지요. 의원님, 우리에게 그것을 꼭 알려 줘야 합니다. 그래야 수사를 진행할 수 있습니다."

톰사 의원은 잠시 멈칫했다. 그는 지금까지 그런 관점에서 그 사건을 생각해 본 적이 없었다. "나는 그런 건 생각조차 해 본 적이 없습니다." 공무원과 나이 많은 독신자로서의 조용한 자기 인생을 회고하면서 그는 주저하며 말했다. "도대체 누가 내게 그런 분노를 가지고 있을까?" 그는 의혹에 잠겼다. "내가 아는 한 나는 한 사람의 적도 가진 적이 없습니다! 그것은 조금도 의심할 여지가 없습니다." 그는 머리를 내저으며 덧붙였다. "나는 어느 누구와도 의리를 상한 적이 없어요. 나는 혼자 살고 있고, 아무 데도 가지 않고, 아무것도 간섭하지 않아요……. 도대체 왜 누가 내게 복수를 한단 말입니까?"

조사관은 어깨를 들먹였다. "그건 저도 모릅니다, 의원님. 하지만 내일까지 혹 기억나는 게 있겠지요. 지금 여기 있는 게 두렵진 않으십니까?"

"두렵지 않아요." 톰사 의원이 생각에 잠긴 듯 말했다. 그것참, 이상하다. 그는 혼자 있게 되자 의기소침하여 스스로에게 물었다. 도대체 왜? 그래, 왜 누가 총을 쏘았을까? 나는 늘 거의 혼자 사는 사람인데, 사무실에서 일을 끝내면 곧장 집으로 오고, 정말 나는 어느 누구와도 아무것도 한 일이 없잖아! 그런데 왜 나를 쏘려 했을까? 그는 점증하는 비통 속에서 이런 배은망덕을 생각하자 놀라지 않을 수 없었다. 그는 혼자 사는 것이 처량하게 느껴지기 시작했다. 나 같은 사람은 말처럼 힘들게 일하고 — 그는 자신에게 말했다 — 일거리를 집으로도 가져오고, 전혀 낭비도 하지 않고, 아무도 부양하지 않고, 자기 껍데기 속에 사는 달팽이처럼 살아왔는데, 탕, 누군가가 내게 탕 하고 총을 쏘려 하다니. 하느님, 인간에게는 얼마나 이상한 분노가 도사리고 있습니까. 의원은 낙담하며 내심 놀랐다. 내가 누구에게 무슨 일을 했기에? 왜 누군가 그처럼 무섭게, 바보같이 나를 저주하는 것일까?

아마 무슨 오해가 있을 거야. 그는 한 손으로 방금 벗은 부츠 하나를 들고 침대에 앉아 흥분을 가라앉혔다. 사람을 잘못 본 것은 이해할 만해! 그자는 나를 다른 사람으로 생각했을 거야, 원한을 품었던 사람으로! 그건 사실이야 ─ 그는 안심하며 자신에게 말했다 ─ 도대체 왜, 왜 누가 나를 그토록 저주하겠어?

의원의 손에서 구두 한 짝이 떨어졌다. 응, 그래. 그는 갑자기 조금 당황하면서 뭔가를 기억해 냈다. 그래 내가 바보 같은 일을 한 적이 있었지. 하지만 그건 입에서 그냥 흘러나온 말이었는데. 친구 로우발과 이야기할 때 나도 모르게 그의 부인에 대해 현명하지 못한 언급을 한 적이 있었어.

물론 그 여자가 누구와 어디서 함께 있다는 것을 그에게 속이고 있다는 것은 온 세상이 다 알고 있다. 그도 그것을 알고 있지만, 사람들이 그가 그것을 알고 있다는 것을 알기를 원하지 않는다.

그리고 난, 나는 저능아야, 내가 그것에 대해 바보처럼 수다를 떨다니……. 의원은 로우발이 그것을 숨기려고 그토록 애를 쓰며 자신의 손톱을 손바닥에 찔러 넣던 것을 기억했다. 하느님 맙소사! 그는 공포에 사로잡혀 자신에게 말했다. 그 남자는 그것 때문에 얼마나 상처받았을까! 왜냐하면 그는 미치광이처럼 자기 부인을 좋아했으니까! 그리고 나서 내가 그에게 사과하려고 얼마나 노력했는지는 천하가 다 알고 있지만, 그 사람은 자신의 입술을 어찌나 물어뜯던지! 그 사람이 왜 나를 그렇게 저주해야 하는지는 분명해. 의원은 우울하게 자신에게 말했다. 나는 물론 그가 총을 쏘지 않았다는 걸 알고 있어. 그건 말도 안 돼. 그러나 만일 그가…….. 의원은 놀라지 않을 수 없었다.

톰사 의원은 당황하여 바닥을 내려다보기 시작했다. 아니면 그 재봉사. 그는 그 생각을 하자 마음이 편치 않았다. 나는 15년간 그에게 옷을 꿰매도록 했지. 그가 심한 폐병을 앓고 있다고 사람들은 내게 말했다.

누구나 심하게 기침하는 폐병 환자에게 옷을 맡기는 것을 무서워하는 것은 당연하다. 그래서 그가 옷 깁는 것을 못하게 했다. 어느 날 그는 내게 와서 바느질할 게 하나도 없고, 자기 부인은 병상에 누워 있고, 아이들을 밖으로 내몰아야 할 지경이니 다시 내 신임을 얻을 수 없을까요, 라고 말했다. 하느님 맙소사, 그자의 얼굴이 얼마나 창백하고 얼마나 지독하게 땀을 흘리던지! 콜린스키 씨. 나는 그에게 말했다. 이건 아닙니다, 나는 더 유능한 재봉사가 필요합니다. 나는 그에게 만족할 수 없었다. 저는 최선을 다하고 있습니다, 의원님. 그는 공포에 질리고 당황하면서 땀을 흘리며 말을 더듬었다. 그가 울음을 터뜨리지 않는 것이 이상할 정도였다. 나는…….. 의원님은 상기했다. 나는 물론 그를, 그런 불쌍한 사람들이 잘 알아듣는 "다음에 봅시다" 하는 말로 그를 뿌리쳤다. 그 사람이 나를 저주할 수도 있다. 의원은 공포에 사로잡혔고, 좌우간 누군가 곧바로 목숨이 달렸다고 사정하러 왔다가, 무심히 거절당해야 한다는 것은 얼마나 무서운가! 하지만 내가 그와 뭘 어떻게 해야겠는가? 나는 그가 그런 짓을 할 수 없었다는 것도 알고 있다. 그러나…….

의원은 계속해서 힘들고 답답했다. 또 언젠가 사무실 서기에게 호통쳤던 것도 떠오르면서 고통스러웠다.

나는 서류 하나를 찾을 수 없어서 그 늙은이를 불러 아이에게 하듯 고함을 질렀었다, 그것도 사람들 앞에서! 바보 같으니, 이걸 정리라고 할 수 있단 말인가, 온 사방이 돼지우리 같지 않은가, 당신 해고해야겠어. 그러고 나서 나는 그 서류를 내 서랍에서 찾았다! 그 늙은이는 한마디 말도 없이 온몸을 떨며 두 눈을 깜빡거렸지. 의원은 부끄러움으로 열이 났다. 좌우간 사람들은 부하에게 조금 상처를 주더라도 사과를 잘 안 하는 법이지. 그는 불만족스럽다는 듯이 자신에게 말했다. 그러나 어떻게 부하가 자신의 상관을 그런 식으로 저주한단 말인가! 잠깐, 그 늙은이에게 내 헌 옷을 좀 줘야겠어. 하지만 이 행동 역시 그를 천하게 여긴다고 생각하겠지.

의원은 더 이상 침대에 누워 있을 수가 없었다. 침대보가 그를 숨 막히게 했다. 그는 무릎을 움켜잡고 침대에 앉아서 어둠 속을 바라보았다. 사무실의 젊은 모라베크 사건이 갑자기 떠올라 괴로웠다. 하지만 그는 교육받은 자이고, 시를 쓰고 있지 않은가.

그러나 그가 서류 처리를 제대로 못했을 때 나는 그에게 "이거 모두 다시 정리하게나, 이 젊은 친구"라고 말하면서 서류를 책상 위에 던지려고 했으나, 그것은 그의 발아래 떨어졌다. 그가 몸을 구부려 그것을 잡으려고 했을 때, 그의 얼굴이 온통 붉어졌다. 그의 양 귓불까지 붉게 달아올랐다. 나는 나의 주둥이를 때리고 싶었다. 의원은 중얼거렸다. 나는 그 젊은이를 무척 좋아했는데, 이런 방식으로 그를 모욕하다니, 물론 고의는 아니었겠지만……

또다시 다른 얼굴, 동료 반클의 창백하게 부어오른 얼굴이 의원의 머릿속에 떠올랐다. 불쌍한 반클. 그는 자신에게 말했다. 그는 나 대신 사무실 책임자가 되고 싶어 했는데. 그 자리는 연간 봉급이 몇백 코루나 더 많았다. 그리고 그에게는 자녀가 여섯이나 있다—특히 맏딸에게 성악을 가르쳐 주고 싶어 했으나 그 비용을 감당할 수 없었다. 나는 그보다 더 빨리 승진했다. 왜냐하면 그는 굼뜬 멍청이였고 느림뱅이였다. 말라빠진 그 부인의 성질이 사악하게 된 것은 헤어 나오지 못하는 가난 때문이었다. 그는 점심으로 늘 딱딱한 빵을 먹어야 했다. 의원은 안타까움에 젖었다. 불쌍한 반클, 나를 보면서 그는 또한 낙담했음이 틀림없어, 나는 가족도 없이 그보다 많이 버니까. 하지만 난들 어찌할 도리가 없잖은가? 그 작자가 나를 비난하는 듯 바라볼라치면 나는 늘 마음이 불편함을 느꼈다.

의원이 이마를 문지르자, 고뇌의 땀방울이 배어 나왔다. 그렇다. 그는 자신에게 말했다. 어느 날 웨이터가 몇 코루나로 나를 속였다. 나는 주인을 불렀고, 그는 그 자리에서 웨이터를 해고했다. 그는 그에게 쏘아붙였다. 도둑 같은 놈, 프라하 어디서 일자리를 구하는지 두고 볼 테다! 그 웨이터는 한마디도 하지 않고 떠나가 버렸다…… 그의 재킷 아래로 어깨뼈가 드러났다.

의원은 이제 침대에 머물러 있을 수가 없었다. 그는 라디오 가까이 앉아서 이어폰을 썼다. 그러나 라디오는 멍텅구리였다. 방송이 끝난 고요한 밤 시간이었다. 의원은 손바닥으로 머리를 감싸고 그가 만난 사람들을 떠올렸다. 전혀 알 수도 없었고, 한 번도 염두에 두지도 않았던 그런 이상하고 별로 중요하지 않은 사람들을.

　아침에 그는 경찰서에 들렀다. 그는 조금 창백하고 불안한 모습이었다. "자, 어떻습니까?" 경찰 조사관이 그에게 물었다. "혹 당신을 저주하는 사람을 생각해 봤습니까?"

　의원은 머리를 내저었다. "잘 모르겠습니다." 그는 불확실하게 말했다. "나를 저주할 만한 사람들이 너무 많아서⋯⋯." 그는 어찌할 바를 몰라 하며 손을 내저었다. "이것 보십시오, 한 사람이 얼마나 많은 사람들에게 해를 끼쳤는지 알 수 없습니다. 아시다시피 이제 저는 더 이상 그 창가에 앉아 있지 않을 겁니다. 나는 당신에게 이 문제를 없던 걸로 해 달라고 요청하러 왔습니다."

가석방

"자, 자루바, 이해하겠지요?" 교도소 소장이 법무부로부터 온 공문서를 엄숙하게 읽고 나서 물었다. "이는 당신의 종신형 중 남은 기간을 조건부로 가석방해 준다는 뜻입니다. 당신은 12년 6개월을 교도소에서 사는 동안…… 저, 간단히 말해 타의 모범이 되었습니다. 그래서 우리는 당신을 위해 최고의 추천서를 상신했습니다. 에, 한마디로, 이제 당신은 집으로 돌아갈 수 있습니다. 이해하시겠습니까? 그러나 자루바, 기억하세요, 만일 당신이 문제를 일으키면 당신의 가석방은 무효가 됩니다. 그렇게 되면 당신은 부인 마리에를 살해한 죄인 종신형을 다시 살아야 합니다. 그때는 하느님도 당신을 도울 수 없습니다. 그러니 자루바, 조심하십시오, 다음에는 죽을 때까지입니다." 소장은 너무나 감동하여 코를 훌쩍거렸다. "여기서 우리는 모두 당신을 좋아했습니다. 자루바, 그러나 두 번 다시 당신을 여기서 만나고 싶지 않습니다. 자, 그럼 잘 가십시오. 서기가 당신에게 돈을 좀 줄 것입니다. 이제 나가도 좋습니다."

거의 2미터나 되는 키다리 자루바는 발을 질질 끌고 걸으면서 뭔가 중얼거렸다. 그는 너무 행복한 나머지 마음이 아플 지경이었고, 속에서 흐느끼는 듯한 소리가 났다.

"자, 그럼, 자 그럼." 소장이 중얼거렸다. "여기서는 울지 마십시오. 우리는 당신에게 옷을 줄 것입니다. 그리고 건축업자 말레크가 당신에게 일자리를 줄 것을 내게 약속했습니다. 자, 제일 먼저 무엇을 할 겁니까? 집에 가겠습니까? 아, 당신 부인의 무덤부터. 오, 그것 멋진 생각입니다. 자, 잘 가십시오. 자루바 씨." 소장은 급히 말하고 자루바에게 손을 내밀었다. "제발, 조심하십시오, 하느님 맙소사, 당신은 조건부로 풀려났다는 것을 명심하십시오!"

"아주 착실한 사람이었지." 자루바가 나가고 문이 닫히자 소장이 말했다. "당신에게 말하건대, 포르만네크, 살인자들은 대부분 매우 공손한 사람들이랍니다. 가장 악랄한 자들은 횡령자들이에요. 그들은 교도소에서도 어떻게 할 수 없어요. 자루바가 참 안됐어요!"

판크라츠 교도소 철문과 안뜰을 뒤로하고 나왔을 때, 자루바는 가장 가까이 있는 보초가 그를 다시 잡아가지나 않을까 하는 불안한 느낌이 들었다. 그는 도망가는 것처럼 보이지 않으려고 천천히 발걸음을 떼어 놓았다. 거리로 나왔을 때 그는 머리가 멍해 왔고, 바깥에는 많은 인파들이 득실거리고, 아이들이 뛰어다니고, 두 운전사가 말다툼을 하고 있었다. 맙소사, 저렇게 많은 사람들이, 옛날에는 없었는데, 난 어느 길로 가야 하지? 어디로 가든 마찬가지야, 온 사방에 수많은 차들이, 수많은 여자들이, 나를 쫓아오는 사람은 아무도 없겠지? 아니, 하지만 저렇게 많은 차들은 도대체 뭐지! 자루바는 갈 수 있는 데까지 멀리 프라하를 향해 달려 내려갔다. 훈제 고기 가게에서 냄새가 풍겼지만, 그러나 지금은 아니야, 아직은 안 돼. 이어서 보다 강한 냄새가 풍겨 왔다. 공사 현장이었다. 제드니크 자루바는 걸음을 멈추고 모르타르와 들보 냄새를 맡았다. 그는 한 영감태기가 석회를 섞는 모습을 바라보았다. 그는 뭔가 한마디 하고 싶었지만 이상하게도 할 수 없었다. 그의 입에선 아무 소리도 나오지 않았다. 사람은 혼자 있으면 말하는 습관을 잃어버린다. 자루바는 큰 보폭으로 프라하로 들어갔다. 하느님 맙소사, 온 사방이 건물들이네! 이 건물들은 모두 시멘트로 지어졌다. 12년 전에는 그렇게 많지 않았는데, 내가 살던 때는 그렇게 많지 않았는데. 자루바는 생각에 잠겼다. 하지만 저것들은 반드시 무너질 거야, 기둥들이 저렇게 가느다란 걸! "이봐요, 조심하세요, 당신 눈이 멀었어요?"

그는 거의 자동차에 치일 뻔했고, 전차에 부딪힐 뻔도 했다. 제기랄, 12년이나 지난 터여서 그는 거리에 익숙지 못했다. 그는 저 높은 건물이 무엇인지 누군가에게 묻고 싶었고, 북서부 기차역으로 가는 길을 묻고 싶었다. 다시 그의 옆을 철근을 실은 트럭들이 덜거덕거리며 지나갔기 때문에 그는 큰 소리로 말하려고 시도했다. "실례합니다만 어떻게 북서부 역으로 갈 수 있습니까?" 아니, 이게 아니야. 목소리는 그의 내부에서 가라앉아 버렸다. 거기 저위에서는 쉽게 목구멍에 녹이 슬고, 말이 나오지 않는다. 첫 3년간은 여기저기 이것저것 묻곤 했지만 이내 포기해 버린다. "실례지만 어디로 가는지……." 목구멍에서는 쉰 소리만 나왔다. 그러나 그건 사람의 목소리가 아니었다.

자루바는 발걸음을 크게 떼며 거리로 달려갔다. 그는 마치 술에 취한 것 같기도 했고, 꿈속을 걷는 것 같기도 했다. 모든 것이 12년 전과 완전히 달랐다. 모든 것이 더 크고, 더 시끄럽고, 더 무질서했다. 저렇게 수많은 사람들이! 자루바는 슬펐다. 그는 마치 낯선 나라에 와 있는 듯한 느낌이었고 그들과 대화를 나눌 수도 없었다. 오직 그 생각뿐이었다. 정거장에만 도착하면 집으로 갈 수 있을 텐데, 집으로……. 거기 형한테는 집이 있고 아이들도……. "실례합니다만, 어디로 가야 하지요." 자루바는 말하려 했으나, 소리 없이 입술만 달싹거릴 뿐이었다. 아, 집에 갈 거야, 집에서는 말이 통하겠지, 역에만 도착할 수 있다면!

갑자기 그의 뒤에서 외치는 소리가 들렸고 누군가가 그를 인도로 잡아당겼다. "이봐요, 왜 인도로 걸어가지 않아요?" 운전사가 그에게 호통을 쳤다. 자루바는 대답하려 했으나 소용없었다. 쉰 목소리만 나왔고, 그는 계속 달렸다. 인도를 따라서. 인도로 가면서 그는 인도가 너무 좁다고 생각했다. 사람들이여, 저는 서둘러야 합니다, 저는 집에 가고 싶습니다, 실례합니다만, 정거장에 어떻게 갈 수 있어요?

아마 가장 붐비는 길을 따라서……. 그는 결단을 내리고. 전차들이 줄지어 가고 있는 곳으로 방향을 잡았다. 어디서 이 수많은 사람들이 왔을까? 좌우간 이 군중들은 모두 한 방향으로 가고 있어, 아마 역으로 가고 있을 거야. 그들은 차를 놓치지 않으려고 저렇게 달려가는 거야. 키다리 자루바는 처지지 않기 위해 그들과 보폭을 맞추었다. 저것 봐, 이제 그들이 걸어가기에는 인도가 충분치 않아서, 그들은 거리 한가운데로 몰려가고 있다. 빽빽하고 시끄러운 군중들. 점점 더 새로운 사람들이 가세하여 빠른 걸음으로 달려가며 뭔가 소리친다. 그리고 모두들 길게, 크게 고함을 지르기 시작했다.

자루바는 고함 소리에 취해서 머리가 빙 돌았다. 맙소사, 저렇게 많은 사람들이, 얼마나 아름다운가! 저기 저 앞에서는 행진곡을 부르고 있었다. 자루바는 그들과 보폭을 맞추며 위세 당당하게 걸어갔다. 저것 봐. 이제 그의 주위에 있는 모든 사람들이 노래를 부르고 있다. 자루바의 목구멍에서 뭔가 누그러지며 치솟아 올랐다, 마치 목을 압박하는 것 같다, 그것을 뱉어 내야 한다, 그것은 노래였다. 하나 둘, 하나 둘. 자루바는 가사 없이 노래를 부르기 시작했고, 중얼거렸다. 깊은 베이스로 작게 노래했다. 이게 어떤 노래지? 마찬가지야, 나는 집으로 가고 있어, 나는 집으로 간다! 키다리 자루바는 벌써 맨 앞줄에 서서 행진하며 노래를 부르고 있었다. 노래 가사는 없지만 무척 아름답다, 하나 둘, 하나 둘. 팔을 높이 쳐든 자루바가 행진하는 모습은 마치 코끼리가 나팔을 부는 것 같다. 그는 온몸이 울리는 것 같고, 배는 북처럼 진동했으며, 가슴은 크게 울렸고, 목구멍에서는 마치 벌컥벌컥 뭔가를 마시거나 울음을 터뜨릴 때처럼 탁 트인 것 같았다. 수천 명의 군중이 "정부는 물러가라, 물러가라!"라고 소리친다. 그러나 자루바는 외치는 소리가 무엇인지 알 수 없어, 그저 "아, 아—! 아, 아—!" 하고 환희에 넘쳐 소리쳤다.

자루바는 긴 팔을 흔들면서 모든 사람들의 맨 앞에서 행진하며 소리치고, 노래하고, 으르렁거리고, 주먹으로 북을 치듯 가슴을 두들기고, 펄럭이는 깃발처럼 모든 사람들의 머리 위로 솟아오르게 큰 고함을 친다. "와아, 와아." 자루바는 숨찬 목구멍으로부터, 벅찬 가슴으로부터, 가득 찬 허파로부터 소리를 지른다, 울어도 되는 수탉처럼 눈을 감은 채. "와아! 아아! 와아!" 그리고 곧 무슨 이유인지 군중들이 멈춰 서자, 더 이상 나아가지 못하고 혼돈에 빠진 군중의 물결에 밀려 그는 뒷걸음질 치고, 숨이 차오른다. 그리고 흥분된 날카로운 소리 때문에 신경이 곤두선다. "와아! 후라!" 자루바는 눈을 감은 채 자기 내부에서 일어나는 커다란 자유의 목소리에 탐닉한다. 갑자기 누가 손으로 그를 낚아채고, 숨가쁜 목소리가 그의 귀에 들려온다. "법의 이름으로 당신을 체포합니다!"

자루바는 두 눈을 크게 떴다. 경찰이 그의 팔을 잡아서 발작적으로 요동치는 군중들로부터 끌어당긴다. 자루바는 공포로 사로잡혀 끙끙거리며, 팔을 비트는 경찰로부터 자신의 팔을 빼내려고 한다. 그러다가 자루바는 고통 때문에 소리를 지르고, 다른 한 손으로는 망치로 치듯이 경찰의 머리를 친다. 경찰은 얼굴이 벌게져 그를 놓아준다. 그 순간 자루바는 경찰봉의 세례를 받고 또 받고 또 받는다! 거대한 두 팔이 마치 풍차의 날개처럼 빙글빙글 돌다가 여러 사람들의 머리 위로 내려앉는다. 그때 헬멧을 쓴 경찰 둘이 사나운 개처럼 그의 두 팔을 움켜잡는다. 자루바는 놀라서 말을 더듬으며 그들로부터 빠져나오려고 발버둥 치고, 미친 것처럼 온 사방으로 발길질을 하고 몸부림을 치지만 어딘가로 질질 끌려간다. 경찰 둘이 그의 두 팔을 비틀어 잡고 텅 빈 거리로 끌고 간다, 하나 둘, 하나 둘. 자루바는 양처럼 걸어간다. 실례합니다만, 북서부 역은 어떻게 갑니까? 왜냐하면 저는 집으로 가야 합니다.

두 경찰이 그를 경찰서 심문실로 거의 내팽개치다시피 밀어 넣었다.

"당신의 이름은……." 사악하고 냉정한 목소리가 그에게 쏘아붙였다.

자루바는 말하고 싶었으나 겨우 입술만 달싹했다.

"자, 자, 이름은." 사악한 목소리가 포효했다.

"제드니크 자루바입니다." 키다리는 씨근덕거리며 속삭였다.

"주소는?"

자루바는 당황하며 어깨를 추슬렀다. "판크라츠." 그는 겨우 말했다. "독방에서."

*

물론 그럴 수는 없었지만 사실 그랬다. 재판장, 검사와 국선 변호사, 이렇게 세 사람이 자루바를 어떻게 석방시킬까 하고 논의했다.

"자루바로 하여금 모든 것을 부인하도록 해야 합니다." 검사가 언급했다.

"그건 소용없어요." 재판장이 불평했다. "그자는 심문받는 도중에 이미 경찰을 공격했다고 자백했습니다. 멍청이 같으니라고, 스스로 자백하다니……"

"만일 경찰들이……" 변호사가 제안했다. "자루바를 잘 알아보지 못하고, 아마 다른 사람일지도 모른다고 증언한다면……"

"이것 보세요." 검사가 항의했다. "그러면 우리가 경찰들에게 거짓말하라고 가르쳐야 한단 말입니까! 경찰들이 벌써 그의 정체를 알아냈어요. 어쨌든 저는 용서받을 수 있는 수단을 생각해 냈어요. 정신 감정을 해 보는 게 좋겠습니다, 여러분, 나는 그쪽을 지시합니다."

"그거 좋은 생각이군요." 변호사가 말했다. "나도 찬성합니다. 그러나 의사들이 그가 정신 이상이 아니라고 하면 어떻게 하죠?"

"내가 그들에게 이야기해 보겠습니다." 재판장이 자발적으로 나섰다. "그래선 안 되지만, 그러나…… 제기랄, 나는 그 자루바 녀석이 바보 같은 짓으로 교도소에서 종신형을 살아야 한다는 게 영 맘에 들지 않습니다. 차라리 다른 곳이라면 어디든 좋습니다만. 하느님 맙소사, 나는 그에게 6개월 형을 내리는 데는 눈 하나 깜빡하지 않겠습니다만, 그러나 그가 종신형을 살게 한다면, 이것 보십시오, 그건 정말 어처구니없는 짓이고 마음에 들지 않아요."

"정신 이상이 통하지 않는다면……" 검사가 깊은 생각에 잠겼다. "그건 정말 고약할 것 같네요. 제기랄, 나는 그 범죄 행위에 대해 고발 조치를 해야 한단 말입니다. 달리 뭐 어찌할 도리가 있습니까? 그 불쌍한 녀석이 어디 술집에라도 있었더라면 좋았을 텐데! 그랬다면 그의 정신이 온전치 않았다고 몰아갔을 텐데요."

"여러분들, 제발, 이것 좀 보세요." 재판장이 촉구했다. "내가 그를 놓아주도록 무슨 조치든 취해 주시기 바랍니다. 나는 이미 늙어서 그런 일에 더 이상 관여하고 싶지 않아요. 자, 내 말뜻을 알겠지요."

"어려운 사건입니다." 검사가 한숨을 내쉬었다. "두고 봅시다. 적어도 신경 전문의들이 그 문제를 잘 처리하겠지요. 자 그럼, 내일이 공판이지요, 그렇지 않아요?"

*

그러나 공판은 실행되지 않았다. 그날 밤 제드니크 자루바는 스스로 목을 매달았다. 아마도 형벌을 무서워했던 것 같다. 그는 키가 너무나 커서 마치 땅에 앉아 있는 것처럼 이상하게 목을 매달았다.

"저주받을 사건이야." 검사가 중얼거렸다. "제기랄, 그건 정말 바보 같은 사건입니다. 하지만 우리도 어떻게 할 도리가 없습니다."

우체국에서 일어난 범죄

"정의에 대해 말하자면……." 순찰 경사 브레이하가 말했다. "왜 그림 속에는 눈에 붕대를 매고, 마치 후추를 파는 여자처럼 저울을 가진 여자가 있는지 알고 싶습니다. 제가 말하고 싶은 것은 정의란 순찰 경사 같다는 것입니다. 여러분은 우리 경사들이 재판관 없이, 저울 없이, 그런 야단법석 없이 판결을 내리는 것을 모르실 겁니다. 사소한 사건인 경우 우리는 턱을 살짝 치고, 더 큰 사건인 경우 허리띠를 풉니다. 100개의 사건들 중 90개가 정의와 관계있습니다. 선생님께 말씀드리는데, 저는 제 스스로 두 사람을 살인죄로 유죄 판결을 받아 내어 정의의 징벌을 받게 했습니다. 이에 대해서는 아무에게도 공개하지 않았습니다. 자, 잠깐만 이제 그 이야기를 말씀드리겠습니다.

예, 선생님, 기억하시겠지요, 이 지역 우체국에서 2년 전 근무하던 그 처녀를. 예, 이름이 헬렌카였지요. 그녀는 착실하고 사랑스러운 처녀로, 그림같이 예뻤지요. 물론 그녀를 기억하지 않을 수가 없지요. 예, 바로 그 헬렌카가 지난해 물에 빠졌습니다. 그녀는 연못에 뛰어들어 깊은 곳까지 50여 미터를 헤엄쳐 갔습니다. 처음 이틀 동안 그녀는 떠오르지 않았습니다. 왜 그녀가 그런 행동을 했는지 아시겠어요? 그녀가 물에 빠진 날, 프라하에서 감사관이 갑자기 우체국에 도착했고 헬레나의 서랍에서 2백 코루나가 사라진 것을 발견했습니다. 그 초라한 2백 코루나, 선생님. 그 얼간이 같은 감사관은 그것을 상부에 보고하고 횡령죄로 수사를 할 것이라고 말했습니다. 그날 저녁 헬렌카는 수치심으로 물에 빠져 죽었습니다.

그녀를 강둑으로 끌어냈을 때 저는 검시관이 올 때까지 거기에 머물러 있어야 했습니다. 불쌍한 그녀에게서는 더 이상 아름다움을 찾아볼 수 없었습니다. 그러나 저는 줄곧 그녀가 우체국 창구에서 미소 짓던 모습을 보았습니다. 예, 우리 모두 그녀를 보러 가곤 했었지요, 모두들 그녀를 좋아했습니다. 제기랄! 저는 속으로 말했습니다. 그 아가씨는 절대로 2백 코루나를 훔치지 않았어. 첫 번째로 그건 믿을 수 없는 일이고, 두 번째로 그녀는 도둑질할 필요가 없었어, 그녀의 아버지가 마을 반대쪽에서 방앗간을 하고 있었고, 그녀는 오직 스스로 살아가겠다는 여성의 공명심으로 우체국에 다니고 있었을 뿐이니까요. 선생님, 저는 그녀의 아버지를 잘 알아요, 그는 글을 깨친 사람이고 침례교도였어요. 판사님께 감히 말하건대, 여기에 사는 침례교도들이나 기독교인들은 도둑질은 결코 하지 않아요. 만일 우체국에서 2백 코루나가 없어졌다면 틀림없이 다른 사람이 훔쳤을 것입니다. 선생님, 그래서 저는 여기 강둑에 있는 죽은 아가씨에게 이 사건을 그렇게는 버려두지 않을 거라고 약속했습니다.

예, 좋아요, 그동안 프라하에서 이 우체국으로 한 젊은이를 보냈습니다. 그는 필리페크라고 하는데 매우 능력 있고 이빨이 불거져 나온 젊은이였습니다. 그래서 저는 뭐든 살펴보기 위해 우체국으로 필리페크를 보러 갔습니다. 아시다시피 어느 곳이나 마찬가지로 이런 작은 우체국에는 창가에 작은 책상이 있고, 그 책상 위에는 돈과 우표가 든 금전 등록기가 있습니다. 우체국 직원 바로 뒤쪽에 선반이 있는데, 거기에 여러 가지 요금표와 공문서들 그리고 우편물의 무게를 다는 저울 등이 있습니다. 저는 그에게 말했지요. 필리페크 씨, 죄송하지만 저 뒤쪽 요금표를 보시고 부에노스아이레스까지 전보를 치는 데 얼마인지 말해 주시겠습니까.

필리페크는 눈썹 하나 까딱하지 않고 한 단어에 3코루나라고 말합니다. 저는 그에게 홍콩까지는 얼마인지 다시 묻습니다. 필리페크가 그건 요금표를 봐야겠는데요, 라고 말하고는 일어나서 선반으로 몸을 돌립니다. 그가 책상 뒤쪽의 요금표를 살펴보는 동안 저는 어깨를 창구로 들이밀어 손으로 돈이 든 금전 등록기를 열어 보았는데, 그것은 소리 없이 쉽게 열립니다.

고마워요, 잘 알겠어요 하고 나는 말합니다. 이것이었구나. 헬렌카가 선반에서 뭔가를 찾을 동안 누군가가 그 금전 등록기에서 2백 코루나를 훔칠 수 있었다는 것을 생각해 보십시오. 필리페크 씨, 잠깐만, 혹 지난 며칠간 누군가가 여기서 전보나 등기를 보냈는지 알려 주시겠습니까.

필리페크 씨는 머리를 긁으며 말합니다. 형사님, 그건 곤란합니다. 아시다시피 그건 우편 비밀권에 해당합니다. 만일 형사님이 법의 이름으로 보시고 싶다면 저는 이 일을 상부에 보고해야 합니다.

잠깐만! 저는 그에게 말합니다. 아직까진 그러고 싶지 않군요. 하지만 이것 보십시오, 필리페크 씨, 만일 당신이 오랫동안 또는 그와 비슷하게…… 저 선반을 살펴보고 있었다면…… 최근에 여기서 누군가가 그런 것을 보냈다면 헬렌카가 책상 뒤쪽으로 등을 돌려야 했겠지요.

형사님. 필리페크는 말합니다. 무엇 때문에요, 전보를 치는 용지들은 여기에 있고, 등기 편지들과 소포들은 누구에게 보냈는지, 누가 보냈는지가 아니라, 여기에 다 기록해 놨습니다. 제가 여기서 찾을 수 있는 모든 이름들을 적어 드리겠습니다. 그러면 안 되지만, 형사님을 위해서 그러겠습니다.

그러나 제 생각인데요, 형사님은 그것으로는 아무것도 알아내지 못하실 겁니다.

선생님, 그가, 필리페크가 옳았어요. 그는 30여 개의 명단을 가져왔습니다. 아시다시피 시골 우체국에는 그런 것이 많지 않아요. 때때로 군대에 간 아들에게 보내는 소포 정도지요. 그런 까닭에 거기선 아무것도 건지지 못했습니다. 선생님, 저는 가는 곳마다 그것에 대해 생각해 봤습니다. 즉 이제 더 이상 그 주검에 대해 한 약속을 지킬 수 없다는 것이 저를 압박해 왔습니다.

그러던 어느 날, 아마 일주일 후쯤이었습니다. 저는 다시 우체국으로 갔습니다. 필리페크가 내게 이를 드러내고는 말합니다. 형사님, 그 볼링 핀들과는 이제 아무 상관 없을 겁니다. 저는 짐을 쌉니다. 내일 파르두비체 우체국에서 새 아가씨가 올 겁니다. 아하, 그렇군, 좌천당한 아가씨라, 도시에서 이 보잘것없는 시골 우체국으로 전근시켰군요.

전혀 그렇지 않습니다. 필리페크 씨는 말하고 저를 이상한 눈초리로 바라봅니다. 형사님, 그 아가씨가 이리로 자청해서 왔답니다.

그것참, 이상하군요. 저는 말합니다. 그럼 당신은 그 아가씨가 어떤 여자인지 아시겠군요.

필리페크가 이야기해 주고는 더욱더 이상한 눈초리로 저를 쳐다보면서, 이 우체국에 긴급 감사를 하라는 익명의 고소가 또한 파르두비체에서 왔다고 말합니다.

저는 휘파람을 불었고, 그때 필리페크와 제가 서로를 쳐다보았다는 것을 깨달았습니다. 그때 갑자기 마침 우편물을 정리하던 우편배달부 우헤르가 말합니다. 예, 파르두비체로…… 대농장 관리인은 거의 매일 거기 우체국 아가씨에게 편지를 쓰곤 했지요. 그녀는 그의 애인입니다, 그렇지 않아요.

이것 보세요, 할아버지! 필리페크는 묻습니다. 그 아가씨 이름이 뭐지요?

율리에 토우파 — 토우파르 —.

타우페로바. 필리페크는 말했습니다. 그녀가 맞습니다. 그녀가 이곳에 오기로 한 여자입니다.

농장 관리인은 호우데크 씨지요. 우편배달부는 이야기합니다. 그도 거의 매일 파르두비체로부터 편지를 받곤 하지요. 관리인이라고요? 저는 그에게 묻습니다. 여기 또 애인한테서 온 편지가 있습니다. 호우데크 씨는 언제나 길에서 마주칩니다. 그는 오늘 프라하에서 온 소포를 가지고 있습니다. 그러나 그것은 되돌아온 소포입니다. '수취인 알 수 없음.' 그 관리인은 틀린 주소를 가지고 있었습니다. 그래서 저는 그것을 그에게 돌려줍니다.

보여 주십시오. 필리페크는 말합니다. 프라하, 스팔레나 거리에 사는 노바크에게 보내는 것입니다. 버터 2킬로그램입니다. 7월 14일 직인이 찍혀 있습니다.

그것은 아직 헬렌카라는 아가씨가 있었을 때였습니다. 우편배달부 우헤르가 말했다.

보여 주십시오. 저는 필리페크에게 말하고 그 소포를 냄새 맡아 봅니다. 필리페크 씨. 저는 말합니다. 이 버터가 10일 동안 배달 과정에 있었는데 전혀 상하지 않았다는 게 이상하네요. 영감님, 그 소포를 여기 두시고 배달 갔다 오시죠.

우편배달부가 떠나자, 필리페크는 제게 말합니다. 형사님, 이런 일은 해서는 안 됩니다만, 여기 편지 칼이 있습니다. 그러고는 그 것을 보지 않으려는 것처럼 자리를 비켜 줍니다. 선생님, 저는 여기서 그 소포를 열었습니다. 거기에는 2킬로그램 진흙이 들어 있었습니다. 그래서 저는 필리페크에게 가서 말합니다. 여보세요, 이 일은 어느 누구에게도 절대 이야기하지 마십시오, 이해하시겠어요? 이건 제가 혼자서 해결하겠습니다.

아시다시피 저는 마음을 다잡고, 대농장으로 관리인 호우데크를 만나러 갔습니다. 그는 통나무 무더기에 앉아서 땅을 바라보고 있었습니다. 관리인님. 저는 그에게 말합니다. 우체국에서 조금 혼동이 있어서요. 한 열흘 전에 어떤 소포를 보내셨는데 혹 주소를 알고 계세요?

호우데크는 살짝 얼굴을 붉히면서 대답합니다. 그건 나와는 상관없는데요, 누구에게 보냈는지 저도 모르겠습니다.

저는 물었습니다. 관리인님, 그건 어떤 버터였지요?

그때 호우데크는 얼굴이 종잇장처럼 창백해서 일어섰습니다. 무슨 말씀을 하고 계십니까? 그는 소리쳤습니다. 왜 저를 못살게 굽니까?

저는 그에게 말합니다. 관리인님, 사건은 이렇습니다. 당신이 우체국에서 근무하던 헬렌카를 죽였습니다. 당신은 가짜 주소를 적은 소포를 거기에 가져가서 그녀가 그것을 저울에 달도록 했습니다. 그녀가 그것을 달 동안 당신은 우체국 창구로 몸을 기울여 금전 등록기에서 2백 코루나를 훔쳤습니다. 그 2백 코루나 때문에 헬렌카는 물에 빠져 자살했습니다. 사건이 이렇게 됐군요.

호우데크는 나뭇잎처럼 떨었습니다. 형사님, 그건 거짓말입니다. 그는 소리쳤습니다. 왜 제가 2백 코루나를 훔치겠습니까?

왜냐하면 당신의 애인인 타우페로바 양을 이리로 전근시키기 위해서였습니다. 당신의 그 아가씨는 헬렌카의 금전 등록기에서 2백 코루나가 없어졌다고 익명으로 진정서를 냈습니다. 당신과 그 아가씨 둘이 헬렌카를 연못 속에 몰아넣었습니다. 당신들 둘이서 그녀를 살해했습니다. 당신은 고의로 범죄를 저질렀습니다, 호우데크 씨.

호우데크는 나무둥치 더미로 무너져 내리며 얼굴을 감싸 안았습니다. 저는 사나이가 그토록 처량하게 우는 것은 처음 봤습니다. 하느님 맙소사! 그는 한탄했습니다. 저는 그녀가 빠져 죽을 거라고는 상상도 못했습니다! 형사님, 저는 그저 그녀가 직장을 그만두고…… 집으로 돌아갈 거라고 생각했습니다! 저는 다만 율차*와 결혼하고 싶었을 뿐입니다. 하지만 우리가 함께하려면, 우리 중 한 사람이 직장을 그만둬야 했습니다. 그러면 그 돈으로 살아가기가 힘들어서……. 저는 율차가 이 우체국으로 오기를 간절히 바랐습니다! 벌써 5년이나 기다리고 있습니다…… 형사님, 그건 정말 고통스러운 사랑이었습니다! 선생님, 저는 더 이상 이야기하지 않겠습니다. 벌써 밤이었습니다. 그 녀석은 제 앞에 무릎을 꿇었고, 선생님, 저도 이 모든 것에 대해 마치 늙은 후레자식처럼 느꼈습니다. 헬렌카와 다른 모든 이들에 대해서.

자, 이걸로 충분해요. 저는 그에게 말했습니다, 이제 신물이 나는구먼. 이봐요, 그 2백 코루나 이리 줘요. 자, 이제 이렇게 해요. 만일 당신이, 내가 이것을 바로잡기 전에 타우페로바 양과 결혼한다면 난 당신을 절도죄로 기소할 겁니다, 아시겠어요? 그리고 혹 당신이 자살한다거나 비슷한 짓을 한다면, 왜 당신이 그렇게 했는지 내가 말할 거요. 이것으로 끝.

그날 밤, 선생님, 저는 별들 아래 앉아서 그 둘을 심판했습니다. 즉 저는 그들을 어떻게 벌해야 할지 신에게 물었습니다. 저는 정의 속에 내재한 그 쓸쓸함과 통쾌함을 이해했습니다. 제가 만일 그들을 기소한다면 호우데크는 적어도 2주간 실형을 선고받고, 또 집행 유예도 선고받을 것입니다. 호우데크는 그 아가씨를 죽였습니다. 하지만 그는 단순한 악한이 아닙니다. 저에게는 모든 벌이 너무 과하거나 적습니다. 그래서 저는 스스로 그들을 심판하고 벌했습니다.

이튿날 아침, 저는 우체국으로 갑니다. 그곳 창구 뒤에는 무섭고 불타는 눈초리를 한 창백하고 키 큰 처녀가 앉아 있습니다. 저는 말합니다. 타우페로바 양, 자, 여기 등기 우편이 있습니다. 저는 그녀에게 프라하 우체·전보 국장 주소가 적힌 편지를 건네줍니다. 그녀는 저를 쳐다보고 편지에 꼬리표를 붙입니다.

잠깐만, 아가씨. 저는 말합니다. 그 편지 속에는 누군가 당신의 전임자에게서 훔친 2백 코루나에 대한 고발장이 있습니다. 우푯값이 얼마죠?

선생님. 그 여성에게는 무서운 힘이 있었습니다. 그러나 그녀도 재처럼 창백해졌고 돌처럼 굳어졌습니다. 3.5코루나입니다. 그녀는 간신히 숨을 몰아쉬었습니다.

저는 3.5코루나를 헤아려 그녀에게 건네주고 말합니다. 자, 여기 있습니다, 아가씨. 하지만 만일 여기에 이 2백 코루나가……. 저는 말하고 그녀의 책상에 훔친 2백 코루나를 건네줍니다. 만일 그 2백 코루나가 여기 어디 저 뒤나 서류 사이에서 발견된다면, 이해하시겠어요? 죽은 헬렌카가 훔치지 않았다는 것이 알려지면, 아가씨, 그때 나는 이 편지를 되돌려 받을 것입니다. 자, 뭐 할 말 있어요?

그녀는 한마디 말도 없이 험악하고 굳은 표정으로 어딘가를 바라보았습니다. 저는 어딘지 모르겠지만.

5분 후에 우편배달부가 올 겁니다, 아가씨. 저는 말해 주었지요. 자, 그 편지 되돌려 받아야 할까요?

그녀는 재빨리 머리를 끄덕였습니다. 저는 그 편지를 다시 받아 우체국 앞으로 갑니다. 선생님, 저는 그처럼 용의주도하게 제자리 걸음을 한 적이 없었습니다. 20분 후에 나이 많은 우편배달부 우헤르가 달려와서 소리칩니다. 형사님, 형사님, 발견했어요, 헬렌카가 잃어버린 2백 코루나를! 새로 온 아가씨가 요금표가 있는 서류철에서 그것을 발견했답니다! 그건 우연이었어요!

저는 그에게 말했습니다. 할아버지, 달려가서 2백 코루나를 발견했다고 온 사방에 말하십시오. 아시다시피 죽은 헬렌카가 훔치지 않았다고 모두가 알도록.

실수였습니다!

이것이 제가 일차적으로 한 것입니다. 두 번째로 저는 늙은 영주에게 갔습니다. 선생님은 아마 그를 모르실 것입니다. 그는 백작이지요. 약간 바보스럽지만 매우 선량한 사람이지요. 저는 그에게 말합니다. 백작님, 저에게 아무것도 물어보지 마십시오. 그러나 우리가 함께 처리해야 할 일이 있습니다. 농장 관리인 호우데크를 불러서 오늘 반드시 모라비아 농장으로 가라고 말하십시오. 만일 그가 가지 않겠다면 한 시간 내로 해고하십시오.

늙은 백작은 눈썹을 추켜올리고 저를 잠시 바라봅니다. 저는 누군가가 상상만이라도 할 수 있을 정도로 제 모습이 심각하게 보이는 것 이상 달리 어떻게 저 자신을 강제할 수 없었어요. 좋아요. 백작은 말했습니다. 나는 당신에게 아무것도 물어보지 않을 겁니다. 그리고 호우데크를 불러들이겠습니다.

호우데크는 도착해서, 제가 백작과 함께 있는 것을 보고는 창백해져서 긴 촛대처럼 똑바로 서 있었습니다. 백작이 말했습니다. 호우데크, 마구를 채워 정거장으로 가게. 오늘 저녁부터 홀린에 있는 내 영지에서 일을 시작하게. 내가 그곳에 전보를 쳐서 자네가 간다고 말해 놓겠네. 알겠는가?

예, 라고 그는 대답하고 지옥의 저주받은 눈빛으로 저를 뚫어져라 바라보았습니다.

하고 싶은 말이라도 있는가? 백작은 물었습니다.

없습니다. 호우데크는 쉰 목소리로 말하고 저로부터 눈을 떼지 않았습니다. 선생님, 그 두 눈은 저를 불안하게 했습니다.

자, 이제 가도 좋아. 백작은 말을 끝냈습니다. 그게 전부였습니다. 잠시 후 저는 호우데크가 마차에 타고 가는 것을 보았습니다, 그는 거기에 마치 나무 인형처럼 앉아 있었습니다.

자, 이것이 이야기의 전부입니다. 우체국에 가시면 거기서 창백한 처녀를 목격하실 겁니다. 그녀는 사악하고 모두에게 사악하게 대하고, 사악한 주름살을 만들어 냅니다. 저는 그녀가 가끔 자신의 관리인과 함께하는지 모르겠습니다. 아마도 그녀는 어딘가 그와 함께 가지만 더욱더 사악하고 더욱더 쓰디쓴 모습으로 돌아옵니다. 저는 그녀를 만나면 이렇게 말해 줍니다. 정의는 반드시 있어야 한다…….

저는 단지 경찰일 뿐입니다. 그러나 선생님, 저는 제 경험을 이야기하는 겁니다. 어떤 전지전능한 신이 존재하는지 저는 모릅니다. 그러나 만일 있다 한들 우리에게는 아무 소용 없습니다. 그러나 저는 선생님께 감히 말하건대, 누군가는 더 위대한 정의가 되어야 합니다. 또다시 바로 그것입니다, 선생님. 우리는 벌을 줍니다, 그러나 용서하는 누군가가 반드시 있어야 합니다. 선생님께 감히 말하건대, 그 온당하고 가장 높은 정의는 사랑처럼 그렇게 이상합니다.

주

탐정 소설의 백미 — 차페크 산문 문학의 길잡이

김규진(한국외국어대 체코·슬로바키아어과 명예교수)

주머니 이야기—창작의 길잡이

『길가 십자가(*Boží muka*)』(1917)는 차페크 최초의 단독 작품집이다. 차페크는 일찍이 신문에 콩트나 단편소설들을 연재하면서 본격적으로 데뷔했다. 그는 전통적인 사실주의에 입각하면서도 유토피아적이고 공상 과학적인 요소, 탐정 소설과 대중 소설의 기법을 가미하여 독창적인 작품 세계를 구축하였다.

그의 작품들의 철학적인 초점은 상대주의(relativism)로서 절대자는 인간의 세계 밖에 존재하므로 인간은 자신의 세계 내에서 최대한의 지혜를 발휘해 삶의 만족을 찾아야 한다는 주장이다. 그는 단편 「최후의 심판」에서 이 문제를 다루고 있다. 그는 이러한 긍정적인 입장에서 일상에서 따온 테마를 중심으로 재미있고 긴장감이 도는 단편 이야기를 발표한다. 범죄 추리 소설과 인식론 철학 소설을 종합했다고 할 수 있는 단편집『첫 번째 주머니 속 이야기(*Povídky z jedné kapsy*)』(1929) 24편에서 그는 이야기꾼으로서의 재능을 발휘한다. 인간 생활에서 일어나는 온갖 사건들을 픽션화하면서 작가는 인간의 초능력, 인생의 신비스러운 면들을 다루면서 불가사의한 인생 문제를 독자들 앞에 제시만 할 뿐 판단을 하지는 않는다.

그는 이 단편집에서 다루었던 주제들을 발전시켜 훗날 대표작이라 할 수 있는 3부작 소설들에서 더욱 심도 있게 다룬다.

차페크는 자신의 단편소설 대표작인 두 주머니 이야기로 알려진 『첫 번째 주머니 속 이야기』와 『두 번째 주머니 속 이야기』를 쓰기 전에 『길가 십자가』라는 단편집을 제1차 세계 대전 중에 발표했다. 이 작품도 그의 신문 기자로서의 경험과 전쟁이 불러온 무의미한 인간의 희생에 자극받은 것이 많이 반영되었지만 당시 신문에 기고하던 이야기들보다는 더 철학적인 요소를 띤다.

차페크가 주머니 이야기를 발표할 무렵 그는 벌써 위대한 기자이자, 소설가와 드라마 작가로 세계적인 명성을 얻고 있었다. 차페크에 의하면, 이 단편들은 기자 생활을 하면서 경험한 사실에 기반을 두고 있다. 그는 나날의 사건들을 취재하고 편집국으로 가는 도중에 대충의 사건과 아이디어를 메모하여 하루에 한 편꼴로 썼다.

차페크는 당시 일반적으로 무시당하고 있던 단편의 가치를 높이기 위해 단편들에 몰두했다. 러시아의 천재적인 단편 작가 체호프도 천재는 짧게 쓴다고 하였듯이 그는 이 주머니 이야기 시리즈를 자신의 소설이나 드라마와 똑같이 높게 평가한다. "우리는 단편소설이 어떻게 만들어져야 하는가의 중요성을 고려하지 않고 있다. 형식적으로 8~10쪽의 이야기를 쓰는 것은 소네트나 다른 정교한 시적 형식을 쓰는 것처럼 작가에게 기쁨을 준다. 나는 영어권 작가들의 단편들을 쓰면서 위대한 기술을 배웠다. 이 분야에서 그들은 샛길로 빠지지 않는 위대한 원칙을 발견했다."

그럼 차페크의 주머니 이야기에 나오는 여러 주제와 모티프를 분석하고 그의 문체도 살펴본다.

범죄 이야기와 탐정의 주제

1929년 1월 출판된 『첫 번째 주머니 속 이야기』에 나오는 작품들은 「최후의 심판」을 제외하고 모두 1928년 잡지에 발표한 것들이다. 「최후의 심판」은 1919년 잡지 『네보이사(Nebojsa)』에 발표했다.

이론적인 분야에서 범죄 이야기에 호기심을 갖기 시작한 차페크는 1919년 잡지 『길(Cesta)』에 「홀메시아나(Holmesianna)」 또는 「범죄론」을 발표하였고, 나중에 이 글을 『마르시아스(Marsyas)』(1931)에 포함시켜 출간했다. 그는 여기서 범죄 이야기를 높이 평가하고 있다. 다른 무엇보다도 그는 "독자들이 이런 장르에 대단한 관심을 가지는 것은 그 이야기들의 문학적인 매력보다는 일반적인 가능성"이라고 특징지었다. "나는 범죄 이야기를 읽는 우리들의 목적은 범죄에 대한 우리들의 잠재적인 성향(性向) 이외에도 정의에 대한 잠재적이고 지독한 기호(嗜好) 때문이라고 생각한다."

차페크에 의하면, 범죄 이야기들에 대한 정의는 지적인 힘과 인간적인 품위의 방법을 통해서만 승리한다. "그것은 실제로 매우 아름답고, 매우 오래된 전통이다. 이는 세속적인 현명함, 합리주의, 실질적인 경험 그리고 형이상학적인 간섭 없는 관찰의 전통이다. ……미스터리를 풀어 가는 거칠고 고통스러운 지적 열정, 의문 덩어리인 단단한 견과류의 껍데기를 깨뜨리는 두뇌의 열정적인 필요"가 있기 때문이다. 앞에서 언급한 범죄 이야기에 대한 인기는 범죄와 정의의 모티프 그리고 미스터리의 모티프다.

성취감의 모티프 또한 매우 중요하다. "나는 범죄 이야기가 미스터리를 푸는 것에 깊이 관여한다고 말해 왔다. 범죄 이야기는 실제로 서사적인 구성이며 그 주제는 독특한 개인적인 성취이다."

차페크의 단편들에 나오는 탐정은 주요 인물이며 사냥꾼이고 추적자다. 그러나 또한 탐정의 먹이인 도둑처럼 서사적인 개인주의자다. 그는 대개 경찰과 같은 집단적인 기구를 싫어하고 자신의 손으로 해결하려 한다. 탐정과 잘 조직된 사회 기구를 대표하는 경찰 사이에는 아주 긴장감 넘치는 적대감과 심지어 갈등이 존재한다. 탐정은 언제나 경찰보다 먼저 행동한다. 그는 혼자 있는 것이 즐겁다. 심지어 이 집단적인 세상에서 조금 이상하고 내성적인 고독자다.

차페크는 범죄 이야기에 대한 자신의 관심은 현실을 어떻게 인식하고 발견하는가 하는 순수 이성론의 문제에서 비롯되었다고 한다. "범죄의 세계에 몰두하자마자 나는 나도 모르게 정의의 문제에 관심을 두게 되었다. 여러분들은 단편집 중간에서 그러한 전

환점을 발견할 것이다. 어떻게 인식해야 하는가 하는 문제 대신 어떻게 벌해야 하는지가 지배적이 된다. 그래서 『첫 번째 주머니 속 이야기』는 순수 이성론적이고 재판과 관계되는 이야기들이다. 재판과 관계되는 것이 아마 더 좋을 것이다."

차페크는 단편집이 미완성 단편들이 아니라 다른 작품들처럼 중요하다고 한다. 그 때문에 우리는 『첫 번째 주머니 속 이야기』를 뭔가 주변적이거나 느슨하거나 상업적인 것으로 보지 않는다. 이러한 단편들의 예술적 가치는 차페크의 다른 작품들과 마찬가지로 중요하다. 차페크는 이러한 전통적인 장르를 독창적이고 특이한 체코적인 것으로 바꾸었다. 그는 『첫 번째 주머니 속 이야기』에서 인식론의 문제를 풀고자 했다. 그는 안다는 것은 위대하고 탐욕스러운 열정이며, 지식을 알기 위해 쓴다고 한다.

나중에 이러한 인간 인식의 문제, 그 가능성과 여러 가지 개념은 차페크의 대표작으로 평가받는 3부작 『호르두발』, 『별똥별』, 『평범한 인생』 전체를 아우른다. 그러나 바로 이 문제가 그것이 문학적이든 저널리스틱하든 그의 모든 작품들에 반영되어 있다. 이는 차페크가 대학에서 배운 철학 교육에 그 근거를 두고 있다. 사투리 사용이라는 언어 문제도 『첫 번째 주머니 속 이야기』에 나타났다.

주머니 이야기에서 차페크는 인식론의 문제에 대한 자신의 관심으로부터 유래된 탐정의 주제에 사로잡혔다. 그러나 범죄의 주제들은 그를 정의의 문제로 인도했다. 초기 단편집 『길가 십자가』의 한 이야기인 「산」에 나오는, 차페크가 결코 포기하지 않은 테마인 범죄가 형이상학적인 문제로 취급되었다면, 주머니 이야기에서는 윤리적인 요소가 지배적이다. 범죄는 기성의 질서에 대한 일탈이며 이는 형벌로 교정될 수 있다. 체코의 문학 비평가 바츨라프 체르니(Václav Černý)는 주머니 이야기들을 "영혼 속에, 개인의 생활 속에 그리고 사회 속에 있는 질서의 찬양"이라고 평가한다.

초기 단편집 『길가 십자가』와 주머니 이야기를 연결시켜 주는 고리는 「발자국들(Slépěje)」이다. 『길가 십자가』에는 「발자국(Slépěj)」이라는 단수로 나오지만 두 이야기는 유사성이 깊다. 「발자국들」에선 한밤중 눈 위에 중간에 끊긴 발자국들이 발견된다. 이에 대한 화자의 지적인 관심은 사실만 다루는 단순한 경찰의 실제적인 이성에 의해 조절된다. 경찰은 결국 아무 일도 없다는 듯 발자국들을 지워 버림으로써, 혼란에 빠지고 의혹에 잠긴 화자의 정신을 평화롭게 한다.

오직 몇몇 사건들만 수수께끼가 아닙니다. 질서는 수수께끼가 아닙니다. 정의는 수수께끼가 아닙니다. 경찰 역시 수수께끼가 아닙니다. 길을 따라 가는 모든 사람들이 이미 수수께끼입니다. 왜냐하면 우리는 그들을 어떻게 할 수가 없기 때문입니다, 선생님.

만일 그자가 뭔가를 훔치면, 그는 더 이상 수수께끼가 아닙니다. 우리는 그를 체포할 것입니다. (……)

모든 범죄자들은 확실합니다, 선생님, 적어도 선생님은 그들한테서 동기들과 거기에 속한 모든 것들을 알게 됩니다. 하지만 당신의 고양이가 무엇을 생각하는지, 당신의 하녀가 무엇을 상상하는지 그리고 왜 당신의 부인이 창밖을 내다보는지는 수수께끼입니다. 형사 사건 외에는 모든 것이 수수께끼입니다. 즉 그러한 범죄 사건은 확실하게 구체적인 사실의 일부이고, 우리가 밝혀내는 하나의 단면입니다. [······]

"그것은 이상한 견해입니다." 잠시 후 그는 다시 시작했다. "경찰, 특히 탐정들은 수수께끼에 관심을 가지고 있습니다. 우리는 수수께끼는 전혀 개의치 않습니다. 부적절한 행동들이 우리의 관심을 유발합니다. 선생님, 우리는 악당에게 관심이 없어요. 왜냐하면 그것은 수수께끼이기 때문이고, 그것은 금지되어 있기 때문입니다. 우리는 지적인 호기심으로 그런 불한당을 추적하지 않습니다. 우리는 법의 이름으로 그를 체포하기 위해 추적합니다.

이는 『길가 십자가』의 「발자국」보다 인간적인 면과 작가의 의도를 보여 준다. 여기서 절대적인 진리는 변화될 수 없고 오직 상대적인 것만 추구되고 얻어질 수 있다. 하킨스(W. E. Harkins)는 이 차이점을 잘 지적하고 있다. "주머니 이야기 시리즈에 나오는 「발자국들」은 더 가볍고 더 장난기가 있다. 신과 절대자에 대한 탐구라는 형이상학적 주제는 한발 물러나 있다. 「발자국들」에 나오는 단 하나의 발자국은 경외의 상징이다. 「발자국들」에는 눈 위에 수많은 발자국들이 나타난다. 여기서 이처럼 불가사의(不可思議)한 것은 외경스럽기보다 우스꽝스럽다. 그러나 후자의 이야기가 더 가볍다면 그 효과는 더 강하다. 여기에는 전자의 이야기의 무형식이 결여되어 있지만 생생한 대화체 언어가 살아 있다. 결국 두 번째 「발자국들」은 전자의 심각한 주제보다는 가벼운 게 사실이다."

정의의 문제와 인식론이라는 주제의 결합은 이 시리즈를 특징 지어 주고 전통적인 탐정 이야기와 구별시켜 준다. 범인은 잡을 수 있다. 그러나 이야기는 또 다른 더 중요한 관점을 가지고 있다.

두 단편 「메이즐리크 박사의 경우(Případ Dr. Mejzlíka)」와 「야니크 씨의 사건(Případy pana Janíka)」에서는 비록 프로는 아니지만 직관력이 뛰어난 탐정과 경찰이 중요한 역할을 한다. 차페크의 탐정들은 신뢰할 수 있는 상황에서 행동하고, 보다 더 실제 상황 같다. 당시 체코 문학에서 완전히 확립되지는 않았으나 차페크의 구어체 언어는 이야기의 생동감과 가독성을 증폭시켰다.

차페크는 단편소설의 영감을 대부분 신문 기사를 쓰면서 얻었지만 이야기들은 실제로 일상생활에 일어날 수 있는 것들이었다. 예를 들어 빈의 체코슬로바키아 대사관 도난 사건은 1928년에 쓴 『첫 번째 주머니 속 이야기』에 나오는 「도난당한 기밀문서 139/VII, ODD. C」의 현실화 같다. 형사 피슈토라는 기민한 스파이들이 아니라 식료품 창고 전문털이인 좀도둑들 중에서 특급 기밀문서 도난범을 발견한다.

풍자의 대상

이 단편 시리즈에 나오는 다양한 주제들과 모티프들은 이야기들을 어떤 특정 그룹으로 분리하기에 어려운 점을 야기시킨다. 일반적으로 정의의 문제 외에 범죄와 처벌, 인간 성격의 결점들이 차페크 풍자의 대상들이다.

전문 정원사 뺨치는 수준의 정원 가꾸기의 달인 차페크는 단편 「푸른 국화(Modrá chrysantéma)」에서 독특한 푸른 국화를 수집하려고 발버둥 치는 희귀종 식물 수집가의 어려움을 잘 알고 있다. 그러나 이 푸른 국화를 매일 꺾어 오는 바보이며 벙어리인 소녀 클라라는 수집가가 푸른 국화를 어디서 구해 오는지 물어도 그의 말을 제대로 이해하지 못한다. 그러나 이 미궁의 이야기는 글을 읽지 못하는 바보 소녀가 '외부인 출입 금지'라는 팻말이 붙은 철길 옆 일반인 통행금지 구역에서 글자를 모르는 상태에서 자유롭게 드나들며 꺾어 오곤 했던 것이 드러난다. 진기한 꽃에 대한 편집광적인 수색, 탐정의 상황에서 사람들의 주 관심은 수집가의 수집 행위를 괴팍하고 우스꽝스러운 관점으로 몰고 가면서 그의 열정에만 몰두했던 것이다.

「시인(Basník)」은 수사와 탐정에 절대적인 단서를 제공하는 예술들에 대한 이야기다. 「시인」에서 자동차 사건을 목격한 시인이 사고 차량의 번호판을 기억하지 못하는 것에 대한 냉철한 탐정의 분노는 시인의 상상력과 맞선다. 그리고 사건을 목격한 후 써 놓은 시에서 사고 차량의 번호가 재구성된다.

「배우 벤다의 실종(Zmizení herce Bendy)」과 「우체국에서 일어난 범죄(Zločin na poště)」는 진리를 추구하는 시민들이 행하는 정의의 문제와 관련이 있다. 그들은 긍정적인 증명이 더 이상 법적인 효력을 받지 못하자, 스스로 법의 문제를 인간 양심에 호소한다. 차페크는 「배우 벤다의 실종」에서 비록 끼 있는 배우가 부도덕한 삶을 살았지만 살해당한 그를 동정하게 된다. 배우의 친구가 범인을 추적하지만 거의 완전 범죄에 가까워 절대적인 증거를 찾지 못하자 돈 많은 범인에게 일생 동안 그 살인 사건을 상기시킬 거라고 선언한다. 「우체국에서 일어난 범죄」에서는 젊은 연인이 간접적으로 착한 우체국 직원을 자살로 내몬다. 그러나 그들은 자신들의 이기적인 이익 때문에 음모를 꾸민 것을 알아낸 한 시민에 의해 양심의 가책을 받게 된다.

「마음에 들지 않은 남자(Muž, který se nelíbil)」는 선량한 의식과 책임 문제를 찬양하는 이야기들이다. 차페크는 명백한 의식이 가장 좋은 예방 조처임을 강조하고 있다. 만일 그들의 삶이 정당하다면 아마도 그들은 심지어 죽을 필요가 없다. 이 책에서 정의감과 선한 의식은 차페크의 삶의 질에 대한 도덕적 가치들과 그것들의 영향에 대한 관심에 의해 표현되고 있다. 그러나 차페크는 계속해서 때때로 진리와 정의의 불가사의에 대한 형이상학적인 심사숙고에 대해 언급한다. 특히 「농가에서 일어난 범죄(Zločin v chalupě)」에서 판사가 겪은 농촌 생활의 배경 때문에 판사는 농부의 예민한 심리를 이해하고 있다. 판사는 무모하게 농장을 경영함으로써 사위로 하여금 살인하고도 죄책감을 느끼지 않게 하는 원인을 제공한 장인을 죽인 사위를 판결하는 데 어려움을 겪는다. 이 살인이 범죄 행위일지라도 거기에는 뭔가 합리적이고 심지어 도덕적인 정당성이 있다.

절대적 진리 그리고 결과적으로 절대적인 정의 탐구의 불가능은 차페크로 하여금 이러한 이야기들에 나오는 범죄자들과 살인자들을 포함하여 모든 사람들에 대한 관용의 태도를 갖게 한다. 가장 감동적인 「최후의 심판(Poslední soud)」에서 인간에게는 누구나 좋은 것이 있다고 주장한다. 악명 높은 살인자가 자신의 죽음 후에 자기 죄에 대한 심판을 받는다. 여기서 주인공은 신에게 최후의 심판을 받기를 원하지만 놀랍게도 신은 전지전능함에도 불구하고 인간을 위한 정의의 심판관 역할을 하지 않는다. 신은 주요 증인으로 행동하고, 살인자는 인간들의 심판을 받는다. 왜냐하면 사람들은 인간다운 정의보다 더 이상 보상받을 가치가 있는 것이 아니기 때문이다. 인간은 불완전하고 제한되어 있고, 오직 전지전능한 증인만 그 죄악과 저주를 완화할 수 있다. 그러나 차페크는 "그(피고)는 관대했고 가끔 사람들을 도와줬습니다. 그는 여자들에게 친절했고, 동물을 좋아했고, 자신이 한 말을 지켰습니다. 내가 그의 선한 행동들을 언급할까요?"라며 범인도 한 친절한 인간이었다는 것을 상기시키면서 진리의 상대성을 암시한다.

　「셀빈 사건(Případ Selvinův)」, 「완벽한 증거(Naprostý důkaz)」 그리고 「야니크 씨의 사건」 등도 역설적으로 끝난다. 「야니크 씨의 사건」에서는 아마추어 탐정이 단순한 직감을 통해 몇몇 범죄를 해결하자 경찰이 그를 명탐정으로 생각하고 함께 근무하기를 제의한다. 하지만 바로 그때 그는 여러 해 동안 자신의 비서가 자기를 속이면서 돈을 착복한 것을 모르고 있었다는 사실을 발견하곤 프로 탐정이 되는 것을 포기한다. 단편 「영수증(Kupón)」도 흥미로운데, 가장 전통적인 탐정 소설에 가깝다. 여기선 살인자의 탐색을 사랑에 빠진 한 쌍에 묘사한다. 그들의 역할이 이 추잡한 사건 주위에 인간적인 틀을 형성하고 있기 때문이다. 하킨스에 의하면, 차페크는 전통적인 탐정 이야기의 형식을 바꾸었다. 왜냐하면 그는 그것을 인간적인 것으로 만들기 때문이다.

『첫 번째 주머니 속 이야기』에 나오는 단편들의 주제는 범죄와 탐정의 특성을 가지고 있다. 작가 겸 차페크 전기 저자인 이반 클리마도 지적하듯이 장르적인 면에서 볼 때 전통적인 탐정 소설들과는 크게 다르다. 그 주인공은 개인 탐정들이거나 탐정의 명사수들이 아니고 일반적인 평범한 형사들이거나 매우 보수적이고 보잘것없는 경찰 관리들이다.

비평가 브리아네크(Briánek)가 지적하듯이 탐정 소설에서는 목표 달성의 모티프가 중요한 요소다. "범죄 이야기는 미스터리를 푸는 데 관여한다. 그러나 범죄 이야기는 실제로 서사적인 구성을 하고 있고, 그 논제는 특별한 개인적 성취이다."

차페크의 주머니 이야기는 현실과 합리적인 인식의 토양에 머물고 있다. 비평가 무카르조프스키가 이에 대해 언급하고 있다.

가장 미스터리한 사건들도 여기서는 이야기 전개의 동기나 그것들이 설명되는 방식에 의해 쉽게 일상생활의 방식으로 결론난다. 도적도 탐정도 전통적인 범죄 이야기의 특징인 영광의 흔적을 취하지 않는다. 차페크는 근원적인 인식 불가능이란 자신의 이전 주장에 반하여 현실은 인식할 수 있다는 인식론의 이론을 세운다.

그래서 우연이나 형이상학 이론으로부터가 아니라 차페크의 이야기에서 미스터리는 언제나 인식할 수 있고 현실로부터 설명될 수 있다. 「야니크 씨의 사건」은 희극적으로 고안되었다. 만일 우리가 차페크의 『첫 번째 주머니 속 이야기』를 인식론으로 해석하는 것을 받아들인다 하더라도 그것이 그의 이 단편들을 철학적으로 정의한다는 것을 의미하지는 않는다. 그 단편소설들은 언제나 독특한 경우들과 특별한 특징들을 지향한다. 그것들은 예술적인 픽션들이다.

차페크의 두 주머니 이야기는 미스터리한 범죄 사건들의 진부한 타입의 해결에 관심 있는 것이 아니다. 여기엔 다양한 방법들이 적용된다. 특히 「메이즐리크 박사의 경우」에서 때로는 논리가 옳을 때도 있고 때로는 직관, 때로는 경험, 때로는 인내심 있는 질서 정연함, 때로는 과학적인 절차나 때로는 우연이 맞을 때도 있다.

그것은 각각의 사건에 달려 있다. 즉 「로우스 교수의 실험」에서 억압받은 상상력과 함께 심리 분석적인 방법이 살인자를 밝혀내는 데 성공하는 반면에 저널리스트적인 문구들로 변형된 저널리스트의 경우에는 실패한다. 재판 모티프와 관련하여 지식이 판단의 가능성을 물리치는 차페크의 이론은 여러 이야기에서 나온다. 「최후의 심판」에서 신은 자신이 도적을 재판하지 않고 오직 증언만 하는 데 대한 대답을 한다.

왜냐하면 나는 모든 것을 알고 있기 때문이네. 만일 재판관들도 모든 것을, 완전히 모든 것을 알고 있다면 그들 역시 판결을 내리지 못한다네. 그들이 모든 것을 이해하고 있다면 그것 때문에 가슴 아파할 것이네. 내가 어떻게 자네를 판결하겠는가? 재판관들은 오직 자네의 죄들만 알고 있지만, 나는 자네의 모든 것을 알고 있네. 모든 것을, 쿠굴레르. 그래서 난 판결 내리지 못한다네.

이 때문에 차페크는 사람들이 판결을 하고 벌을 내려야 한다고 주장한다. 왜냐하면 그들의 인식(지식)은 제한되었기 때문이다. "사람들은 인간의 정의 외에는 다른 어떤 정의를 내릴 자격이 없다네." 이 모티프는 또한 「우체국에서 일어난 범죄」 이야기를 지배하고 있다.

이야기꾼의 역할

차페크의 문체는 특이하다. 차페크는 화자의 이야기를 주인공들의 대화와 뒤섞는다. 이러한 기법의 최종 결과는 구어체 언어가 지배적인 작품이다. 구어체 언어가 지배적인 작품은 자발적이며, 입에서 입으로 전하는 이야기 같은 인상을 준다. 차페크의 이같은 이야기 문체는 그 자신이 민담에 대해 언급한 원초적인 구전 이야기 상황을 특징짓는 데서 찾아볼 수 있다. "진정한 민담은 민

속 이야기 수집가에 의해 기록된 것에 기원을 두지 않고, 할머니에 의해서 손자들에게 또는 요루바(Yoruba)족 중 한 사람에 의해서 다른 요루바에게 또는 아랍 카페에서 전문 이야기꾼에 의해서 전해진 이야기에 기원을 두고 있다. 진정한 민담, 즉 진정한 기능으로서의 민담은 원을 그리고 앉아 있는 청자들에게 들려주는 이야기다. 필기와 인쇄술의 발달은 이러한 원초적인 옛날 식의 듣는 기쁨을 우리들로부터 빼앗아 갔다. 우리는 더 이상 전문 이야기꾼의 입술을 바라보며 둘러앉지 않는다. 진정한 민담은 기록된 언어가 아직 어린이들과 원시적인 사람들에게 지배적이 아닐 때에만 살아 있었다.

빙 둘러앉은 청자들에게 들려주는 원초적인 이야기하기의 기쁨을 창조하는 것이 차페크의 야망이다. 이러한 양식의 이야기를 위해서는 구어체 언어가 가장 적당한 기반이고, 1인칭 화자가 가장 잘 어울린다. 담화 형식의 고안이 '가상'의 청자와의 직접적인 연결 고리를 형성한다. 이러한 전형적인 예는 차페크의 주 장르가 아닌 단편들, 민담, 여행기, 에세이, 문예 잡기 등에서 찾아볼 수 있다.

차페크의 스타일은 매우 현대적이고 다양한 현대 체코 구어체의 여러 요소들을 재주껏 사용하고 있다. 차페크는 오늘날의 구어체 언어 체계에서 전문적인 언어와 슬랭(slang)들의 지배적인 입장을 잘 알고 있다. 그래서 그는 전문적인 나(Ja, Ich)라는 화술의 법위(法位)를 창조하면서 주인공들 직업의 전형적인 표현들로 그의 특별한 화자들, 여러 종류의 직업을 가진 사람들을 구별하고 있다.

구어체 이야기하기와의 긴밀한 관계를 통해 '나(Ja, Ich)' 화술은 차페크로 하여금 구어체의 담화 수준을 완벽하게 제시하는 최고의 기회를 제공한다. 구어체 언어를 위한 똑같은 경향이 또한 차페크의 '그(On, Er)' 화술에서도 강하다. 주머니 이야기에서 차페크의 화술은 단어, 구문론 그리고 억양에서 현대 구어체 체코어를 지향하고 있다.

인본주의 정신을 기반으로 한 범죄 이야기

주머니 이야기는 앞에서 언급한 주요 테마들이나 모티프들 외에도 사건들, 주제들 그리고 아이디어가 풍부하다. 앞에서 다룬 단편들을 볼 때 차페크가 인식의 과정에 대한 보수적인 태도를 지지했다는 것을 알 수 있다. 그는 자신에게 나타난 모든 것들이 단지 피상적으로 유행하는 속물적인 것이라며 거부감을 보여 주었다. 작가로서 그는 인생의 역설적인 현상과 그가 독자들을 놀라게 하거나 심지어 혼란에 빠뜨린 기대치 않던 관점들에 매력을 느꼈다.

문체 면에서도 차페크의 주머니 이야기는 특이하다. 차페크는 단편소설이 필요로 하는 간결성과 표현의 직접성을 잘 표현하고 있다. 역설의 사용 외에 대비도 또 다른 문체적인 고안이다. 대비는 차페크의 전망주의적인 관점과 상황에 대한 상대주의적인 개념에서 유래한다. 그는 고발자나 고발당한 자 모두를 위해 정의를 모색

한다. 그래서 간교한 자나 착취당한 자들 모두 웃음거리와 동정의 대상이 된다. 「배우 벤다의 실종」에서처럼 도덕주의자는 만일 불한당이 예술가라면 그를 두둔하기도 한다. 「오플라트카의 최후」에서는 살인자에 의해 동료들이 희생되자 화가 난 경찰 무리가 마침내 살인자를 궁지에 몰아 사살한다. 그러나 그들은 그 지독한 살인자의 보잘것없는 연약한 육체에 직면했을 때 당황하고 치욕감을 느낀다. "땅바닥에 놓인 쪼글쪼글하고 뻣뻣한 저 말라깽이, 총알을 맞은 병든 까마귀, 그리고 여기에 수많은 사냥꾼들이라니……. '제기랄.' 지구 순찰대장은 이를 갈면서 소리쳤다. '여기 자루 같은 거 없어? 저 시체 좀 덮어!'"

주머니 이야기의 구성에서 대조적인 원칙을 통해 차페크는 일상의 삶이 얼마나 독특하고 이상할 수 있는지, 그리고 가장 별난 사건들이 얼마나 하찮고 진부한지를 보여 준다. 차페크의 이야기들을 읽었던 당시의 비평가들은 차페크의 범죄 이야기를 너무 심각하게 생각하기보다 그의 천재적인 유머를 찬양했다. 이야기들의 자발성은 차페크가 그러한 이야기 쓰기를 얼마나 좋아했는지를 보여 주고, 단편소설의 간결함이 그에게 매력을 느끼게 했다는 것을 보여 준다. 차페크는 「푸른 국화」에서 "말은 거품을 뿜어 댔어요. 클라라는 깔깔거렸어요. 공작은 악담을 내퍼부었고요. 마부는 이상하게도 부끄러워서인지 울음을 참고 있었어요. 나는 어떻게 푸른 국화를 찾아낼까 하며 골치를 썩이고 있었어요"라고 묘사하면서 줄거리의 상당 부분을 압축할 수 있었다. 이러한 서술 기법은 이 단편집에 활기를 불어넣어 준다.

차페크의 주머니 이야기 시리즈를 일반 탐정 소설로 분류해서
는 안 된다. 왜냐하면 이 이야기들은 범죄와 탐정 외에도 주로 인
본주의, 정의 그리고 진리에 대한 광범위한 주제를 다루고 있기 때
문이다.

주머니 이야기는 범죄 이야기뿐만 아니라 다른 면에서도 공통
되는 것이 있다. 차페크는 이 이야기들에서 범죄의 미스터리를 풀
어 나가는 것을 고려하지만 사람들과의 관계의 발견과 지식을 더
고려한다. 사람들의 심리와 도덕에 더 관심을 보인다. 바로 이 점
이 차페크 단편들의 핵심이다.

차페크는 「홈메시아나」에서 "작가가 도둑의 영혼에 집중하는 순
간 그는 범죄 이야기의 토양으로부터 떠난다"고 기술하고 있다. 그
러나 비록 강력한 작가의 심리적인 관심에도 불구하고 차페크의
이야기들은 아주 훌륭하고 매력적인 범죄 이야기들이다. 그의 단
편들은 빼어난 예술 작품들이다.

판본 소개

『첫 번째 주머니 속 이야기(*Povídky z jedné kapsy*)』는 1928년에 신문 「리도베 노비니(Lidové noviny)」에 연재하던 것을 1929년에 출판한 것이다. 카렐 차페크는 1921년부터 이 신문의 편집인으로 일했다. 1929년부터는 신문 「리도베 노비니」에 『두 번째 주머니 속 이야기(*Povídky z jedné a z druhé kapsy*)』를 연재했고, 같은 해에 두 단편집을 한 권으로 묶어 출판했다. 1978년 체코슬로바키아 작가출판사(Československý spisovatel)가 유명 삽화가 치릴 보우다(Cyril Bouda)의 삽화를 곁들여 이 단편집을 출판했다. 본 번역은 이 판본을 사용했다.

카렐 차페크 연보

1890 1월 9일 체코의 북부 크르코노세지역의 말레스바토노비체(Malé Svatoňovice) 마을의 시골 의사이자 박물관협회 회원 및 시의회 의원이었던 아버지 안토닌(Antonin)과 예술적 취향이 강한 어머니 보제나(Božena) 사이에서 태어남.

1895~1900 우피체(Upice)에서 초등학교 졸업.

1901~1904 할머니와 흐라데츠크랄로베로 이사 감. 이곳에서 중학교 2년, 고등학교 2년 다님.

1905~1907 반(反)오스트리아 불법 동아리 운동으로 고등학교에서 제적됨. 브르노(Brno)로 이사해 누이와 함께 생활하며 브르노 김나지움(고등학교) 다님.

1907~1909 프라하 아카데미 김나지움(고등학교) 졸업.

1909 형 요세프와 뮌헨에서 1개월 여행.
프라하 카렐 대학 철학부 입학.

1910 베를린 프리드리히 빌헬름 대학 유학.

1911 파리 소르본느 대학 유학.

1915 프라하 카렐 대학에서 철학박사학위 취득.

1917~1921 잡지『나로드(Národ)』편집위원, 형 요세프와 신문「나로드

니 리스티(Národní listy)」편집인. 형 요세프와 주간지『네보이사 (Nebojsa)』에서 일함.

1920 희곡 「산적(Loupežník)」
공상과학 희곡 「R.U.R(Rossumovi univerzální roboti)」에서 연극 사상 최초로 로봇을 등장시킴. 이후 '로봇'은 세계어가 됨.
훗날 부인이 된 배우 올가 샤인플루고바(Olga Seinflugova)와 만남.

1921 형 요세프와 희곡 「곤충의 생활(Ze života hmyzu)」
형 요세프와 신문사 「리도베 노비니(Lidové noviny)」편집인, 크랄로프스케 비노흐라디(Kralovské Vinohrady) 극장 고문 맡음.

1922 공상과학 희곡 「마르코풀로스의 비밀(Věc Makropulos)」
소설 『압솔루트노 공장(Továrna na absolutno)』
소설 『크라카티트(Krakatit)』
체코슬로바키아 초대 대통령 토마스 가리크 마사리크(T. G. Masaryk)와 만남. 이후 절친한 친구가 됨.
국립극장 드라마 고문 맡음.
프라하 10구역 대저택으로 이사, 여기서 서거할 때까지 매주 금요일마다 마사리크 대통령, 지식인, 화가, 작가들과 금요회 모임.

1923 국립극장 고문직 사임 후, 2개월간 이탈리아 여행. 여행기 「이탈리아 기행(Italské listy)」

1924 어머니 사망.
펜클럽 회의 참석차 영국 방문. 여행기 「영국 기행(Anglické listy)」

1925 체코슬로바키아 펜클럽 조직 및 회장 취임.

1927 희곡 「창조주 아담(Adam stvořitel)」
체코 작가들의 파리 여행에 동참.
10월 28일 체코독립기념일에 드라마 「창조주 아담」으로 형 요세프와 함께 국가 드라마상 수상.

1928 『토마스 가리크 마사릭 대통령과의 대화』 출간.

1929 아버지 사망.

형 요세프의 삽화를 넣은 수필집 『어느 정원사의 일 년(*Zahradníkův rok*)』

단편집 『첫 번째 주머니 속 이야기와 두 번째 주머니 속 이야기 (*Povídky z jedné a z druhé kapsy*)』

1930   여행기 「스페인 기행(Výlet do Španěl)」

1931   체코 작가 협회 문학예술 위원으로 선출됨.

3월 체코 펜클럽 회장 연임. 헤이그 펜클럽 대회 참석 후 네덜란드 여행.

1932   단편집 『위경 이야기들(*Kniha apokryfů*)』

동화집 『아홉 개의 동화와 요세프 차페크의 하나의 동화(*Devatero Pohádek a ještě jedna od Josefa Čapka jako přívažek*)』

여행기 「네덜란드 기행(Obrázky z Holandska)」

1933   3월 체코 펜클럽 회장직 사임.

삼부작 소설 중 제1편 『호르두발(*Hordubal*)』

동화 『다셴카 또는 애완견의 생활(*Dášeňka čili Život štěněte*)』

1934   삼부작 소설 중 제2편 『별똥별(*Povětroň*)』

삼부작 소설 중 제3편 『평범한 인생(*Obyčejný život*)』

11월 나치 간섭에 반대하는 청원서에 서명함.

1935   6월 스페인 바로셀로나 세계 펜클럽 대회에서 세계 펜클럽 회장으로 추천되었으나 즉각 사양함.

6월 이탈리아 여행 도중 올가에게 청혼. 8월 프라하에서 결혼.

10월 체코 국가문학상 수상.

1936   「북유럽여행기(Cesta na Sever)」

『도롱뇽과의 전쟁(*Válka s mloky*)』

노르웨이신문이 카렐 차페크를 노벨 문학상 추천함.

1937   희곡 「하얀 역병(Bílá nemoc)」

1938   희곡 「어머니(Matka)」

당시 유럽에서 체코슬로바키아 헌법이 소수민족의 권리를 가장 잘 보장하고 있었으나, 독일의 히틀러 정권이 체코슬로바키아 내 소수 민족인 독일인 관할권을 주장함.

6월 프라하 세계 펜클럽대회 참석하여 독일의 위협을 경고함.

9월 30일 프랑스, 영국, 이탈리아 그리고 독일 수상들이 뮌헨에서 체코슬로바키아의 서부 국경 독일인 거주 지역을 독일에 넘겨줄 것을 결의함. 독일은 이를 조건으로 체코슬로바키아를 침략하지 않기로 약속함(뮌헨 협정). 그러나 1939년 3월 뮌헨 협정을 어기고 체코슬로바키아를 침공하기 시작함.

9월 30일 체코 작가를 대표해서 전 세계에 나치의 위협에 대한 자각을 촉구하는 글을 씀.

11월 영국 망명 제의를 받음. 그러나 독일이 체코를 침공하면 차페크 자신을 제일 먼저 체포할 것을 알면서도 국민들과 함께 국내에 남기로 결정함.

12월 독감 증세와 신장의 염증을 호소함.

1938   12월 25일 차페크 사망.

1939   소설『작곡가 폴틴의 생애와 작품(*Život a dílo skladatele Foltýna*)』
        소설『어떻게 만들어지는가(*Jak se co dělá*)』

새롭게 을유세계문학전집을 펴내며

을유문화사는 이미 지난 1959년부터 국내 최초로 세계문학전집을 출간한 바 있습니다. 이번에 을유세계문학전집을 완전히 새롭게 마련하게 된 것은 우리가 직면한 문화적 상황에 적극적으로 대응하기 위해서입니다. 새로운 을유세계문학전집은 세계문학의 역할이 그 어느 때보다 중요해졌다는 인식에서 출발했습니다. 오늘날 세계에서 타자에 대한 이해는 우리의 안전과 행복에 직결되고 있습니다. 세계문학은 지구상의 다양한 문화들이 평등하게 소통하고, 이질적인 구성원들이 평화롭게 공존할 수 있는 문화적인 힘을 길러 줍니다.

을유세계문학전집은 세계문학을 통해 우리가 이런 힘을 길러 나가야 한다는 믿음으로 만들어졌습니다. 지난 5년간 이를 준비하기 위해 많은 노력을 기울였습니다. 세계 각국의 다양한 삶의 방식과 문화적 성취가 살아 있는 작품들, 새로운 번역이 필요한 고전들과 새롭게 소개해야 할 우리 시대의 작품들을 선정했습니다. 우리나라 최고의 역자들이 이들 작품 속 한 문장 한 문장의 숨결을 생생히 전하기 위해 심혈을 기울였습니다. 또한 역자들은 단순히 번역만 한 것이 아니라 다른 작품의 번역을 꼼꼼히 검토해 주었습니다. 을유세계문학전집은 번역된 작품 하나하나가 정본(定本)으로 인정받고 대우받을 수 있도록 최선을 다했습니다. 세계문학이 여러 경계를 넘어 우리 사회 안에서 주어진 소임을 하게 되기를 바라며 을유세계문학전집을 내놓습니다.

을유세계문학전집 편집위원단
김월회 (서울대 중문과 교수)
손영주 (서울대 영문과 교수)
신정환 (한국외대 스페인어통번역학과 교수)
최윤영 (서울대 독문과 교수)
박종소 (서울대 노문과 교수)

을유세계문학전집